U0608128

月光洒满乡愁

◉ 谭现锁 著

新疆生产建设兵团出版社

图书在版编目（CIP）数据

月光洒满乡愁 / 谭现锁著. -- 五家渠 : 新疆生产
建设兵团出版社，2020.8（2024.4重印）
（绿洲文库）
ISBN 978-7-5574-1414-6

Ⅰ.①月… Ⅱ.①谭… Ⅲ.①散文集—中国—当代
Ⅳ.①I267

中国版本图书馆CIP数据核字（2020）第125543号

月光洒满乡愁

出版发行	新疆生产建设兵团出版社	
地　　址	新疆五家渠市迎宾路619号	
邮　　编	831300	
电　　话	0994—5677185	
发　　行	0994—5677116	
传　　真	0994—5677519	
印　　刷	永清县晔盛亚胶印有限公司	
开　　本	32开	
印　　张	11.25	
字　　数	210千字	
版　　次	2020年8月第1版	
印　　次	2024年4月第3次印刷	
书　　号	ISBN 978-7-5574-1414-6	
定　　价	49.80元	

目　录

人在远方

风雨故园

秋丛绕舍

深秋时节，我的那盆菊花盛开了。紫红色的花朵简洁而明快。虽然我的房间四季恒温，但菊花还是紧踏着季节的脚步，平静而孤寂地走过热闹的春天，热烈的夏天，在寂寥的秋天深处纵情开放了。

当时我正捧读着一本书，面前清茶散发着淡淡的清香。深秋的夜安详而清远。我知道飒飒的秋风正凌厉地从窗外吹过。一抬头，菊花开了，是梦一般的紫红色。

秋丛绕舍似陶家，

遍绕篱边日渐斜。

……

脑海里跳出的元稹的诗句让我不禁哑然失笑。眼前的一丛菊花怎能与绕舍遍种的"秋丛"相比？但佛家有话，一花一世界，一叶一菩提。元大诗人忘我陶醉的难道也仅仅是绕舍秋丛吗？

倒是想起了故乡的"秋丛"来。种在机井引水灌溉的一条小渠坝上，因为高出两边的农田一人多，远远望去，那一片盛开在秋天的菊花如悬在半空中，格外引人注目。清一色的净白，犹如来自仙界。太阳初升,丛丛秀菊,饱含露水,湿润晶莹,明艳可爱;缕缕幽香,飘满四野,令人心旷神怡,神清气爽。在那个连肚子都填不饱的年代,我不知道当队长的父亲怎么会有如此创意!父亲识字,但从幼稚园起上的就是美国的教会学校,因狼烟战火而中断了学业。父亲断不会像古代书生那样手握书卷,摇头晃脑地吟诵过"采菊东篱下,悠然见南山"。但也许诸事皆通,古代隐士的梦境竟在父亲以及社员们的粗脚大手下成为现实。"霜打菊花开"之时,归隐薄雾里的南山随着太阳的升高渐露她娇羞的面容,像戏中水袖轻舞的少女,遇见意中情郎,欲掩还羞,而又欲罢不忍。而这片菊花,却正凌霜盛开,目不旁视。

父亲的一生,我不知道怎么表达。稚童时期教会学校解散终止学业,父亲又被爷爷送出去,虽然父亲是家里的唯一男丁。他曾给地委书记当过警卫员,参加过半年的县处级干部培训班,但最后父亲还是回乡当了农民。父亲的人生之路是一步步下滑的。地委书记当初调回原籍要带上父亲,因父亲不愿远离家乡而失去机会;接下来被分配在县里工作,而后到公社,再到大队,又到村子当队长,才算止住了下滑的脚步。在联产承包那几年,父亲把队长也丢给了年轻人,从头学起,当起了实实在在的农民。父亲精心地侍弄着农具,侍弄着牲口,侍弄着土地,要让自己的地上"开出花来"。即使最艰难的时候,父亲心中也从未抹去他的那片菊花,那份淡雅与浪漫。

王孙莫把比蓬蒿,

九日枝枝近鬓毛。

露湿秋香满池岸,

由来不美瓦松高。

父亲直至七十岁也不愿离开土地,只有土地让他心里感到踏实。但最终因年迈父亲不得不离开故土,不远万里来跟我们生活在一起。

有父母亲在身边的日子,无梦。对故乡的思念,都已化作了梦境一并交给了父亲。在我酣睡如泥之时,父亲正被梦魇缠绕,故乡的那一片洁白的菊花在父亲的梦中无边无际地盛开。

飘着的故乡

郑州德化街在几尊古铜色雕塑中彰显着百年德化的厚重历史,而二七纪念塔上整点报时奏出的"东方红"乐曲,也让人感到踏实。这是故乡首府的中心,在回乡探亲途中住在这样的地方,心里应该很踏实的。是的,我入睡很快,并且很快入梦。但梦中的我却找不到故乡,故乡在空中飘着,摸不着,抓不住。明明近在咫尺的故乡却可望而不可即。

故乡,故乡,我的故乡呢?

我从梦中惊醒,一身冷汗。夜半凭窗,霓虹明灭。我知道,我脚下就是千年商都,我自记事起就曾魂牵梦萦的地方。故乡依旧,是我迷失了,——迷失在故乡之中。

这次探亲的主要任务之一是给爷爷立碑。这是七十多岁的父母亲的一桩心愿。父母跟我们生活,如今刚好四个年头。自从父母跟我们生活以后,故乡就从梦中消失了。有人说,有父母的地方就有故乡。这话我真正信了。然而,故乡却夜夜入父母的梦里,要不然他们也不会这样焦急地要回去看一看家。

其实家已没有家的样子了。大院门口被人堆上沙子,进不了门,从墙的缺口进到院子里,到处都是没膝的叫作"晒萝秧"

的植物,葳蕤无边。生机倒是有,却倍添荒凉。我们再次回家时,堆在家门口的沙子已被拉走,但无论是父母还是我,谁都没想着打开大门的锁,从院门进到院子里。堂屋房门是用砖块垒上的,面对满院子的荒芜杂草,我们谁也没有勇气扒开,去看一看曾经一天走过百遍千遍的堂屋。

立碑成了我们堵在心里的块垒。家族中血缘关系最近的叔也只是与父亲一个爷爷。我们请叔来安排立碑的事,叔爽快地答应了。但具体细节我们还要考虑。最终承头找人的还不是叔,是本家当村支书的侄子。立碑那天下了阵雨,天蒙蒙亮开始下的。雨点敲得父亲心里咚咚响,但立碑还是照常进行。来帮忙的爷儿们乡亲,虽然曾经熟悉得不分彼此,岁月的刻刀却刻画得使我不敢相认,只是在交谈和别人叫上名字后,我才在岁月的尘埃中捡拾回一些时光的碎片。其实立碑并不是多大的工程,清晨小雨淅淅沥沥,还打不湿衣衫,而后天阴凉爽,这在三伏天气里是很难得的。随着立碑的完成,我们的心一下子放平了。然而一个念头却又忽然占据心头:这碑就是为了让晚辈好找到坟头! 有了这个念头后,心里一下子空落了,就像故乡的白云一样一下子离我远去了。

乡亲们倒是很热情,要留我们在他们家吃饭,要我们住在他们家。但这种客气却让我油然而生出了悲哀,故乡成了乡亲们的故乡,而离我却越来越远了。

离开故乡时有一种急迫的心情。我知道这是一种逃离,是对故乡的愧疚与情怯。故乡飘在了空中,有时在我梦中幻化为精美绝伦的海市蜃楼,但我就像沙漠中的行者,忍受着焦渴,艳羡着那绝美的无望——那是我的故乡!

爷爷的桃源

　　爷爷应该属于江湖人物。在他老人家八十多年的人生中，大部分时间都在行走江湖。即使再苦再难，爷爷也乐此不疲。

　　但是谁也想不到的是，在将近八十岁从新疆回到老家后，爷爷不顾家人的反对，在自留地里种上了桃树。我家自留地是最靠村子的"鸡嘴地"，当时分自留地时，别人都不要，爷爷却像宝贝一样把它抢了过来。在沟里种上了树，没过几年，自留地便俨然一个世外桃源了。直到这时，大家才如梦初醒，爷爷争来的不是一块保命地，而是在经营一处精神乐园。

　　还是绕不过爷爷与新疆的不解之缘。爷爷来过新疆三次，还曾在新疆工作过年儿半载——给连队放羊，即使这么自由随心的工作，爷爷那颗不安生的心也忍受不了，他选择了放弃。回到家里没半年，爷爷却又走出了家门。一个铝锅，一副碗筷，一套被褥，被爷爷用尿素袋装着，这是他走江湖的全部家当。爷爷在国民党部队当兵，官至营长，打仗走遍了大半个中国，但爷爷在人前却总是说："我比不上老八（老八是爷爷在家族里的排行），他把中国都走过来了。"爷爷吃的是手艺饭，烧窑，垒墙，缮瓦……爷爷说，老天饿不死手艺人。他走过深山老林，到过戈壁荒漠,靠手艺行走 江湖,那份艰难自不必说。但谁会想到在临老了还会做出开辟桃园这么浪漫的事情呢?

还是要说说爷爷最后的那次新疆之行。那时爷爷已七十六岁,还要到新疆女儿家再走一次亲戚,帮着姑姑料理一片瓜地。但毕竟岁数不饶人,爷爷大病一场:解不下大便,脸面漆黑,就剩下两只炯炯有神眼睛。在深冬漫长的夜里,不住地听到爷爷的叹息,然后是一句永远不变的话:"我不能把这把老骨头丢在这里!"黑夜里,爷爷目光如炬。那年过年前,爷爷跟大姑一起踏上了回家的路。

一坐上汽车,爷爷就像一条游离江河里的鱼重新回到水里,他的目光是那么有神,他的动作也是那么敏捷。毕竟一世江湖,那些江湖经验还是很老到的,但正是这些江湖经验,差点害死了爷爷。他们下了火车却搭上了不是通往家乡的车,爷爷看着窗外变幻着的村村寨寨,潜意识告诉他,走错了路。爷爷选择了离家最近的地方下了车。时值大雨,泥泞没膝。爷爷把大姑安置在一个小店,自己徒步寻找一家亲戚求援。泥一身水一身,对于一个依然大病在身的爷爷来说,闯荡江湖的经验和意志给了爷爷很大的信心。最终找到亲戚家,找人通知父亲,父亲套了车一步一泥泞地把他们接回家。那年,本来想把自己的那把老骨头交代给家乡的爷爷,病竟然不治而愈。就在那年春天,爷爷不顾家人用左邻右舍的反对,在自留地里种上了桃园。

对于树,爷爷真的是情有独钟。有一年爷爷把老家的枣树拿到新疆种,活了;回老家时就把新疆的沙枣种子带回了家,为了渗水,把沙枣种子种到了沟的半坡,出苗了,爷爷一阵惊喜,但等苗长到一米来高,却都无理由地死了。爷爷知道,毕竟沙漠之物,在中原是不适应的。爷爷一声叹息:也罢,也罢,万事难两全。

爷爷共有三个子女,一男两女。两个姑姑都到了新疆生产建设兵团参加工作,唯父亲、爷爷不舍,留守着那份祖业。也留守着祖辈生息的那条根。于是在我们兄弟很小的时候,在爷爷的安排下,便都一个个走出了家门,使故乡成为一种遥望和期盼。这时才发现,故乡永远是那么地亲,那么地近,而且是越来越亲,越来越近。

我知道,我遗传了爷爷的流浪基因。在夜深人静时,我的思绪在驰骋,嘀嗒的打字声,像一条清泉款款地流淌。我的心在流浪,在爷爷走过的江湖流浪。我的眼前是一片桃花,爷爷种的那片桃花。桃红芬芳,春风依旧。——那是我诗行的意象。

记得一年回家探亲,爷爷的坟头还没来得及长草。母亲说,你把咱们那院的柏树栽到你爷爷的坟头上吧。那是两三年树龄的柏树,由于孩子们摇来摇去,还只指头粗细。我把它起出,栽到爷爷的坟上,告诉爷爷:"您一辈子喜欢树,我就给您栽棵树好乘凉。"那是冬天,第二年夏天这棵柏树竟长得碗口粗,绿荫如盖。那年爷爷是乘上凉了。

关于桃树,爷爷一定知道它的传说,因为连我都在家乡老人的说古中耳熟能详。据《山海经》记载,在很多年前,有一座鬼的世界。当中有座山,山口有一棵覆盖三千里的大桃树,这是百鬼出没阳世的出入口,树梢上有一只金鸡,每当清晨金鸡长鸣时,激荡在阳间的鬼们便赶回鬼城。我这时想到爷爷的桃园,在他去世前的那个春天,桃花开得正旺,蝶飞蜂舞,一派丰收在望。爷爷说,把这些桃树砍了吧。于是,在爷爷的坚持下,那片桃园消失了。就在桃园消失后的两个月,爷爷去世。走得无声无息。这不像他走江湖的风风火火的性格。

我想爷爷真的是有难言之隐,唱不出"我真的还想再活五百年",但是他却把一生寄托给了一个桃源,阴间阳世可以自由出入的通道。

触摸故乡

明月寄情。徜徉在月光中,如水的岁月在记忆中梳过,思乡,便成了心灵最深的涟漪。遥远的故乡,是远方游子心中永远的痛。在明月下,在归乡途中,焦急地等待火车到站的时刻,站在纵横阡陌的交通图前,一种情思飘然而至,跨越千年时空,思接万里行程,两行清泪从脸颊滑落。夜凉如水。

踏上故乡的土地,正吹着早春的凉风。景物虽一路由黄渐绿,心情却没能轻松。"摩的"司机适时而至,这就到家了:有耳熟的乡音,有眼熟的故土。女儿放眼郁郁葱葱的麦田,满是惊奇、兴奋乃至敬重、神往。而我却专注于沟角枯黄的茅草,那里依稀延续着故土世世代代遗留下来的沧桑。我曾为女儿庆幸过,不用过日出而作、日落而息、面朝黄土背朝天的农村生活。但从女儿贪婪的眼神里,我读到了我的片面。故乡有股神秘的力量,令她的子孙心驰神往。

大门依旧是当年的大门,木头已腐迹斑斑。那棵老石榴树还在,不过已不能支撑起风景,只是一种存在。老狗两眼昏花,还被母亲像老太爷一样侍奉着,在母亲"是自家人"的呵斥声中蹒跚离去。

女儿一声"奶奶，你都快把我想死了！"说得母亲热泪横流。女儿轻车熟路似地与羊儿做起了好朋友，在"咩咩"的学叫声中，在羊羔的跪乳中，放飞着她童年的天真烂漫。我却整天百无聊赖地在房里进进出出，眼所触及的每一件物品，都能勾起一段回忆。奶奶的病床已空；就在去年春节，我打电话向家人拜年，父母抽出正在给奶奶穿寿衣的手，镇静地告诉我：家里一切都好，别挂念！这是一辈子唯唯诺诺的父亲做得最决断的一件事。事后面对泣不成声的我，父亲这样解释：你们离家万里，回又回不来……我有时也西装领带地坐在锅灶前帮母亲添柴火，想找回自己已逝的感觉。熊熊的烈火烧得火星四溅，狠狠地在裤子上留下一个大洞；但无论如何，我的情思都拉不回过去，包括父母亲。他们常常用眼光把我们捆得严严实实，生怕眼前的事实一眨眼就化为乌有。

大年三十终于等回了新婚的弟弟和弟媳。小弟是父母的一块心病，十几岁离开家乡，十年的他乡飘零，却没能混个体面，最后在几百里外找到了情感的归宿。父母做梦似地招呼着陌生的儿女们，我们这些匆匆的"过客"照亮了老人心头漆黑的夜。在大年初一给乡亲们拜完年后，弟弟和弟媳却要踏上归途。匆忙中回眼望时，在家守门的母亲却站在村头不易觉察的地方执手相望，差点成了我们遗忘的风景。举家团聚的新年第一天，我们选择了分离，送弟弟的公路上空空如野，平日的车水马龙，现在却一眼尽望。我把弟弟送上出租车，又随车送到县城，最后决定送到市里。我们一路无语，直到空旷的市火车站。

再过两天我们也要返程。我对母亲说："我们都是不守家的人，在您老身边也不孝顺，不如这样天各一方，时时思念。"母亲无语。我后来常为这句话感到懊悔，但我实在承受不了母亲失落而迫切的眼泪。

大年初二是奶奶的祭日。我们给爷爷奶奶上坟。当年随手在爷爷坟上栽的柏树已绿荫如盖。刚把鞭炮挂好，女儿指着柏树说："爸，这树是真的还是假的？"我不明白幼小的女儿到底要表达什么意思。也许"真的"就是我们，而"假的"是我们告祭的长眠地下的先祖们。鞭炮响起，青烟袅袅，母亲的念叨声也随着响起："爹、娘，您的孙男弟女来看您了……"我的眼泪再也忍不住落了下来。

母亲送我们时终于没有落泪。火车隆隆向西，再向西。女儿因水土不服而引起的瘙痒也渐消失。看着窗外深得见不到底的黑夜，我在思考着这样一个问题：要到哪里去？回家吗？家又在哪里？

"爸爸，太爷为什么要住在地下？"

"因为他们太老了。"

"爷爷奶奶老了也要住在地下吗？"

……

故乡渐远。

乡村年事

写对联

写对联是少年时代过年前的渴盼。

村里有一位老师，姓赵，写一手好字，人也好说话，乡亲们央他的事儿从不拒绝，所以多数对联都是出自他的手。从供销社买回红纸，拿给他，不用说话，如果不忙，他就挥毫泼墨，一蹴而就，晾干了，卷起来交到你手里，一根烟都不抽。忙的话，他就一句话："先放这儿吧，下午来拿。"有的人想起来带瓶墨汁去，大多数就带张红纸，墨汁都是赵老师贴进去的。

贴对联就像过年敬神一样，要面面俱到的。院门要贴，堂屋要贴，厢房要贴，灶火要贴，牲口房要贴，柴房要贴……总之只要有门的地方都要贴。除了有门的地方，角角落落也要有小条幅，堂屋里贴"满屋瑞气"，院子里贴"春光明媚"或"满院春光"，院子门口外贴"出门见喜"或"紫气东来"。还有，在粮仓贴上"年年有余"，在牲口槽头要贴上"槽头兴旺"，在灶台前贴"红红火火"，在压井边贴上"财源滚滚"。有一年多出来一个小条幅纸，就写上"防火防盗"贴在柴垛旁。

赵老师把对联写好,剩下的红纸就写些小条幅,但小条幅往往不够。家乡人厚道,不是万不得已不会轻易麻烦别人。家里有学生,没贴到的地方就让学生来写了。写对联,我一向看作是很神圣的。虽是一些小条幅,写时手还是发抖。一幅条幅写下来,左看看右瞄瞄,直到母亲说"还不错",心才放下来,其实母亲连自己的名字都不会写的。虽然到现在毛笔字还觉得拿不出手,但那时写对联成了我过年的一个渴望。有一年本家堂哥见我写对联,说家里少一个横批,让我写一个,我不能推脱,更不敢怠慢,挖空心思写了个"万象更新",左看右看都别扭,特别是"更"的一捺,畏畏缩缩,有失大雅。硬着头皮送过去,做梦都在想着这个事,大年初一拜年,偷眼再看贴在厢房的横批,恨不能找个地缝钻进去;但我能写对联的能力也得到了叔伯爷们儿的夸赞,他们大都不识字。

写得多了,也就开始琢磨起对联来,走亲戚串邻居都会留心对联内容,于是心里便装了些对联,比如"天增岁月人增寿,春满乾坤福满门"等等,有时实在找不到合适的也会编些对联出来,比如上联写出"爆竹声声辞旧岁",下联想不出来,就写"锣鼓阵阵迎新年",倒也工整。有一年挂了幅中堂,是一只立在花枝间的孔雀,两边有对联,上面却空了一大片,我便铺开红纸,写上"鸟语花香"来补白,工整圆润,柔中带刚。

过年表叔来走亲戚,一进门就叫"好字",让我兴奋了一个春节。

表叔是识文断字之人。

穷人集

"穷人穷人你别急，三十还有个穷人集。"这是在小时候过年时常挂在大人孩子嘴边的口头禅。

时至大年三十，该买的买了，该蒸的蒸了，该炖的炖了，该炸的炸了，连春节中要烧的劈柴也劈好码齐了（平时都是烧秸秆，谁舍得烧劈柴啊），就坐下来喘口气，好好想一下家里还缺点什么，一起到集上置办齐了。

大年三十的集是个"乱集"。除了平时行商坐贾的生意，更多的是把自己家里的东西拿出来换几个钱的，可能是几把大葱，可能是几瓣紫蒜，也可能是一只鸡，或者一只兔子。当然也不乏卖剩下的春联、年画、鞭炮等等。这些剩下的年货都很便宜，大都半卖半送。都大年三十了才来买春联年画的，手里肯定紧，钱攥在手里都要拧出水了，这买春联年画的钱，说不定就是才卖的几把葱蒜的钱。这些人大多是无儿无女的孤寡老人，卖春联的就说了："大爷您别买两副了，您就掏一副的钱，我再送给您一副，咱家的春联也就齐了。感谢您年底了还来照顾我的生意。"老人抖抖索索地从口袋里掏出一个皱巴巴的手绢，一层层打开，老眼昏花地摸出钱，卖春联的收了个整数，零钱又还给老人，说您老啊，用这零钱留着买碗胡辣汤喝。

大年三十赶集的人，除了个别家里年货没备齐的人急匆匆地买好东西就往回赶，绝大部分都是闲人。大家脸上挂着喜气，这个摊子前站一会儿，那个摊子前站一会儿，甩两句调皮话，斗几句嘴，都无关痛痒，大家一笑了之。集市上鞭炮声不断，不时还会响起震耳欲聋的长鞭。那是商家从店里拿出来,热闹热闹,图个吉利。有时会听到接连不断的鞭炮声,大家便一齐向那个方向涌去,大家心里都清楚,有一个鞭炮摊子又被抢了。

"抢炮"是大年三十集市必不可少的一出戏。在三十集上"抢炮"是年轻人年前经常预谋的事。一个人会在鞭炮摊前抽烟,卖鞭炮的便劝,大哥,您到别处抽吧,我这儿禁止烟火。那人便甩出一句话,炸不了。扭头就走,随后就听到噼噼啪啪的鞭炮声,于是人们便群起而上,把鞭炮往手里抓。卖炮人把装在编织袋里的鞭炮紧紧地抱在怀里,眼睁睁地看着人们把鞭炮抢光。被抢的人不气不恼,他也知道会有这么一出,货卖到这份上,能卖一个是一个,抢了也不算损失。

能抢上鞭炮是可遇不可求的事。听到鞭炮响,等你挤到了地方,鞭炮已经被抢完了,留下的是浓烈的黑烟和一地的狼藉。当然抢炮也是危险的活,迎着炸响的鞭炮,伸手去抢没燃的,那还不等于虎口夺食?有一年我还真赶上了。刚走到鞭炮摊前,摊子便响了,稍一愣怔,看到人群潮水般涌来,一种亢奋充溢心头,顺着人群挤过去,抓了一把一百响的鞭炮便往外挤,但挤出来时,就觉得脑袋上冷飕飕的,一摸,我新新的帽子没了,一看地上,十来顶帽子踩在脚底下,便顺手抓了一顶,一股脑油味,扔了;再抓一顶,还是烂分分的,想再换一个,地上已经没有了。一个人走在回家的路上,想想我的那顶被小伙伴们眼馋的新帽子,再看看手里被扯散的鞭炮,和那顶烂分分的帽子,一阵心酸,眼泪便不由自主地流了下来。一扬手,那顶烂帽子便顺风从我手里飞了出去。

那年我是光着脑袋瓜子过年的。

拜年

过年又叫年关,既是关,就有不易的成分在里面。比如拜年。

我们村一赵姓老先生,小时跟随大人走舅家,路远。到舅家时已不早了,但到舅家还要挨门去磕头。家人知道舅家族大业大,赵老先生人小,怕磕不下来,专门给他带了一个小棉垫。赵老先生在舅家磕完,跟着娘舅就出门了。

"这是九姥爷。"

赵老先生施礼,放棉垫,跪下,脑门叩地:"九姥爷新年好!"

"这是十六舅。"

赵老先生施礼,放棉垫,跪下,脑门叩地:"十六舅新年好!"

"这是八太姥爷。"

赵老先生施礼,放棉垫,跪下,脑门叩地:"八太老爷新年好!"

……

日已过午,赵老先生磕头磕得两眼直冒金花。走了那么长的路,又磕了那么多的头,赵老先生早已饥肠辘辘,但看着娘舅一脸的严肃,又不敢开口。

一群人吃完饭在街上闲聊,一只驴拴在路边的一棵树上。赵老先生朝这群人跑过去,施礼,放棉垫,跪下,脑门叩地:"姥爷舅舅太姥爷太太姥爷新年好!"大家一看,一小孩儿直向他们磕头拜年,直夸小孩儿懂事。但话还没落地,赵老先生就又朝那头驴跑去,施礼,放棉垫,跪下,脑门叩地:"新年好!"

大家一看，这……这孩子……唉，这是什么事儿！

娘舅的脸立马阴得可以拧出来水："不拜了，回家吃饭！"

赵老先生早已作古。村人还是常常提及此事，最后总少不了一句总结性的话："那年头，礼大。"

喝酒

对于酒的记忆，应该从上五年级的那年开始。虽然之前家里不乏酒场，当生产队长的父亲醉酒夜归因"鬼打墙"看到自己家里的灯光却找不到回家的路，在家门前的沟里睡一宿之类的笑谈不时传出，但对于酒我是绝对没有感觉的。

年前的时光是寂寞的。对年的期盼，随着春节的迫近越来越急切。人们拼命地把激情往"年"里贮藏，就像往气球里吹气，直到过年这一天，"气球""嘭"地炸开，人们在欢腾和祝福中发挥到极致。

那天我到发小家去玩，大人们都在忙碌，那天的唯一精神寄托就只有中午收音机里播的评书《岳飞传》了。时间在期待中凝固，发小把条几里喝剩下的半瓶酒拿了出来，神秘地说，"我们喝酒吧。"取过杯子，倒上，一人一杯，一饮而尽。有点辣。又硬着头皮一杯杯喝下肚，脸红眼涩。我不知是怎么回到家的。后来尿憋，下床出去撒尿抬头看朗日中天，忙叫姐姐打开收音机。姐姐笑着说，《岳飞传》早就说完了，你喝得醉醺醺的，都睡两三个小时了，单田芳还等你酒醒了再给你说啊。今天是"枪挑小梁王"，可好听啦。盼了一天的《岳飞传》就这样因酒失之交臂。

我一直埋怨父亲不教我喝酒,不教我酒场上的规矩。父亲总是笑笑,不置可否。大姨父家是我们亲戚中家教最严的。在中学毕业之前,他们家的孩子是绝对不能上桌,更不敢沾酒的。表哥表弟们是谈酒色变。然而那年大表哥考上了师专,情况就有了一百八十度的大转变。姨父亲自出马,带着大表哥到处喝酒,在家里酒场上也是让大表哥独撑门面,自己则现场指导。那年过年姨父带表哥酒场"拜山"成了我们亲戚们的热门话题。漂泊在外多年,也就多年没与姨父见面。回家探亲,与几个表兄弟相约一起到姨父家,依旧是大表哥陪酒。只是大表哥出言谨慎,行为拘泥。不知是不是久经酒场所致。

　　喝的酒多了,多也是一醉,少也是一醉。酒就越喝越淡。想起年少时对酒的刻骨铭心,不禁怅然长叹。

故　园

故园如昨。

奶奶正在做饭,炉膛里火正旺,锅里蒸着红薯,咕咕嘟嘟地响。

"奶奶,这锅在嘁(河南方言:骂人)谁哩?"

"嘁你姑奶。"奶奶说。

小男孩儿迈着骨瘦如柴的小腿跑到邻居家:"姑奶,我们家的锅在嘁你哩。"

"谁说是嘁我?"

"奶奶说的,锅在嘁你哩。"

"不是嘁我,是嘁赵庄你姑奶哩。"

"不,就是嘁你哩!"小男孩儿认真地坚持着。

姑奶笑了。

故事被老人千百次讲述,已在我的心灵深处扎根。那个瘦小的男孩儿是我。

姑奶一家"倒插门"入赘到我们村,其实只是不同姓的乡亲。因为住在村边,从我记事起,这里就是荒凉的地方,没有院墙,蒿草遍地,屋墙长满青苔。事实上,我的记忆应该从邻居姑奶家开始。这里有人间纯洁的友善,有只有童年才能拥有的快乐。我也一直坚信,在这个环境里,不会有使我伤心的事发生。

然而伤心的事随即就到。住了一辈子的姑奶一家搬走了。我哭着闹着,却无济于事。土坯一块一块扒下来拉走了。树也被刨光,一片空白。姑奶流着眼泪说:"到我们家去玩啊!"可是,家都已搬走了!"是不是姑奶及哥哥姐姐们不喜欢我了?"那一刻我忽然觉得长大了。

人去楼空,姑奶家的那条老黄狗却忘不了老家,迎着朝阳回来,踏着落日归去。每天给狗喂食成了我的精神寄托。一年后,狗也不回来了。后来,见到过姑奶一次,那时我已上学。姑奶说,长高了,吃胖了。我感到特别委屈,失落到了极点。唉,世事啊,怎么会有这么多酸甜苦辣!

再后来,那块地也犁掉了,我木然地看着犁出的树根被人捡去当柴烧,直到最后这块改为良田的土地上再没发出树芽……

故园有一片梨园,是土改时分的。五棵,南北一字排开。也许生得逢时,这梨子我是吃得最多的,弟弟可就没这口福了。几个孩子一起看梨,坐在枯井里,听城里孩子带来的五彩缤纷的故事,看天空云卷云舒,想世外潮涨潮落。我想梨园的故事应该有一个圆满。却在一个春天,在梨树满枝挂雪时,戛然而止。我曾刻意走在已逝的梨园里,麦苗青青,凉风习习,找不回一点感觉。

故园一次次失落,也一次次更新。房子扒了又盖,树刨了又种,只是大树刚刨掉那会儿露出的孤寂的天空让人无法忍受。

我们兄弟的相继远走给故园留下了更大的空白。

奶奶在残冬的暖阳里悄然长逝,年龄九十有余。听到消息,我掩面长泣,不能自已。故园越来越稀疏,故园也越来越清晰。

只是父母还守望着败落的故园,日出而作,日落而息。在萦绕的炊烟中,爹妈的唤声又起:回家吧! 吃饭了。

炊烟依旧,故园依旧。

"山寨"的记忆碎片

　　年根岁末，在中央电视台《新闻联播》上看到关于网络"山寨"的报道时，我不禁大吃一惊。对"山寨"一无所知，对于经常在网上冲浪的人来说，这种无知简直是一种耻辱。我赶紧到网上找出山寨版《红楼梦》视频来看，不看则已，一看，乐了。这种"山寨"，我小时候也曾有过，而且还要轰轰烈烈。

　　小时候虽然农村条件差，但爱美之心还是人皆有之的。五月凤仙花开的时候，就是女孩子展现自我的时候了。我们那里把"凤仙花"叫"指甲花"，指甲花花色艳红，在盛夏正午的阳光下开得正好，祖母或者母亲就会摘下来，零星细雨般撒几粒盐，蔫了，敷在指甲上，找块碎布包了，缠上线，一个晚上指甲就染红了。做得好的红指甲，指尖都纤尘不染。一个红指甲可以保存十几天，这些天可是女孩子风光的日子，伸出纤指，互相比对，那指甲红得像凤仙花在正午开放。现在流行美甲，看来这美甲还有师承，古已有之。

　　我小学四年级转到大队学校。那时办学条件差，教室都散落在各个村子里，颇有私塾遗风。到大队学校凑成一个班，学生就参差不齐。有大个子的留级生高新生一个头，岁数也大两三岁。但这些留级生却是班里的权威,对待刚转来的新生不屑一顾,大有老兵看不上新兵蛋子的味道。不过这些留级生都有绝活,郭新川的毛笔字写得好,我们描红都一塌糊涂时,他已临帖临得像模像样了。一篇大字呈上,赏心悦目。当然如果仅仅是郭同学的一笔好毛笔字,也不会对少年时期的"山寨"有如此深的印象。那时我们在演《西游记》。《西游记》里人物形象的来源肯定不是电视剧,那时还没有开拍。可能是电影《大闹天宫》,或者是《三打白骨精》,都是动画片。但我认为最主要的形象来源是钢笔上的刻画儿。那时流行在钢笔上刻字刻画,可以是励志的名言,大都是"好好学习,天天向上。"还有"梅花香自苦寒来";也大多都刻画,刻龙,刻凤,一段时间流行刻《西游记》人物,主要是孙悟空和猪八戒。刻字艺人站在校门口,一手拿着刻刀,一手拿着彩色涂料棒,还有一块绵软的绸布。一放学,同学们便蜂拥而上,把钢笔送到他手里,刻字艺人就在钢笔上飞凤走龙。动作很快,笔屑在刻刀下翻飞。他总是不按常规刻,比如猪八戒,先刻鼻子,再刻脸、大耳朵,不刻眼,最后一刀再加上,神情活现。这一刀是原汁原味的"画龙点睛"。看着刻字艺人在自己钢笔上刻字作画,心里痒痒的,但很快这种陶醉欲仙的感觉就结束了,刻字艺人飞速地在刻过的地方用涂料棒涂上颜色,用绸布擦干净,交到你手里,只恨时间太短。掏钱,好像是五分,也可能是二分的硬币,都被体汗浸透过多次了。没有了藏在身上半年的硬币有些空落,但钢笔上的刻画着实可爱,令人忍俊不禁,吃饭时都会偷偷拿出来看一眼。

演《西游记》的主创人员是保平、凯民等,都是我们村的,当然我知道时他们已经把道具做好了,保平白胖,演唐僧,穿了一串念珠,珠子硕大,珠串齐腰。凯民干瘦,猴精,演孙悟空,他的金箍棒也是美妙绝伦,让我等"小妖们"胆战心惊。是真打,躲不过,就到身上了。但他很守规矩,"唐僧"的紧箍咒一念,"孙悟空"就要就地打滚。新川好像演猪八戒,就是毛笔字特好的那位。我一直觉得他是最不恰当的一位,因为他清瘦高挑,跟猪八戒的形象相差甚远。但又没有比他更合适的了,因为道具都是自备,还有谁会比他更手巧呢。他的钉耙真是绝了,把子光溜,耙头用一块木板锯成,上面画上祥云,惟妙惟肖,几可乱真。沙和尚是谁记不清了,记不清的当然还有我们这群"小妖们"。

时值仲夏,小麦正灌浆饱粒,油菜更是灿然一片。空气的清新几可醉人。中午是排演的好时机,老师不在,教室就是同学们的天下。首先出场的当然是孙悟空,他金箍棒一耍,满座寂然。然后是唐僧,他多数时间是在约束"孙悟空"的"暴行",他只要往课桌上一坐,口中念念有词,孙悟空就得当场倒地,很灵。后面的是猪八戒和沙和尚。猪八戒钉耙抢眼,沙和尚担子稳重。小妖是随时抓的。当然外面会有放风的,只要一看到老师从远方走来,我们就各就各位,各种道具瞬间便消失得无影无踪。当时盛行"深挖洞,广积粮",桌是土桌,高大严实,用土坯垒成,下面挖深洞,不仅放得下书包,连演戏的道具也能藏得。浮土一盖,踪迹皆无。

当然也有一些小插曲,有一阵子教室里有莫名其妙的骚味。左查右查都找不出尿骚味的来源。一位女同学举手揭发了。说他的同桌(男生)上课时尿到了课桌的洞里了。老师当时就把手伸进课桌下面的洞里,结果抓出一把尿泥出来,很是恼火,就在全班搞了一个大搜查,结果一切都大白于天下。老师看着这些精美的道具,摇摇头说:"要是把这些心思放到学习上,还能学不好?"结果是:我们把在课桌下面洞里撒尿的同学暴打一顿,对举报的女同学更是毫不留情:"又没尿到你洞里,你狗咬耗子——管什么闲事!"气得那位女同学抱头痛哭。

对于"山寨",我恶补了一下相关知识:草根创新,群众智慧,从草根化、平民化中创造自我成就之路,自娱自乐,天下共赏。

元宵月圆故乡明

"正月十五闹元宵",故乡的元宵节是在"闹"中度过的。

月亮远远地升起来了,红红的,透过树枝照在窗子上。每家每户的天灯也早已挂上了高大的枝头,静静地与圆月呼应;有时有风,天灯便在枝头摇曳,灯光明明暗暗。天灯是小孩子费了很大的功夫挂上去的。挑家里最高的树,把绳子拴在腰上,往上爬;冬天穿得厚,向上爬一点都很吃力。终于抓到了树枝,回过头灿烂地一笑。攀着树枝向上,再向上。树枝在脚下开始忽忽悠悠,下面的大人提心吊胆地喊"好了,就挂在那儿吧!"小孩子这才解下腰里的绳子,绕过树枝,把绳子往下放。天灯每天都要换蜡烛,绳子也便在元宵节里起起落落。天灯是长明灯,高高低低挂在树上,点缀着村子的不眠之夜。

赏灯是元宵节主题。挑着灯笼,三个一群,五个一伙,挨门看。见谁家的走马灯扎得好,就会在灯下流连忘返。看别人的灯,也赏自己的灯。兔子灯、青蛙灯、公鸡灯……只要是眼里能看得到的,挑着的就可能有这种灯。兔子灯眼睛血红,青蛙灯眼睛会转,公鸡灯神采飞扬……赏着,评着,闹着。忽然人群里一声炸响,都不要用脑子想,肯定是那帮够着门鼻儿的半大小子所为。

出灯是元宵节的重头戏。铜器声从东面,从西面,从南面,从北面的村子传来,起起落落,此起彼伏,村子就显得有些寂寞。铜器声在村头轰轰烈烈陡然响起,锣鼓喧天,迎接的鞭炮也噼噼啪啪响起,人们就开始向村头涌来。舞龙灯,耍狮子,推小车,跑旱船,二鬼摔跤,河蚌戏鹤……铜器向村里推进,鞭炮在队伍前响起,狮子就在大头罗汉的引领下,摇响脖铃,一个直立,扑门而进。礼物挂在堂屋,狮子进屋,在大头罗汉的摇铃中,温顺地走过房子的角角落落,最后上方桌,上条几,一个转身,礼物就进入狮口。有时方桌搬到院里,狮子便开始了一场精彩的表演,一个个方桌摞上,狮子就一层层上去,惊险时人群一阵惊呼,狮子自然安然无恙,最后总要摇头摆尾地与人群亲近互动。

送走一拨,时间已晚,村子渐静,有人便脱衣入睡。忽然锣鼓声又起,人们就赶紧穿好衣服,兴致勃勃地向铜器声跑去。有时怕冷,钻到被窝里不想出来,但外面的喧闹比被窝更能诱惑人。迟迟疑疑中,还是穿好衣服,加入到观看的队伍。

看灯是乐,出灯也是乐。有一年放假随我们村出灯,我什么都不会,就被安排打旗。来到村口,旗幡摆开,铜器响起,人群便潮水般涌来。鞭炮响起,村子欢腾。出灯归来,已是夜过三更,收起铜器锣鼓,悄然回村,兴奋地谈论今天出灯的趣事。月光皎洁,还有几盏天灯没有灭,静静地挂在枝头。收好家什,一拉遢坐在靠墙边的包谷秆上,接过递过来的白酒,一气灌下,再吃几口果点。分得的一瓶酒,或者一包烟,都是块儿八角的东西,一声"明天出灯,大家都早点来",人们便四散而去。门是家人留着的,狗早在门口摇尾相迎;锁好院门,推开房门,径直走到床前,倒头便进入梦乡。

古树

我们带着余梦上路了。

城市的繁华在凌晨已归于宁静。街灯的华光如流水般倾泻下来,梦一般朦胧。习惯了城市灯红酒绿的喧闹,现在却发现城市的另一面也是如此美好。

这是一次回归之旅。我们要在天大亮前赶回家,去祭奠先辈的亡灵。从乡村到城市,我们走得匆忙,没有时间梳理一下思绪,或者回头看一眼走过的路。也没有时间去思考,我们从偏僻的山村走进了城市,顺理成章地成为城市的一员。城市是不是欢迎?山村是不是舍得?但一切又那么自然,不留有一丝痕迹。

城市的灿烂与辉煌被抛到身后,还是那样充满诱惑。四野被夜色紧紧地裹住。抬头望,竟是繁星满天,这使我们有点惊喜:这在城市很难看得到的。城市的繁华和喧嚣把漫天星斗遗忘得干干净净,但日月星辰并不因被遗忘而停止它的运转,它们依然不动声色地按自己的轨道和思维运行。这是一种大智慧,大智若愚。

国道,省道,县乡公路,村间小路……从省城到乡村,我们有衣锦还乡的感觉。从乡村到城市的路曾经那么漫长，但在我们脚下却易如反掌地走了过来，走了老辈人几辈子也没有走完的路。我们有点得意，甚至有衣锦夜行的遗憾。但路边茂密的茅草却时时在提醒我们，那里随便拨拉一下，就会让我们为自己的浅薄而羞愧得无地自容。

此时，古树就在我们面前。

岁月是个善于遗忘的老人，它把人世的沧桑刻画在人们的脸上，却不在古树身上留下一点痕迹。树干光滑，虬枝盘桓。它是一位老人，却是充满童心的老人，增添的只是银白的须发，不泯的是不老的童心。在它身上有历史的厚重，却不乏勃勃生机。

山村因古树而得名。村民也因古树的荫蔽而繁衍生息，烟火不断。

炊烟缭绕，雾霭沉沉。晨曦中我们一下子被拉回从前。这里有我们捉鱼戏水的小溪，有割草放牧的山坡，还有那懵懵懂懂的初恋……一丝怅惘隐隐升起，随晨霭飘飞。在城市那种主宰天下的浮躁荡然无存，取而代之的是沉淀，再沉淀，直至如从地下汩汩而出的清泉。

从村庄走向墓地，就是从越来越多的陌生走向渐去渐远的熟知。我们耳边充盈的是父亲像翻档案一样的诉说，这一个是某年某月走的，暴病而逝；那一位是某年某月去的，无疾而终。就像说一个人去赶集，或者是去看戏。从没有一去不返的伤感。

村庄是墓地的前缘，墓地是村庄的后世。

一根从崖上垂下的藤条划过我的头顶。就像孩提时一次次从头顶划过一样。我心里忽然有莫名其妙的踏实。在墓地里，我们感觉到的不是离别，而是欢聚。他们在忍受不了尘世的嘈杂的时候，便找到这个僻静的地方，拢在一块，碰个头，递个火，然后前三皇后五帝地让村子在岁月中延续。

我们都不约而同地谈到了古树。古树是我们小村永恒的话题，不管是刚出生，还是已经老去的。据说一个县委书记看中了古树，要给他母亲打一副不朽的棺材。乡长找来了村长，村长说，官可以不做，但上愧对祖宗，下愧对子孙后代的事我不能干。这事后来传到了县委书记母亲耳朵里，老太太气得浑身发抖，当时就把县委书记叫回去，把县委书记骂个狗血喷头。——人都不会做，还怎么做官啊。

我们在回味中踏上了回城的路。古树已在我们心里扎下了根，枝叶也就越来越茂盛。拥有古树，我们心里越来越踏实。

一棵挂在树梢上的麦子

　　一棵挂在树梢上的麦子定格在我的视野里，伴随我的生命行走。

　　那是一棵很普通的麦子，只因拉麦子的车装得太高，在拉回打麦场的路上，那棵麦子便挂在树梢上。应该是父亲拉的车，也可能是叔叔伯伯或者是哥哥。总之都是壮劳力。麦收大忙季节，他们尽量多装，为此他们拉车时不得不把身子钻进麦子里，露出的头像从山洞里探出来一样。天气太热，拉车的他们连背心都脱了下来，虽然麦芒给他们身上留下一道道涩痛的红斑。那时我正看着他们时隐时现的一道道凸出的肋巴骨，那难得一见的白色肌肤与身上其他部位的黑色形成鲜明的对比，让我惊叹不已。而后我就看到那棵麦子挂在树梢上，摇摇晃晃，但始终没有落下来。落地的麦子都让老人或者孩子捡去了。掉在地上的可以捡，而绝不能从地里或车子上拣，哪怕车上的麦子就快掉下来，但在没掉到地上之前是绝对不可以的。这是规矩，是人们的做人底线。饿死事小，失节事大。作为规范，就这样祖祖辈辈不成文地传承了下来。当然也有被人踩碎或者车轮辗碎捡不起来的，那就成了鸡的美食。鸡也有道，只有看到捡拾不起来的,它们才以百米赛跑的速度冲上去,以拼命三郎的劲头把散落的麦粒吃进嗉子里,然后大摇大摆地离去。

夏收是点燃起来的一把麦秸火,一忽隆就过去了。

收后的麦地是空旷而落寞的。满眼都是金黄的整齐麦茬,一行行像尺子划得一样从地的这头拉到地的那头。可以想见农民莳弄庄稼时的用心。是的,用心。这是从遥远的祖先那里传承下来的传家宝。人哄地一时,地哄人一年。我们中华民族的纯朴善良都是从土地那里学来的。毕竟我们的文明始于农耕文明。我也像父辈一样一步步走过麦地,很用心地走过。那时我不知道自己有多大,八岁或者十岁。不过我关注的不是庄稼的成长,而是空寂带来的意外惊喜,比如一棵猪笼草,它用苍老的绿色来点缀满地的金黄;比如鹌鹑,它用惊惶失措来适应失落的家园。这些,都被我像老农莳弄庄稼一样一个个用心地莳弄。我觉得我很老成,像个小老头。

麦场是快乐的集中地。麦场一定是村子的制高点,无论是地理的还是心理的。麦子被拥挤地堆起一座座山,然后这一座座山被扒开摊平,人们欢笑地一遍遍从上面走过,石碌吱扭扭地一遍遍碾过,牛或者驴马们一遍遍踩过。于是麦秆变成了光滑的麦秸,麦粒则被集中成一堆,欢快地被扬起落下,雨点般砸在农人身上,让他们一次次感到踏实。我们这些毛孩子则被集中在麦垛的阴凉处,无奈地玩自己的游戏。麦秆掐得很整齐,一头掰成梅花状,把豌豆放在上面,从下面吹气,气要慢慢地吹,豌豆便像用绳子吊起,向上升高,再升高,落下,慢慢落下。有时几个人娴熟地比谁吹得高,或者配合起来吹得一样平,这时一双大手闪电般划过,豌豆不翼而飞,大手伸开,豌豆全在那双大手里面。

麦场的夜是清凉的。晚风徐来,一次次轻叩睡梦之门。正在拉呱的打起了呵欠,正在仰面发呆的也渐入太清之境。"天河南北,小孩不跟娘睡;天河东西,小孩跟娘挤挤。"是说银河南北方向时,天气就热了,小孩就跟母亲分开睡。天河东西方向时,天气就变凉了,小孩就跟母亲挤在一块睡。很多知识都是这样在麦场里得到的。更重要的,是在这空旷的麦场上,仰面凝视长空,灵魂便会自由飞翔。都说地上一个人,天上一颗星。那么我的那颗星宿在哪里呢?我眼前忽然闪现出那棵挂在树梢上的麦子。我的心一紧,难道这就是我的宿命?

我跟跟跄跄走出我们的村庄,也跟跟跄呛在社会上行走。在跟跟跄跄的经历中,我知道了一句"人是会思考的芦苇"的名言。我想,我不是会思考的芦苇,我是那棵挂在树梢上的麦子。也许是命运的机缘,让我没走到麦场里,没被捡拾到篮子里,也没有进到鸡嗉子里。就这样让太阳暴晒,让风雨吹打。在人们的视线中慢慢淡去。

黑太阳

宝山是半路瞎的。

那年宝山上三年级。早晨的太阳血一样红,油菜花挂着露珠在阳光下闪闪发光。东风和煦,春天的田野清新宜人,沁人心脾。即使在上学的路上,调皮的宝山和小伙伴们还不忘钻进去捉一会儿迷藏。听到上课铃声爬起来往学校跑时,宝山却发现眼前一片漆黑。那鲜红的太阳不见了,那闪闪的露珠不见了,只听到露珠扑簌簌的哭泣声。宝山发疯似的大喊,只唤来了勤劳的蜜蜂和闲逸的蝴蝶。小伙伴们早逃也似地向学校跑了。

宝山那天是跌跌撞撞地爬回家的。体弱的寡母在惊讶中听完宝山的哭诉,二人抱头痛哭。宝山生活在黑暗中,从此以泪洗面。隔三岔五还能听到母子俩凄厉的哭声。乡亲们同情地帮他找来了乡村郎中,郎中无能为力;找来了巫婆神汉,他们也没有办法。乡亲们帮他寻找偏方,找草药,宝山的眼却不见一丝好转。

宝山的太阳落了,宝山的心里一片漆黑。娘的身心也垮了。

那天二叔叫走了宝山。在麦垛下给宝山带来了一个好消息：省城医院能治他的眼睛。宝山一阵激动后心里却凉若寒冰：那一万元的治疗费到哪里去找？母亲的身体已很虚弱，半个劳力的工分还是生产队照顾的。

"你已长大了，不能靠你娘了。她四十刚出头头发已白了一半，看上去像五六十岁的老太太。你娘的后半生还靠你呢。"

二叔帮宝山算了一笔帐账。那天太阳真好，把二叔和宝山都晒出了一身臭汗。直到回到家里，娘摸着宝山的手还汗津津的。晚上，宝山第一次又梦到了太阳，那太阳火红火红的，喷薄欲出，气势冲天。

从此乡村出现了一个专门卖针的瞎眼货郎。

"卖针。大针小针绣花针……"

宝山的声音一起，村里的狗就围着他叫；小孩都从家里跑出来。宝山在热热闹闹中，走了一村又一村。天黑了，到生产队饲养室的草堆里睡一宿；饿了，乡亲们给端一碗。但有一点，宝山绝不白吃人家的，吃完饭一定以针奉送。大婶大娘厚道，不要他的针。宝山说："婶，你这是不让我再从您门前过了。"送以大针。大姑娘小媳妇刻薄，说："宝山，把饭喂狗还摇摇尾巴呢，吃了饭多给两根针。"宝山说："不吃饭也得送，这叫真（针）情。"女人们就笑骂，然后拿着绣花针高兴而去。

宝山十天半月回家一次。回到家里就给娘讲卖针趣事。小孩调皮，拿纸当钱要买针，宝山用手一摸，手指一量，把纸扔出老远："还想蒙您爷哩！""宝山，你是谁爷？"宝山听出是同桌狗子："狗子，你得回去叫咱媳妇把孩子收拾一顿。"……娘听得泪都出来了，然后偷偷抹去，又暗自悲怆。要是宝山不瞎，她也早抱上孙子了，想着想着已是泪眼滂沱。

宝山算着卖针一分一分积攒起来的钱，心里就一阵阵发热，一轮红日照在心头。有时情不自禁地哼着歌，迎面熟人叫他，他顺口叫着"卖针……"挣钱。治眼。这几乎成了宝山生活的全部。有时听到蜜蜂的嗡嗡声，他也会停下脚步，坐下来小憩。遥想那个上学的早上，花是那样的艳，太阳是那样的红。但他会很快从梦想中醒来，面对眼前的黑暗，他拣起竹竿儿，摸索着向他的理想奔去。

一年又一年。

宝山没有挣到一万元钱。他却迎来了光明。国家救助盲人医疗扶贫小组来到宝山所在的县城。宝山高高兴兴地接受了治疗。手术很成功，他很快恢复了光明。

走在回家的小路上，宝山感慨万千，眼前已全然不是几十年前的样子。丢掉竹竿儿，走在秋风瑟瑟的落叶上，追逐着落日的夕阳，宝山走得并不踏实。老娘已满头华发。看看村里竖起的一座座楼房，别人已儿孙满堂；再看看自家冷清低矮的茅屋，心里一阵悲凄。

"像我这样子还能干什么?!"宝山嗷嗷痛哭。

"一切都晚了，一切都完了！我还有什么希望，还有什么希望啊?!"宝山一次又一次绝望地问自己。痛苦中，他的眼前一黑——宝山又陷入黑暗之中。

乡村再没有瞎眼货郎熟悉的身影。宝山拥有的是一轮激不起一点火光的黑太阳。

家　燕

　　故乡春天的脚步是踏着春风而来的。"碧玉妆成一树高,万条垂下绿丝绦。不知细叶谁裁出,二月春风似剪刀。"(《咏柳》)。一不留神,出门一看,外面已是一片生机。小草已发新绿,偷偷地把脑尖探出地面,眨着好奇的眼睛。麦田也已悄然换装,一改冬日的苍茫,精神抖擞地整装待发。

　　"随风潜入夜,润物细无声。"春风携着春雨,默默地把万物滋润得生机无限,喷薄欲出。而早春,却在无声中静默着,蓄势待发,一切都似乎在等待着一声招唤。

　　燕子来了,这个黑色的小精灵,着一身黑得发亮的外衣,闪电般在眼前掠过,大地随即精神起来,似乎转脸的功夫,蛰伏的虫子开始穿行,鸟雀们开始欢歌,小麦开始拔节,油菜开始吐蕾。这个春天的小天使,接过冬日山野巧妇手中裁剪窗花的剪刀,借着和煦的东风,把窗花撒满漫山遍野。借着蒙蒙细雨的灵气,把大地装点得活力四射。小麦叶尖上挂着露珠,晶莹剔透,玲珑欲滴。它们在等待着,等待着燕子的一声轻唤,就告别温梦,潜入泥土,然后静听小麦欢快地拔节生长。油菜花在氤氲中弥散,也是燕子顽皮的轻叫,这里便开始热闹非凡。蜜蜂嗡嗡地闹,蝴蝶闲逸地飞,油菜花也开始纵情怒放。池塘也被燕子唤醒,你看,燕子在池塘上横掠而过,剪尾轻点,一层层涟漪便荡漾开去。鸟瞰大地,绿的是麦田,黄的是油菜,白的是池塘,都被燕子如梭般交织着,一道道黑色矫健的身影传递着春天的浪漫与热情。

最惊喜的是农家小户,一冬的渴盼可能就是燕子归巢。新年一过,村里的年轻人出去打工了,对客走他乡游子的依恋就像留守的老人咋也挥不去的轻烟。当轻烟缭绕不绝时,燕子归来了。

农家是把亲近的动物当作家庭中的一员的。比如牛,在我的记忆里,父亲是一直与牛相依相伴的,把家里的厢房给牛住,晚上也与它同住。天晴给它刷毛,天阴为它垫圈;半夜为它加料,干完活还为它改善伙食。比如狗,一条老狗耳聋眼瞎背驼,还被母亲老太爷样地侍候着。直到有一天悄然而去,母亲流着眼泪找了个别人找不到的僻静的荒野里深埋。

燕子的到来给家里平添了一份温馨。主还是原来的主,宾还是原来的宾,巢还是原来的巢。一切都那么亲切,一切都那么自然。燕子的欢叫给人一天的好心情。老人告诫孩子,燕子是不能打的,燕子窝是不能掏的,对燕子不好就会害眼(患眼病)。在我儿时,如果看到一只死燕子,心里就会忐忑不安,唯恐受到惩罚。燕子衔泥做巢了,燕子衔草做窝了,燕子下蛋了,燕子孵出小燕子了,小燕子张着米黄的小嘴等待妈妈衔虫喂食了,小燕子出巢练飞了……每一个细节都在关注中,每一个变化也都在惊喜中。

我家的院子里有三所房子,那是三代人的寄托。东屋是爷爷建的,除了根脚,全是土坯,上缮茅草。老堂屋是"包皮馍"(里面是土坯,外面用砖包着)的瓦房,当时在村子里还属一属二。新堂屋全砖木构建,高大亮堂。在不同时期,这些屋子都无一例外地把最好的位置给燕子做了巢。在老堂屋,我们姐弟四个度过我们的成长期,也与燕子年年相伴,看着他们生儿育女,冬去春来。燕巢就在进门两步之内,燕子的到来给我们增添了惊喜,也带来了很多不便,燕巢下成了燕子们的茅厕,一天三扫也扫不干净,特别是孵出小燕子以后,更要日扫数次。让人尴尬的是没长记性的我们一头大汗冲进屋子时,一泡粪便落在头上,身上,甚至鼻尖上。有时客人也会有此遭遇,我们只好赔笑把毛巾递上,对捣毁燕巢的建议置若罔闻。

我们一年年目睹着燕子的劳燕分飞,聚聚散散。我们也一个个走出家门,寻找属于自己的巢。

工作后,种种原因,我换了四五次房。每次,我都给燕子留下位置。但是没有,从没有燕子光临过。我想,即使燕子光临,我们还能够容忍燕巢下的一日数扫吗?

一个晴朗的日子,我推开门,一行燕子排在一根电线上,甚为壮观。这些燕子都安巢在哪里?是贫寒的农舍,还是废弃的老屋?那年我在修葺房屋时,专门修了一间房,房子不大,窗子却占去了半壁江山。我敞开门,却没有把燕子迎来,有些失落,也有些懊恼。——燕子离我而去,如轻烟飘过。

想起郑振铎先生写燕子的一篇文章,其中有一句话让我永世难忘:"啊,乡愁呀,如轻烟似的乡愁啊。"

小鸟飞上天　鸟笼飞上树

　　夏天总是充满诱惑。当麦香飘满天时，我总能嗅到馨香的太阳味。

　　记不得是几岁的事了。在我童年最初的懵懂记忆中，这事给我印象是最深刻的。割完小麦后，鹌鹑就失去了藏身之所，拥有一只鹌鹑就成为我当时的一个愿望。邻居家不仅有一只漂亮的鹌鹑，而且有一个漂亮的鸟笼子，挂在大人随手可以够到的晾衣服的木桩上。有一次我从地里回家，穿过邻居家时经过鸟笼，小鸟不知什么时候已经飞走，只剩下空笼子。四下无人，一个贪念在心中升起，我找到一根棍子，把鸟笼捣了下来。这是一个碗口一般大小的竹制鸟笼，精巧别致，让人爱不释手。当把鸟笼掂在手里，我心里就咚咚直跳。怎样处置它，成了我的心病。埋到土里，这倒是一个好主意，但会不会在做游戏时被小朋友挖出来呢？还是挂在高处，这样就没人可以找到了，这使我想到了树。对，就挂在高高的树上。

　　我飞快地爬上我家的杏树，把鸟笼挂在最高的树枝上。但不管从哪个方向，老远就能看到鸟笼。"他们不会看到的。"我在心里侥幸地说，但心里总还是不踏实。"我偷了人家的东西！"一种恐惧感油然而生,心头登时压上一座山。我快快地躺到床上睡去,朦胧中听到邻居大婶的声音,还有母亲向大婶说好话,乞求不要声张的声音。我更加害怕,但母亲并没有再提及。

此后几天,我一直像丢了魂似的。有一天,我正浑身无力地躺在床上,母亲把我叫了起来,突然问鸟笼的事,我说:"小鸟早就飞了。""那鸟笼呢?"我"哇"的一声哭了。母亲看着我失神的眼睛,说:"小鸟飞上天,鸟笼飞上树。是吗?"是啊,小鸟飞上天,鸟笼飞上树! 心里的山一下子搬去。我成了那只飞出笼的小鸟。

知耻而后勇。以后我再没动过别人的任何东西,包括同学的钢笔和橡皮。我想,如果没有母亲的"开脱",我会不会一辈子永远就背负着那座沉重的山? 如果母亲对我粗暴地打一顿,我会不会就此而烙上"贼"的印记而为贼? 感谢母亲,您的"鸟笼飞上树",带走的是孩儿心上的一座山啊。

时光荏苒。我已年过而立而近不惑,但这段懵懂童年的经历深深地刻在我的记忆里。当面对夏季的诱惑时,我会首先想到这件事。我要经常拿出来翻晒,让它时时充满太阳的馨香。因为我不仅已为人父,而且在为人师。在连自己的名字都不会写的母亲面前,这些都是需要我一辈子去学习的。

相　亲

我第一次踏上相亲的路时,应该是在初二。

爷爷是个一辈子在江湖上行走的人。他给父亲安排了一生。虽是单传,爷爷还是让父亲从小就在跟大部队随转战南北的部队幼儿园度过。十四五岁时父亲给当时的地委书记当勤务员,还参加过县处级的干部培训。但父亲最终没有提拔起来,那位地委书记回原籍,要把父亲带上,父亲不愿意,舍不得离开家乡。组织上先把父亲安排在县里,而后公社里,大队里,再生产队里,官职是一次比一次低。倒是父亲在生产队里比较长远。干了十多年的生产队长,直到农村实行承包责任制。现在老辈人还叫父亲老红军,这里面多少带有一些苦涩。

爷爷看到了父亲的官是越当越小,也看到家境是每况愈下,便焦躁起来。他要为第三代安排前程,便托人给我说起亲来。

当时相亲走的是哪条路,我说不出来了;当时是什么样的心情,我也说不出来了。那是男女还不敢用正眼相看的年代,班里男女生都授受不亲的。我当时的个头小,从小在班里的座位都没出过前三排,这在我的记忆里是没有任何疑问的。当听说是到女方家相亲时,我还真反应不过来。不过我还是跟着去了,就像跟着别人一起去看一场戏,或者跟着别人走一回亲戚。那天应该摆的有酒。但没让我喝。说媒的大爷说这孩儿还是个学生呢,不能喝酒。其实大爷是想别人少跟他争些,这样他可以多喝几口。他们把酒话桑麻,我是一句话也插不上,笔直地坐在那里,像上课时听老师讲课,我从小就是一个很听话的学生。从现在我的循规蹈矩中你也可以看得出来。我心无旁骛地听他们说话。外面的阳光把树影照到门前了,有风儿吹过了,有鸟儿在枝头鸣唱了。好像都与我无关,我的职责就是听他们说话,听他们说发生在身边的我却似懂不懂的与我关系不大的话。

其实有时专心致志地走路而不关心路边的风景本身就是一个错误。比如在喝酒时只听他们讲话而对房外的一切视而不见。回来的路上大爷问我:"你看那妮儿中不中?"这话还真把我问愣住了:"哪个妮儿?"大爷这次看来是真生气了:"我带你来干啥的? 就是来看我们喝酒听我们说话?"

停了一会儿,大爷问:"你真的没看到有一个妮儿从门口过去?"

哦,我想起来了,应该是有一个女孩儿的身影从门口飘过,像一阵风。与阳光下的树影和小鸟的叫声是那么和谐。

大爷的这一提醒倒让那女孩儿的影子进入我的梦里来。但梦没多久,就传来消息,说女方不愿意。真实原因是父亲当生产队长得罪了一个本家,他们听说后就到女方家"扒"媒。还没怎么着呢就有这事,女孩儿家肯定不愿意,谁愿意把女儿往火坑里推啊。父亲听到这个消息坐在地上直叹气,半天起不来。我也背着他们大哭一场。

其实后来听人说那女孩儿长得不好看的,而且一个眼睛还有残疾。但这些并不能从心里抹去那个风一样的身影。就像在雪地里看到一只红狐,火一般从眼前一闪而逝。

得了这次教训,以后给我提亲的就不敢大张旗鼓了。

在上初三时,我住在姑奶家。有一天,母亲一身全新到学校找我,给我请了假。然后回到姑奶家,母亲拿出从用头巾包着的包裹里拿出一套新衣服让我换上。我问要到哪里去啊,母亲说到一家本家姐姐家去。走亲戚,那就去呗。换上衣裳,上衣也长,裤子也长。这让我想起电影里小兵张嘎穿军装的那个形象。其实从小我都是这样穿新衣服长大的。大人给我做衣服总想做长些,因为正是长个子的时候。但我往往使大人大失所望:常常我的衣服都穿破了我穿着还大。我跟母亲到本家姐姐家只吃了一顿饭,就回来了。后来才听说那次也是为我说媒,要看人。女方家人在路口就看到我了。回话说,那孩儿还小着呢。等长两年再说吧。

这次可好,我连个影子也没看到,就把我打进储备库了。我就是不明白,他们怎么会那么自信。我长两年后就一定会看上他家的妮儿?

这事让表叔知道了,把我父母亲狠狠地说了一顿。从此就再没有提过亲。表叔在一次车祸中已经作古,如果健在,说起这段往事,表叔不知做何感想。

上了半年高中我辍学,跟师傅学木匠。正好在本家姐姐家做活。一次吃完饭后,我拉了一个扫帚坐在屁股下,被本家姐姐看到了,就笑着说:"去年给你说的等你长大再说的那家一直在等你的信儿,原来你是想自己找啊。那姐我就不操这份闲心了。"我当时真是不明白到底是怎么回事。师傅说,你是真不知还是装着不知啊。坐扫帚头,那是堵媒人的嘴!

往事如烟。昨夜无眠,与父亲对斟小饮。父亲脸上已布满沟壑,嘴唇也只是在两颗门牙的支撑下才没有瘪进去。说到相亲这段,父亲一阵深思,然后放声大笑。这笑声是那个年代从来没有听到过的。

童年的小摇车

在我的记忆里,我家一直就住在村西南角。村路西面只有两户人家,一家是我家,另一家是姑奶家。两家房后是耕地,房子四周蒿草丛生。

姑奶家是田姓的倒插门女婿。姑爷是个半拉子木匠,个子很高,背有些驮。在我的印象里,姑爷是一个沉默寡言的人。在我满月时,姑奶送来了一个小摇车。姑奶说,这是姑爷下工回来抠抠索索做的。样子不好,但很结实。母亲惊喜地收下了。

在我懵懂的记忆之前,我就是坐在这个小摇车里,在几乎被人遗忘的村西两户人家里推来推去。母亲要下地上工,也经常用小摇车把我送到姑奶家。其实在姑奶家,我几乎是沾不上小摇车的,表姑都十七八了,表哥表姐也都十五六岁。他们基本就是我的小摇车。我在他们的呵护下长着。我小时候瘦弱,应该是很难看的。但在姑奶一家,难看的我却成了他们的宝。

用母亲的话说,我一睁开眼,迈开脚,就是往姑奶家跑。有一天,我到姑奶家,姑奶正在烧锅蒸红薯。灶里的火苗呼呼地蹿着,锅里的红薯咕嘟嘟地响着。我掂掂歪歪地走进布满蒸气的灶房,看到姑奶的笑脸被映得通红。我走到姑奶跟前,问:"姑奶,这锅咕嘟嘟地响,是在嚘(河南方言,骂人的意思)谁哩?"姑奶笑了,露出了她干瘪的嘴。

"嚘你姑奶哩。"姑奶说。

"嚘你哩?"我疑惑地问。

"是嚘你赵庄的姑奶哩。"

"不是,就是嚘你哩。"

这个故事当作经典笑谈传了下来。母亲经常给我说我小时候的这个故事,还加上注脚,说我从小机智。其实我心里最清楚,那时姑奶的概念只有一个:那就是邻居姑奶。

还有一个故事。奶奶从新疆回家,我拿着一个小棍子赶她走。奶奶说,你胳膊还没棍子粗,还想赶我走哇。

奶奶和赵庄的姑奶,是我后来生命中不容忽略的重要女人。但在我有记忆之时,她们却在我的记忆之外。

后来在我学步时,姑爷还给我做了一个学步车。三角形支架,用横截的桐木做轮。那时,我知道了一个半拉子木匠的巧夺天工。

姑奶一家在我完全脱离小摇车和学步车那年搬走了。那时的情景已不需要母亲的转述。我甚至认为那才是我有记忆的开始。我知道了姑奶家在这里住了将近一辈子也不是自己的家,懂得了什么叫世事无常。

姑奶家的那片宅基地后来被犁了,整平,种成了地。种麻,细高细高的。走在麻地里,凄寂。会飞来知了,吱吱地叫。我摇麻秆,知了不满地吱的一声飞走了。

我不愿到麻地去。倒喜欢在房前屋后的蒿草里玩。大人说,这孩子真怪!

　　姑奶家的那条老黄狗每天回来一次,太阳升起时回来,太阳落山时再走。直到一年之后。我的童年也随着老黄狗的消失而挽了一个结。童年的小摇车被尘封在我童年的记忆里,像一张经年的老照片。

抄书情结

我的小学是在流浪中度过的。之所以这么说，是因为我们的教室居无定所。本来我们村子里就有学校，但我上学却是在一里以外的大队的一间库房里。那时的记忆除了刚开学时白发苍苍的吴老师给我们进行社会主义与资本主义的对比教育外，其他记忆基本没有。当然还有一件事，第二学期开学我们去上学时，看到我们的教室已经被一场大火化为灰烬。我们去的第一件事就是找自己的凳子，因为凳子都是从自己家拿的。那时我的凳子被烧了一个角，这个记号使我后来的几年里从来没认错过凳子。

当时上学的条件很有限，当然也包括书。那时我几经辗转回到了我们村子的小学。但这时也只剩两个班级。课本本子都是大队学校发完搞好才批发到我们这个教学点上来。所以开学一两个星期甚至一两个月没书是很正常不过的事。于是抄书就成了我们的必备功课。有时要抄的书也没有适合的，老师就从报刊上抄些来。记得有一次老师让我们抄一篇文章让我们背，现在想来也就三四百字吧。好像是劝诫青少年要珍惜时光、注意积累等励志方面的。我们背得异常艰难，晦涩的语句让我们如吃高粱面饼子一样难以下咽。但这是老师布置的任务,再难下咽也得嚼碎吃下去。那时我体验到了什么是"囫囵吞枣",也正是在那时我接触并记住了"聚沙成塔,集腋成裘"等一批成语。老师说这是他今生见到的最美的文章,他说他对作者佩服得五体投地。我们也不得不佩服得五体投地,虽然我们都知道老师也只上到三年级,但他教四年级时仍然可以理直气壮。也许是对这篇文章的崇拜,老师抄这篇文章时特别用心,用大食中三根指头轻巧地捏着粉笔,剩下的无名指和小指高高地翘起,就像花丛中蝴蝶扇动的翅膀。当时微风徐徐地吹进教室,送来一阵阵花草的芳香和空气的清新。老师每次写三五个或者十来个字就停顿一下,退后一步,看一下,如果这几个字与整体布局不般配,他就会擦掉重来。这样反反复复,一个板书下来,清清爽爽。此时我们是很享受的。老师写得认真,我们也不敢马虎,沉浸在写字的氛围之中,大有老夫子诵读诗书时摇头晃脑的感觉。老师写一手好字,这使我们忽视了他只上过三年级的事实。当然,不仅抄书,考卷也抄。老师一笔一画地抄,我们也就认认真真地做,老师抄完了,我们试题也就做完了,皆大欢喜。当然还有一个小小的奖励:考试的前十名老师发信纸,并在上面写上你的名字,那可真是一种无上的荣耀。其他的同学就只好灰溜溜地自己备纸做题。我的女同桌没考入前十名,请求老师也给她一张信纸,老师答应了她,但老师无论如何都不亲笔给她签写名字,她索然无味,很长时间都羞愧得抬不起头。

当抄书时光成为历史尘封在记忆的箱底时,我已经用键盘打字取代手写四五年了。也许是一种机缘,站在三尺讲台上的我不得不又重新捡拾起抄书的行当。开学伊始，新书没到。但也不得不上课，就先从古文抄起。抄书也许在现在来说成了笑谈，但真正抄起来，还真有讲究。学生抄写，要求字字顾盼，行行映带，全篇美观，和谐，富有生气。横成不成行，纵成不成列，行列是否分明，字字是否对齐，行距、字距是否相等，都成了摆在面前的问题。抄书，开始是怨声载道，进而渐静，最后静若无声。跨越时间隧道，我们在畅游，有唐诗宋词元曲，也有宋体隶书魏碑。一次过失却成就了意想不到的东西。这得与失之间又怎能说得清呢？

此时我想到了我写了一手好字而只有三年级文化程度的小学语文老师。他现在正在北京某个单位的门卫室里值班。对于抄书，他也可能滋生一种无奈。但此中的收获会不会在他的记忆中闪光呢。

学生问："老师，新书来了，我们还用抄书吗？"

永远的《朝阳沟》

　　我越来越觉得，我是农民，一个地道的农民：有农民的朴实、厚道，也有小农的偏狭、自私，甚至妇人之仁。当我有这种念头时，我浮躁的心终于踏实了，就像一片绿叶，当它知道最终的命运是终要归根——回归大自然时，即使被寒风冷雨吹落，心里也坦坦荡荡。

　　事实上，家乡虽然令我魂牵梦绕，却没有给我留下太多的东西。在我的文章里，流露的总是家乡的苦难，及至发现苦难与家乡没有必然联系时，我与家乡已经陌生了。因为家乡的贫穷，我向往着城市。第一次进城（当然是县城），我已是初中三年级的学生了。怀着好奇乃至崇拜的心情，骑着很不熟练的自行车，磕磕碰碰地走在进城的宽阔的柏油马路上。太阳迎面照着，眼前一片光明，让我眩晕：这无异于天堂之路啊！

　　其实最令我魂牵梦绕的，是村子里的炊烟，还有豫剧《朝阳沟》小调。炊烟是村子的灵魂。放学归来，看炊烟袅袅，就闻到了面条的香味。面条是母亲的手擀面，水是自家压井里压出来的清凌凌的井水，菜是从父亲挖来的野菜中拣出来的荠菜、面条菜。从小喝这样的水、吃这样的饭长大，一辈子也不会脱离村子的印记。有一年回家探亲,在走亲戚回家的途中被一个小痞子把自行车撞倒。"哥们,拿根烟抽抽。"抽完了烟就要拿"包儿"(亲戚回赠的礼品),随后就是搜身上的钱及值钱的东西。天色渐晚,我一指远方村子的炊烟,说:"兄弟,要抽烟到家里去,我就是北村的。""哥儿们没烟就算了,耽误你的路了。"小痞子灰溜溜的。我把这事说给乡亲们听,他们不信,但都知道我不是撒谎的人,最后得出结论:我的口气一定很硬,邪不压正!是啊,炊烟就在眼前,招手即来,村子可是炊烟的根啊!可是,把这话说给从没有出过家门的乡亲们,他们能信吗?

我是听着《朝阳沟》长大的,唱得最多的是"我决心在农村干它一百年"。心里反复的却是"咱两个在学校,整整三年……"事实上,我当时的腼腆劲,别说三年,就是三十年,也不会有啥故事发生。但《朝阳沟》毕竟给情窦初开的男生创设了理想追求的平台。我敢说在当时肚子都吃不饱的年代,这是大多数男生上高中的动力。"领回来一个"在当时是最具挑逗性和诱惑力的一句话,它总能把男孩子的心尖挠得痒痒的。但我穿着"耍筒"棉袄(里面没衬衣,棉衣只好贴身穿)上了半年的高中后,就不得不辍学在家。那年我十五岁,已提了几次亲,虽然女方看"家儿"时我连先给谁倒酒都不知道,但也算见了世面。当我揣了这些"世面",很有主见地怀着依依不舍的心情,掏出所有的硬币买些糖果,发给同学们向他们道别时,他们兴奋地向我"贺喜",直弄得我哭笑不得。第二学年开学典礼,校长宣布高一语文成绩第一名的学生的名字时,我正扛着木工工具走在拴保和银环故乡的山路上。

那是给我留下美好回忆的地方。一直在平原长大没有出过家门的我,面对秀丽山川,总觉得在梦里见到过。这也许就是缘分吧,对一座山,或者对一段情。数年过去了。房东一家还好吗?山上垂下的藤蔓,是不是还会不经意地拂过山路上匆忙行走的过客的额头?散漫的野花,是否依然在雾幔中星星点点地洒满山坡?

我执着地追求过一个女孩子,单相思。在"不要问我从哪里来"的歌声中与女孩儿不期而遇。女孩是鲜亮的城市女孩。她的浪漫、无忧无虑给我雨季发霉的心情一种寄托,但我却深深地埋藏着,直到最后也没向她表达,这也许就是农民的悲哀。在那个萌动的春天,我亲自把她送上汽车,绝尘而去,才感到早春太寒,失落太深。后来我专程饱览了她的古色古香的城市,然后悄悄告别。因为迈不出柏拉图式的精神爱情的樊篱,我选择了逃离。

当年看《梁山伯与祝英台》,为二人的爱情悲剧而悲伤。即使化蝶双飞双舞,也心怀不甘。世事沧桑,早已为人夫为人父的我,如今看来,这也许是最好的结局了。一曲梁祝不是走向世界,受到全世界人民的青睐了吗?我想到了《朝阳沟》,有多少人唱着"我决心在农村干它一百年"昂首迈进了城市,找到了自己的家园。而我的《朝阳沟》却又遗落在哪里呢?

那棵静默的石榴树

老家院子里有一棵石榴树，和其他树相比，它低矮虬曲，与那些挺拔的树形成鲜明的对比。当然那些高大挺拔的树都生长在宽敞的地方，而石榴树只好委身于窗台之下，不可作大材，就权当花观赏。

春夏秋冬，时光像风一样从石榴树上一拂而过。石榴树就像被遗忘的风景，只有麻雀不分冬夏在石榴树枝上蹦跳，嬉闹。滴水成冰的日子，一只或者两只麻雀也会在石榴树上找一个树杈，一动不动地站着，几乎成了石榴树的一部分。

当然，石榴树还是踏着季节的脚步一步不落地走下来的。春天百花竞艳时，石榴树吐出了绿叶，当所有的花都轰轰烈烈地开罢，浓阴遮盖迎来夏天时，石榴花苞从绿叶中挤出来，星星点点的，火红的花苞在绿叶中还挺抢眼。但几天过去了，花苞还只是"老婆儿嘴"，都急死人了。奶奶却总是不紧不慢地说，"石榴开花慢慢红"，有些事是急不得的。在我们都快对它失去信心时，在一个响晴的午后，它忽地就开了，咧开嘴，吐出火红的花，那花轻柔得让人不忍，又绚烂得让人心动。在烈日炎炎的夏天，石榴花就在树丛中点点怒放，热烈地点缀着夏天。

而我,每年的夏天,却是在尴尬中度过的。小的时候,个子总是不长,每年夏天换季,母亲给我做的衣服总是很大,裤子挽起老高,衬衣盖住了屁股。母亲只好用线往里缭边,多数时候衣服都穿破了,缭的边还没拆开。母亲老是叹气,人家的孩子像葱穰子一样长高了,而你就像吃了铁。奶奶倒是不发愁,有苗不愁长,有的早长,有的晚长。就像这石榴花,夏天毒日头一晒,不就开花了啊?

但爷爷却是一个急性子。还是在初二,爷爷就张罗着给我提亲。换了一身新衣服,还是一如既往地大,去相亲,人家就一句话,这孩子还没长开呢。为此好像奶奶和爷爷还吵了嘴。但我的少年好像总是有用不完的漫长,在高一,我的少年时光就被截断,在爷爷的授意下,跟着木匠师傅学木工。又不到半年,我远走他乡,最终在新疆安了家。

远在他乡的我,虽然故乡夜夜入梦,但故乡却在渐渐远去和模糊。在鸡刨食一样生活的日子里,闲暇下来,总是会想到奶奶,但随着时间的流逝,奶奶也在慢慢地模糊,甚至意识深处都弄不清奶奶还在不在人世。在一个新年里,奶奶吃完早饭,悄然离世,享年九十八岁。当我打电话给父母亲拜年时,父亲说家里好着呢。你奶早上还喝一碗鸡蛋茶。奶奶去世的消息是父亲半年后告诉我的。我没有吃惊,倒是奶奶去世后,她在我脑海里越来越清晰。

后来,父母亲跟着我们生活。老家没人住,也就荒芜了。后来带父母亲回家探亲,院子里长满野藤,趟过没膝的藤条,来到窗台下,记忆中早已消失的石榴树竟然还静默地立在那里,虽已枯死,却是记忆中院子里曾经具有生命的唯一的见证了。眼前忽然觉得奶奶就坐在窗下,我们这些孩子快活地进进出出,麻雀在石榴树上欢叫,阳光顺着石榴树照在奶奶身上,树影婆娑。

月满乡愁

春脖子长　春脖子短

故乡的春天是美丽的。春节刚过,小麦返青,满眼苍翠。转眼间油菜花就开了,一地金黄。伴随小麦的拔节声,早春幽深的布谷声已被燕子衔泥的欢叫所替代。春天就像挂在小麦叶尖的露珠,被太阳一晒,瞬间就消失得无影无踪。

父亲却总是说,春脖子长啊。

那时父亲在村子里当生产队长。春节过完,父亲就迫不及待地敲响了那个用废弃的齿轮做成的钟。人勤春来早嘛。村西有一块岗地,村民就在那里起了个坑,那个坑成了村子的"聚宝盆"。垫牲口屋的土,积肥用的土,盖房搭屋用的土,都来自那个坑。于是就有了一个很别致的名字:"秣子坑"。几年下来,"秣子坑"深达数丈,出"秣子坑"的路只有一个架子车宽,立陡立陡的。拉一车土要几个人才能推上去。有一年本家一堂哥拉土时翻车,腿被砸断,打了石膏,上了夹板:动了手术。在后来那些日子里,堂哥就被同学用架子车拉着上学。父亲买了两个苹果去看他。那是我第一次看到苹果,颜色红艳。父亲看着我馋涎欲滴的眼神,迟迟疑疑地把苹果从衣袋里掏出来一个,放在桌子上,犹豫了一下,又装进衣袋里。反复几次,最后父亲还是狠了狠心，掏出手帕，把两个苹果包上。父亲回头看看正在啃蒸红薯的我，叹口气，走了。嘴里还说了一句，春脖子长啊。看到父亲拿走了苹果，我的眼泪一下子就出来了，像洪水一样止也止不住。后来大伯还是给我送来了苹果，不过只是一片，有拇指那么厚。

在那个年代，一次春天饥饿的经历一直让我记忆犹新。是在元宵节后晚上看完大戏回家，夜已深，月亮苍白无力地挂在天空。虽然回家的路只有几里，但饥饿还是让我们几乎迈不开步子。心里就只想着家里的"蒜臼馍"。这种馍用红薯面或高粱面做成，颜色黝黑或暗红，形如蒜臼槌。越想肚子越饥肠辘辘。斜穿麦地时，不小心被绊了一跤。我们惊喜地发现，这里还有一沟葱，已经抽叶。埋得太深，拔不下来，就胡乱薅些葱叶吃，怕人抓到，就匆匆忙忙地往回走。吃过葱叶后心里难受得要命，嘴里直吐酸水，就更加惦记着家里的"蒜臼馍"。好不容易回到家，迫不及待地找个棍子把馍篮子捣下来，抓起馍就狼吞虎咽地吃起来。母亲披衣起床，被我吃馍的样子吓了一跳。我告诉母亲，我还薅了别人家的葱垫了一下哩。母亲嗔怪道：那些葱是人家一春的菜，可不能乱薅。幸好没给人家连根薅掉。春脖子长着呢。

我的春天记忆总是与迫不及待联系在一起的。开春人们第一个想到的不是什么花儿开了，而是榆钱可以吃了，于是在某一天，全村角角落落都飘散着蒸榆钱馍的香甜；桐花开了，桐花就成了人们碗中的美味；再等，到洋槐花开的时候，全村又飘散蒸洋槐的清香。虽然各种可吃的植物都应时而生，但总是赶不上人们的期待。父亲老说，都说春脖子长，我看你们脖子伸得比春脖子还长！

转眼间三十年过去了。父亲步入古稀之年。父亲搬到万里之遥的新疆跟我们住到一块。老来离乡，对故乡的眷恋自不必说。但父亲很快就适应了。他每天跟母亲一起散步，跟老年人一块纵横捭阖，谈古论今。时节到了，父亲和母亲就不失农时地种点菜，看着菜园各种蔬菜葳蕤地长着，蜜蜂勤快地劳作着，父亲的心情空前地舒畅。西葫芦下来了，父亲摘下来挨家送着尝鲜；小白菜下来了，父亲又忙着给大家送小白菜。父亲像燕子一样在春天里穿梭，"乱花渐欲迷人眼"。不知不觉中，夏天来临了。父亲抬头看一看天，抹着一头的汗说，这春脖子短啊。

我们给父亲过七十五大寿。杯盏之间，父亲禁不住放开了量。父亲红光满面。父亲说，我原计划再活五年，活到八十，现在看来要超额完成任务了。我们笑。父母心胸开阔，笑声爽朗，精神矍铄。别人都羡慕他们有一个好身体。父亲总是惋惜地说，就是春脖子短啊。

这一下子就勾起了我早已忘却的记忆。那时父亲嘴上可是总挂着"春脖子长"的啊。父亲说，那是什么时候，那时候肚子都填不饱，荒春把人都快熬死了。人们盼夏收都盼得眼睛里能伸出手来。小麦打下来，饱饱地喝上一顿面条，那是最大的向往。现在你看，大米白面就不说了，就是在新疆春天哪一天缺过青菜？哪天少过肉？春天像麦秸火一样一呼隆就到夏天了，春天的景还没看够呢。你说这春脖子还能不短？

父亲独自将一杯酒一饮而尽，把杯子重重地放在桌子上，叹了口气，说，这春脖子短，人生比这还短哩。

日子比树叶还稠

母亲挂在嘴边的话:日子比树叶还稠哩! 我总是觉得,母亲说这句话时,透着太多的无奈。

记得我上小学时,家里的生活就每况愈下。因为家里孩子多,一家人的吃穿问题都要精打细算。母亲忙了地里忙家里,忙了吃饭忙穿衣。人忙得就像用鞭子抽打的陀螺。好像是五年级吧,母亲给我做了一件上衣,纺车纺出的线,自家织布机上织出的布,浆得硬邦邦的,染了黑色。请人裁了,母亲亲手缝纫。翻领,款式很前卫。那时虽然都穷,但穿粗布的毕竟不多了,我的"自家造"一穿在身上,就吸引了同学们的眼球。同学们开始争着欣赏我的新衣服,但用手一摸,同学们就不吭声了。老粗布相对"的确良"来说,手感确实差些。那时我瘦小,把衣服撑不起来,有些滑稽。

等到姐姐上高中,日子更是紧张。虽然学校离家只二里半路,但要求住校。从家里带粮食,在食堂吃饭。姐姐知道家里的情况,就尽量不在食堂吃。让母亲烙"包皮馍"带上,所谓"包皮馍",就是在玉米面外面裹一层小麦面。小麦面细,吃起来好下咽。母亲烙馍要小半天时间,姐姐每次带的馍能吃三四天。

送走姐姐，母亲又要忙，因为下面还有我们三个半大小子。上学，盖房，提亲。母亲每每和父亲筹划着未来，都有些喘不过来气，于是叹道："这日子比树叶还稠哩！""兵来将挡，水来土掩。"没有过不去的坎，这是父母亲每次得到的结论。

日月如梭。母亲就像梭中的线被岁月不消停地拉来扯去。一个个难题相继迎刃而解。我们兄妹结婚的结婚，工作的工作，一个个像离巢的小鸟。母亲一下子觉得家里空荡荡的。母亲在一次生病无助的经历后，终于同意搬来跟我们一起住。

那是前年夏天。住进楼房的父母老觉得不习惯，父亲上厕所都要到小区的公厕。我说，幸亏住二楼，要住得高您还不上厕所了？

猛地闲下来，无事可做，母亲好像一下子垮了。母亲说："我们就这样等吃等喝啊？"我说："你们没事就出去散步嘛，我们这里老乡也多。"但母亲还是觉得身上像长刺样地难受。秋天很快到了，母亲试探着问我："别人都拾棉花，我们也拾点棉花去？"七十岁的老人了，不缺吃不缺喝的，拾什么棉花啊？母亲打开窗，眺望远方如海的棉田，满眼渴望。"大忙一季子，我们也不能在家坐着啊。"几天后，母亲又提出来。我只得跟妻子商量："让他们出去试试？"妻子也看到母亲闲下来的不开心，于是就同意让他们试试。但母亲一回归田野，笑声就爽朗了，精神百倍。母亲说："日子要比树叶还稠，哪能说闲下来就闲下来呢？"

半年后，在母亲的强烈要求下，父母搬到了平房。又要了几分菜地。母亲和父亲又跟原来一样忙碌起来。他们精神矍铄，让很多人都艳羡我家里老人身体好。

母亲嘴里还经常挂着"日子比树叶还稠"的话。但已不再是无奈，而是母亲一种生活哲学。母亲是一棵树，她要让"日子"的树叶长得稠稠密密，在阳光下闪亮，在和风里轻吟。

母亲晕车

很小的时候就好像听说过母亲晕车,而且是对车有一种天生的惧怕。她很少出门,哪怕是到县城,因为那十多公里的路要坐车。但我的"一纸将令"却让母亲出了门,而且是万里之遥的新疆。

那年女儿将要出生,我写信给家里,希望母亲能来看孩子。我当时的想法,是想让母亲来散散心,看看下一辈儿人。按家乡的习俗,我是老大(我还有一个姐姐),而我自小出来读书,直至二十六七才结婚,这在家乡是很大的岁数了。母亲看到别人的孩子,总是暗暗叹息。我想借母亲看孩子的机会给母亲一些心灵的慰藉。

当时我和爱人两地分居,相隔近三百公里,妻子住在岳母家。有一天,我刚上完课,传达室的王师傅叫我,说有人找——是母亲。母亲接信后,昼夜难寝,恨不能当时就坐上开往新疆的车。但大家都知道母亲晕车,谁能放心一个从没有独自出过门,连自己的名字都不认识的农村老人到万里之遥的新疆呢?母亲在焦急中等待,机会终于来了,她和一个打工小伙子一起踏上了开往新疆的火车。但人家又不顺路,母亲只好先到姑姑家，又由姑姑陪着到我这里。姑姑说："你娘晕车得厉害，要好好休息几天！"

但是母亲一看到我"猪窝"似的家，她放下包袱就给我整理起来。看着母亲蜡黄的脸，我说："先放下吧，我自己来整理。"母亲嘴里说"好"，手却从没停过。事实上，离家这么多年，又用心重温母爱，在我的记忆中，母亲的手从来就没有停住过。

母亲常常感叹新疆戈壁滩之大，坐车之难受。但母亲却不得不随我穿越茫茫戈壁滩，饱尝坐车颠簸之苦。从我工作的地方到我妻子工作的地方这三百公里的路，我和母亲反复往来足有三四趟。奇怪的是，其间我却从来没有见到母亲晕车，母亲每次只是脸色蜡黄，沉默不语。

女儿的降生更是治好了母亲的"晕车病"。为了安全，也是为了便于照顾，我把妻子接到我工作的城市来生孩子。这样母亲就更忙了。我住的地方离医院有一段路，在事急的情况下都不得不坐车。母亲不但坐车不晕车，而且下了车总是急匆匆第一个冲进医院，或者急匆匆到家便一头扎在洗洗涮涮中。晕车，似乎从来都没在母亲身上发生过。

但是，我见到母亲晕车后，真是把我吓得半死。

带着女儿回家探亲时，女儿已经五岁，已经能给山羊妈妈喂草，并时常跟跪乳的小山羊争来争去。有时女儿学小羊叫，甚至能把山羊妈妈迷惑。母亲常常被女儿调皮的举动逗得哈哈大笑，我也时常看到母亲在笑声中眼眶里盈满泪水。于是母亲决定，让我带她去看三姨。三姨在很远的城里，去看看三姨一直是母亲的夙愿。"在我有生之年，我再与你三姨见上一面。"母亲是这样说的。

在出门之前,父亲叮嘱我,一定要坐火车,不能坐汽车。我却不以为然,又加上过年火车票不好买,再加上母亲想见到三姨的迫切心情,我最终还是买了汽车票。汽车一开,刚在城里转了一圈,母亲便脸色苍白,我吓了一跳,说干脆下去吧。母亲说:"没事,我忍一下。"车刚出城,母亲便吐起来,直吓得不懂事的女儿大叫:"奶奶你怎么了? 是不是要死了?"我征求母亲的意见是不是下车。母亲无力地摇摇手,用手绢捂住嘴。时间就这样艰难地过去。我祈祷汽车快点到,但我们还是在一个路过的城市下了车。在这个城市我们休息了一个多小时,最后在母亲的催促下,我们又搭上了一辆汽车。

后来我查了一下地图,到三姨家虽然隔了一个城市,但距离不到一百五十公里,还不到那时我到妻子工作的地方的路程的一半,但母亲晕车的反应怎么会这么大呢? 就这个问题,我问过母亲多次,母亲每次都是笑而不答。最后被问急了,母亲说:

"可能是新疆这地界邪吧!"

研碎的爱

　　我的嗓子眼儿细，这是母亲说的。别的孩子吃药，一大把药，放在嘴里，一口水就顺下去了。而我不行，药片卡在喉咙里就是下不去，那药片好像跟我有仇，还苦得我直掉眼泪。母亲以为我想赖着不吃，就找其他孩子给我做榜样，还是不行。无奈之下，母亲只好把药片研碎，放到调羹勺里，往我嘴里硬灌。去掉糖衣的药，特苦。可我童年时身体偏偏又不争气，于是母亲满村撵着我喂药的一幕塞满了童年的记忆。

　　看到药，我就犯怵；不想吃，但又躲不过。我就提条件，说要到南地吃，于是母亲便跟着到南地；到了南地，又说要到东地吃，于是母亲便跟着到东地。北地是不敢说去的，因为北地有大深沟，乱草遍陈，狼豸出没，很吓人的。西地也不能去，因为西地有一个老坟场。实在没办法了，就哭。于是药就被硬灌进了嘴里。

　　有一天，家里来了位客人讨水吃药。男人三十来岁，拉个架子车，架子车上坐着老娘，是到姨家走亲戚的。把水端到老人跟前，老人就从身上掏出药，还掏出一个调羹勺。老人把药放到勺子里，对男人说，你把它找个地方研碎吧。于是男人便找个砖,就着车帮把药砸碎,老人接过调羹勺,把药放进勺里,倒点水,又用手仔细地捻,交给男人,说,我撵不动你了,你自己吃吧。男人犹豫了一下,闭着眼喝了下去。看着我们一群围观的好奇目光,老人说,俺孩儿,嗓子眼儿细。

　　一句话说得母亲的眼泪都掉下来了。从那一天起,我好像一下子长大了。再生病时,我选择了小孩子听了都害怕的方法:打针。

月光洒满乡愁

那晚的月光如水，那晚的清辉如梦。

母亲说，那晚大奶奶跟母亲说话说到很晚。冬季的月光把树影摇曳地洒在地上。也许是月光的缘故，也许是大奶奶轻易不来的缘故，那个晚上母亲很开心，一点儿预兆都没有。

就在那晚的后半夜，我静静地来到这个世上。母亲说，那个晚上真静，除了我的一声啼哭，甚至连一声狗叫都没有。母亲说，月光从窗户爬进来，融融的照在我的小脸上，像蒙了一层薄纱。

然而母亲所说的这些，我都如同云里雾里。而农历十四我的生日，自我走出故土，就再也没有过这个概念。一晃就是二十年。其间有多少次月光静静地流进我的窗口，又有多少次月光抚过我的脸，或者悄无声息地抹去我眼角的泪痕，我都没有感觉到。也许是步履匆匆，也许是心情烦躁，也许是眼光过高。我就像忽略岁月一样忽略了那晚的月光。

而每年的这天，母亲都静静地做一顿长寿面，再静静地窝上两个鸡蛋。做这些事时，母亲是从容的，从容得就像那夜如水的月光。

想起给母亲过生日,是把母亲接来以后。人过古稀又远离故土,母亲和父亲难免会失落、寂寞乃至哀伤。这时,我们才想起要给母亲好好过个生日了。我们精心地准备,从酒到菜以及过生日时的气氛。最主要的,是母亲的生日,因为是过农历,我们得时不时地翻看日历,好与公历对应,免得搞错了时间。生日那天在我们的《祝你生日快乐》歌声中,母亲显得很快乐,却不难从母亲眼里看到一丝失落。最后,母亲说,今天还没吃长寿面呢。我告诉母亲,这里过生日都是吃蛋糕,不吃长寿面的。母亲"哦"了一声,小声说:"咱们老家过生日还都是吃面,还要煮两个鸡蛋。每年你过生日那天,家里都是吃捞面的。"我有些语塞。母亲说:"你的生日可真是时候,晚上,月亮上来了,月光照进门来,我就想那年生你的那个晚上。这样一晃一晃三四十年就过去了,像做梦一样。"母亲说这话时脸上很安详,安详得就像融融的月光。

在一个月圆的晚上,我去看母亲。母亲说,你的生日过了吗?什么?我一惊,这么多年我根本就没有过生日的概念,更不要说过生日了。看着母亲期待的目光,我只好扯了一个谎,说过了,简简单单过的。母亲说,昨天她和父亲也给我过了,还是一顿长寿面,两个鸡蛋。

回到家里,我翻开日历,农历十四,今天才是我的生日!

月光在大地上洒满清辉。我想,昨天的月光与今天的月光会有差别吗?母亲的感觉有时可能会有所偏差,但母亲珍藏的月光,将永远是最美的。

父亲戒烟

父亲烟瘾很大,那种很有劲的劣质纸烟一天要抽两包。到了老年,气管炎很严重。在农村,冬天不生火,屋里屋外一样冷,一到冬天父亲的气管炎就发作,严重时气上不来憋得满脸通红,喉咙"吼吼"直响。母亲多次劝他戒烟,但都没有成功。父亲说:"烟是男人的脸面。烟戒了,面子就掉在地上找不回来了。"

年老了,身边没有子女照顾,在我和妻的多次劝说之后,父亲终于把土地让姐姐耕种,与母亲一起跟我生活在一起。为了能让父亲过烟瘾,我托人买了已经在市场上禁卖的"莫合烟"。这烟的劲很大,父亲非常喜欢,常常爱不释手。

父亲第一次在冬天气管炎却没有发作。戒烟的话题母亲也再也没提过。但是我发现,父亲慢慢地不再抽烟了。我问母亲,母亲说,戒了。

戒了?那么大的烟瘾怎么说戒就戒了?

确实戒了。在外面别人给他敬烟,父亲都推辞了。我常常看到父亲拒绝别人递过来香烟的那份依恋,那份不舍,甚至还有颜面扫地的不自在。但我确实没有看到过父亲再抽过一支烟。

别人向父亲讨戒烟的秘诀，父亲总是说，冬天不犯气管炎的感觉有多好，他不能因为抽烟再让气管炎犯了。你是不知道气管炎发作时的难受劲！别人都说父亲有毅力，这烟说戒就戒了。

我也试着问了父亲他戒烟的过程。他告诉我，这没什么，不就是戒个烟嘛。

母亲倒是吐露了父亲戒烟过程中的尴尬事。父亲让母亲监督戒烟，母亲就把香烟都扔到垃圾箱里，以断父亲抽烟的念头。一次父亲烟瘾发作，急得在屋子里直搓手。最后借口有事出去一趟。岁数大了，父亲和母亲都是一起出门的，这次是怎么了？母亲偷偷观察父亲，父亲竟然低头到路边捡了一个烟头，向四面望望，然后走到一棵大树后面，抖抖索索地掏出打火机。这时母亲才出现。父亲一脸的难堪。母亲说："这是你自己要戒的。你如果不想戒，那就说一声，我给你买一条放着，你想怎么抽就怎么抽。"父亲果断地把烟头扔到地上，用脚踩得稀烂。

但是我还是无意听到了父亲戒烟的真正原因。有一次父亲和一个老乡聊天。老乡说，老谭，你真有毅力，这烟戒得这么果断，不留一丝念想。父亲说，这戒烟谁都难戒。在老家冬天气管炎那么厉害，我都戒不了。但现在看到孩子工作那么忙，我们年老了帮不上忙，却也不能给他们添乱吧。这么一想，这烟再难戒也能戒掉啊。

在父母眼里，子女永远比任何事情都重要。为了子女，他们可以作出任何牺牲，甚至多年的积习。

父亲的结绳记事

父亲年轻时在村子里当生产队长，虽然上过几天学，能写会算，但父亲还是喜欢用那种老辈人流传下来的结绳记事的方法。父亲说，还是这种方法简单，睡觉前就着豆大的煤油灯光，看到床头墙上挂着的绳子，就知道明天要干什么事儿了。

我见过父亲结绳记事的绳子，用熟皮子割的，柔韧而细软。父亲让全村人的日子在绳子上流淌，生活虽然清苦，但全村人有这绳子安排，日子过得还很充实。乡亲们日出而作，日落而归。有时还请个说书的，到村子里说个十天半月，老百姓的生活平静而踏实。这根记事的绳子是村民的主心骨。

实行承包责任制后，土地分给各家各户种，这根绳子就成了我们家的生活指南。什么时候要集肥了，什么时候要播种了，什么时候要除草了，什么时候要收获了，还有什么时候要换季套种了等等，都在这条记事的绳子上挽成了密密麻麻的小疙瘩，随着这小疙瘩的一个个解开，日子便这么稠稠密密地过下来了。终于在不知不觉中，父亲的这条记事绳给了闲下来，渐渐地走出记忆的视野。

老年的父亲老是感叹记性不好。过去的事情记忆犹新，眼前的事情却转脸就忘。这个我信,有一次为买一瓶酱油,父亲到商店往返了三趟。我对父亲说,人岁数大了,都这样。父亲从老家搬到我工作的地方的第一年,有一天,我中午下班回来,父亲等在门口,冷风飕飕。父亲说,今天是我的生日,他和母亲早上煮好了鸡蛋,赶到吃饭前送来,害怕耽误了,都等半个小时了。父亲从怀里把鸡蛋往我手里一塞,就匆匆忙忙地走了。过了一会儿,父亲又折了回来。父亲说,把母亲捎带的话忘了,母亲让他告诉我,生我的时候是后半夜,那晚好大的月亮。

今天是我的生日?我怔怔地站着,记忆的闸门一下子打开,小时候盼的就是过生日啊,等着母亲的煮鸡蛋,等着吃长寿面。可是,自从上学工作走出村子以后,就再没想到过生日。

后来我又看到了父亲的记事绳。结的疙瘩稀疏却显眼。父亲说,年老了,生活也被我们安排了,心里就只装着下一辈人。父亲指着绳子说,这个是你的生日,这个是你姐的生日,这个是你弟的生日……子女、孙子、孙女、外孙子的生日都在绳子上记着。父亲说,不管到了谁的生日,父亲和母亲都一大早煮好鸡蛋,中午就吃长寿面。

看着父亲稔熟地抚摸着记事绳,我的眼前一下子模糊起来。

醉倒在家门口

我喜欢喝酒,可自打父母从老家搬到我们身边以后,我就对喝酒有所节制,但有两次我还是喝得酩酊大醉。

一次是喝弟弟的喜酒。弟弟近二十岁才出来闯世界,吃了不少苦,受了不少罪。当他站稳脚步,有了自己的事业时,已经三十多岁了。弟弟的婚事成了父母亲的心病。但老人再操心也无能为力,弟弟说是缘分不到。"缘分究竟是个什么东西,非要到七老八十才到吗?"父母亲总是这么质问弟弟,弟弟无语以对。在夏天里,弟弟说他谈了一个女朋友,秋天的时候弟弟和女朋友来家了,冬天弟弟结婚了。父母长舒一口气,在他们七十多岁的时候,他们终于完成了自己的使命。看着父母一脸沟壑舒展成一朵花,那天我醉了。高脚杯满杯子敬酒,我喝得很放心,喝得很舒心。醉了,醉得一塌糊涂。那天父亲也喝高了,但回到家里刚想躺到床上休息一会儿,忽然想起我喝多了,妻子还没回来,就跟母亲一块来看我。敲门声没有把我惊醒,父亲急了,一路小跑到岳父家拿来备用钥匙。打开门,见我躺在卫生间的地上,刚在马桶里吐过。他们赶紧把我往床上拉,两个七十多岁的老人怎么能拉得动呢?无奈之下,他们只好给我垫几个垫子。

另一次是跟父亲。虽然住得没多远,但由于平时工作忙,也不能天天相见。放假了,找个时间,陪着父亲,杯盏之间话家常。菜是家乡菜,酒是普通酒。三皇五帝,父老乡亲,都在举杯之间,一个个鲜活起来。心里荡漾起浓浓的乡情。父亲说,我的计划再活五年,那时就八十岁了。说罢大笑。我笑着说,老天爷也听您的安排啊。父亲达观,心无芥蒂,却也从无放纵。七十多岁依然走路如风。酒酣,父亲兴致依然,他感念社会,感怀时代。不知不觉中,一瓶酒从我的手中倒出。夜深,父母留我,我说,还是回去。走出门,才觉自己已醉。路灯在我眼里化作一道道光环,在寒风的夜里是那么的温馨。

母亲说,酒少喝点,喝多伤身。我点头,所以在很多场合我提醒着自己少喝,这是母亲的叮咛。但是在自己家里,在父母的亲情里,我还是喝高了,喝大了。我陶醉这没有波澜的细碎生活,就如日出日落,却每天都有新意。

亲情做伴,醉倒在家门口,何尝不是福啊!

婚姻就像搅面汤

　　女儿出生时母亲从老家来侍候妻子,饭多数就由母亲来做了。但母亲做饭却常常让我看不惯,比如包饺子,母亲总是提前把面饧着,饧好了才开始动手,包饺子时一点一点捏,唯恐哪个地方没捏到,看母亲的表情,执着而神圣。我常常中午下班后买上菜风风火火地回家,母亲接过菜问:"吃啥饭?"我说:"包饺子吧。"母亲就会坚决地说:"等到晚上吃吧,这会儿来不及。"我便随口说:"那就做米饭吧。"心里却不屑:有什么来不及的?我们当单干户时不都是现和面现剁馅包饺子嘛! 等到晚上,母亲一准儿把饺子早早包好,等我下班好下锅。

　　最让我受不了的是母亲做面汤。从烧水开始,母亲便开始在碗里搅面,直到水开后倒进锅里前,母亲还在搅面。我说:"娘,你不会坐下休息一会儿啊?"母亲说:"面要搅好,这样劲道,喝着才长远。"由于在碗里搅的面稠,不能全部倒进锅里,还要接点水,把碗里剩下的面糊稀释,再倒进锅里。就烧个面汤,你说麻烦不麻烦? 我看不过去就给母亲做示范,搅面时把面糊冲得稀稀的,等水开了以后就倒进去,碗里也干净,多省事。但母亲依然我行我素。

在女儿五岁时,我和妻子几乎走到了离婚的边缘。其实也不是什么原则性的问题,就是家里鸡毛蒜皮的小事。我喜欢玩,一下班就出去找朋友喝酒打牌,玩的时间太晚了就住到朋友家。妻子就埋怨我不顾家,水管坏了都不修。我则看着当年的白雪公主一天天地不修边幅,一天天地埋汰,心里也窝一肚子气。吵嘴便成了家常便饭,有时火气上来还会摔碟子打碗。那段时间我很郁闷,放假时便回了趟老家。

　　母亲对我们的事早有耳闻。母亲说:"你给我烧火,我给你做一碗面汤。"我失魂落魄地往灶膛里添着柴,母亲便开始搅面糊,母亲很认真,筷子碰碗的声音不时响起,而面糊在母亲的筷子下欢快地被扯起落下。母亲说:"这过日子啊,就要用心,像这面汤,搅得越匀称就越好喝。"

　　后来我和妻子和好如初,我收了贪玩的本性,妻子也讲究起来。有一次不知什么由头说起我们的那段感情危机。妻子动情地说,那段日子真的不想过了,看着家里过得那么凄凉,有时死的心思都有。不过后来看到你用心地做面汤的神情,我觉得日子又找回来了。我把妻子揽在怀里,轻轻地抚摸着她的头发说,那是面汤的原始做法,最劲道。

不动脑子的爱

　　有一天傍晚散步时顺路去看望父母，刚好姑姑也在，大家就不免多聊几句。不知不觉中天色渐晚。姑姑突然想起什么似的，说该回去了，出来时没跟姑父说，怕姑父在家等急了。我们把姑姑送出来，安慰她姑父会想得到的，因为姑姑的孩子们都不在身边，在镇上除了到父母家，也没有其他亲戚。再说父母家与姑姑家相隔就一公里左右，姑姑经常散步时到父母这里来。姑姑说，姑父不动脑子。

　　送走姑姑，我又跟父母聊了一会儿，就回家了。刚到家，电话铃响了，是姑姑打来的。姑姑焦急地说姑父不在家，听邻居说姑父是去找她了，可过了这么长时间还没回来。我一听也急了。天色已晚，姑父耳朵聋，到父母家还要穿过一个川流不息的马路，万一有个三长两短……我急忙骑车去找，先到父母家，他们已熄灯睡觉。我就急忙往回赶，一路找，一直到姑姑家，也没见到姑父的影子。我安慰姑姑几句，让她耐心在家等。我又骑车往回找。忽然听到前面一串沉重而又拖拉的脚步声，我冲着前面大声叫了几声，脚步停了。我一阵惊喜：是姑父！他年岁大了，又拖着一双老寒腿，不是他又是谁呢？我走上前去，问姑父我刚才怎么没见到他。姑父气喘吁吁说,刚才是走的小路。我不禁有些后怕,走小路要穿过一座小桥,我不知姑父是怎样走过去的。姑父说,还不是着急,走小路不是近一些嘛。

到了姑姑家,姑姑正心神不宁地拿着电视控制器不停地换台。看到姑父回来,姑姑激动得有些手足无措。直埋怨姑父不在家等,非要出去找。姑父讪笑着说:"还不是对你过马路不放心,那里车多……"姑姑说:"大家就对你过马路不放心。你不动脑子想一想。"姑父用手搔着头皮,一脸尴尬的笑:"那不是没想那么多嘛。"姑姑说:"一辈子的老毛病了,就是遇事不动脑子。"姑父姑姑都咧开没有牙齿的嘴巴笑了。

从姑姑家出来,一股暖流在心中涌动。不加思索的下意识的本能的牵挂,是最纯真,最珍贵的。在爱的辞海里,姑父又加了一条,叫不动脑子。

偏　方

　　我从小肚子就有爱受凉的毛病。肚子一受凉,就痛得满床打滚儿,打针吃药作用都不大。后来一位大娘给母亲说了一个偏方:把手心对着搓搓,搓热了对着肚脐正着反着揉揉,放几个屁就好了。这法儿还真灵。我只要一喊肚子痛,母亲就会放下手中的活儿给我揉肚子。母亲的手粗糙,揉在肚子上涩拉拉的。有时母亲正在洗衣服,因为急,把湿淋淋的手在衣服上稍微擦一擦,虽然急匆匆地搓热了手心,但骨子里还是凉的。我就叫:"娘,手凉。"母亲就把手揣进自己贴身衣服里暖手,暖热了,再揉。有时母亲正在做针线活,跑得太急,顶针儿也没有摘掉,我叫:"娘,手凉。"母亲便一脸歉意地把顶针儿摘下。母亲的手虽然粗糙,但揉在肚子上痒痒的,很是舒服。我在母亲的揉搓下吭吭哧哧地喘气,一会儿工夫肚子便咕咕噜噜响了,接着就放屁。母亲说:"好了吗?"我正陶醉呢,不理母亲。母亲再问,我就耍赖,说没好呢。母亲在屁股上就是一巴掌:"都放屁了,还没好? 快起来出去玩去吧!"把戏被揭穿,我只好一骨碌爬起来,给母亲做了一个鬼脸,跑出去玩了。

　　结婚后妻子发现我肚子爱受凉的毛病,就炒盐巴,用布包了，趁热敷在肚子上，也挺管用。就是炒盐巴太麻烦，有一次我对妻子说，母亲都是用手揉的。这是偏方，一揉就好。妻子说，你又想耍花招是吧。我说，你试试。妻子半信半疑地把手搓热。妻子的手绵软，细腻。妻子的揉搓让人有些飘飘欲仙。肚子在不知不觉中就咕噜响了。放了两个屁，肚子好了。坐起来，看到妻子香汗布满额头，忍不住把妻子揽在怀里。

女儿也从妻子那里学到了这个偏方。每次肚子痛，女儿第一个跑过来，像模像样儿地搓手，一本正经地给我揉肚子。不过女儿总是太急，还没揉两下，就急忙问："放屁了吗？怎么还不放屁？"早把人逗乐了。女儿的揉搓就像蜻蜓点水，小手甚至都找不到肚脐在什么地方。但只要女儿一来，肚痛马上就好了一半。还没揉几下，我就把女儿紧紧地抱在怀里，亲她的小脸儿。女儿挣脱我，向妻子邀功请赏去了。

我不知道这个偏方对我怎么这么灵。对看到这个偏方的读者朋友灵不灵我更是不知。但我知道，每个人都有适合自己的偏方，偏方有一味必不可少的东西，那就是爱。

母爱在远方

给母亲打电话，电话那头母亲问："有啊？"

"不是，是我。"

"发啊？"

"不是，是我。锁。"

"有"是我二弟，"发"是我小弟。我都有点生气了，在母亲心目中，我这个老大怎么就没了位置呢。

母亲在电话里"哦"了一声，问我有什么事。我说想她了，打电话问候一下。母亲说，昨天不是还来过吗？怎么又想了？没事挂了吧。

手机里便听到"嘟嘟"的忙音。

跟母亲在一起，母亲老是念叨，姐姐现在不知怎么样了，在外做保姆不易，姐姐做事情有些慢，会不会让主家不待见；弟弟不知怎样了，他新买五十亩地，种棉花晚了，不知打霜前能不能成熟，拾棉花的小工找到没有。我说她，"你操这些闲心干什么，你又帮不了他们，你跟着我，有吃有喝，把身子骨养好，种个小菜，逛个街，有什么不好？"母亲说她就是这个操心的命……下一次母亲还是念叨。有时我会开玩笑跟母亲说："就知道亲你闺女和那俩孩儿。就没有想过我。"母亲看着我,眼神有些奇怪:"你守着我,有什么好想的?"

这真应了那句老话:远香近臭。

回去探亲,一见面就跟姐姐打嘴巴仗,"歪嘴"说母亲亲她,不亲我。我把母亲念叨她的事儿一五一十地说给姐姐听。

姐姐说:"你就别说了,母亲最痛的就是你。"

这些我当然知道,姐姐上面的几个哥哥姐姐都没成人,我是家里的第一个男孩,母亲当然痛我。

姐姐说起了父母还在老家时的一些事。我结婚了,母亲说,万把里路,也去不到,不知道他们婚礼热闹不热闹。姐姐说,肯定热闹,这你都不用操心了。母亲说,他们结婚,这铺铺盖盖的,也不知周全不周全。姐姐说,大弟从小就严谨,再说不是还有儿媳妇吗? 他们会想周全的。

我给母亲写信,说孩子要出生了。母亲收拾收拾东西就要来给我带孩子。母亲对姐姐说,他们工作忙,带孩子没经验,我得给他们带孩子去。姐姐笑话她:"就锁的孩子是孩子,我生孩子时也没见你天天陪我。"母亲说,那不是近吗? 我抬脚就到了,哪有空天天陪你啊。那年母亲风风火火地坐了三天三夜的火车来给我带孩子。

与姐姐打着打着嘴巴仗,眼里便泅湿起来,都已为人父母的我们,又何尝不知道母亲的那份心啊。用母亲的话说,就是操心的命。母亲即使高寿百岁,心思却还一直在儿孙身上,那份母爱是根深蒂固的。在母爱的天平上,母亲想永远端平这碗水,于是不在自己身边的儿女便成了她心中的纠结。

母爱在远方,谁解慈母心?

父亲探亲

大学毕业那年,我报名到祖国最需要的新疆工作。当时是抱着一腔热忱,事先也没和爹娘商量。娘一听说到遥远的新疆,当即就哭了:"孩儿,你犯错误了?"娘问我。娘想不通我这个村里的第一个大学生怎么会"发配"到新疆了呢?我说:"娘,方便着呢,麦忙时我还能回来给您割麦哩。"爹磕掉烟袋里的烟灰,甩下冷冰冰的一句话:"好男儿志在四方,哪有那么多儿女情长!"

一到新疆我就想家了。家乡的碧天绿野转眼间变成了戈壁荒漠。但我不能回头,我怕娘的眼泪,更怕爹的冷漠。

我被分配到一个只有几个老师的小学校。干打垒的教室,干打垒的院墙。虽然简陋,但忙忙碌碌着也很充实。只是秋风渐起时,眼前总幻化出娘的泪眼。在夜深人静时,我总是泪眼蒙眬,伏案给娘写信。我把工资积攒起来,数着回家探亲的日子。就在我满怀喜悦准备踏上回乡的征程时,突然收到爹的来信:积攒的工资自己成家,别把钱都扔在路上。

一瓢冷水浇出我对爹的怨恨来。咋说我也是你唯一的儿子呀,你怎么就那么狠心呢! 爹磕烟袋那冷冰冰的声音一遍一遍在耳边回响。我发誓,不活出个人样来,坚决不回家。

我的文章开始在省市报刊发表,并逐渐走向全国报刊。当然我也像每天吃三顿饭那么自然地结婚,生子,由青年步入中年。

自从家里装了电话,在电话里听到爹陌生而苍老的声音,我心里的内疚便油然而生。十多年只顾着工作和心中的那股怨气,却忽视了父母亲已年近古稀。这么多年怎么就没回去探一次亲呢?就是再忙,就是再有气,就是路途再遥远,这十多年了也该回去一趟吧。想到这些,我与妻子商量一起回去探亲,现在工资也涨了,每个月给老人寄一百元。在妻子将钱寄出去不久,我接到去外地学习的任务。

半年后学习结束,刚到家,妻就迫不及待地说:"快到火车站接爹!"

但直到从火车站里走出最后一个人,也没有见到爹的影子。我们找遍了小站的角角落落后,便沮丧地往回走。路上我问妻子爹这次来的原因。妻子说:"我也不知道啊!"她说,自我出差后,她每月发工资都按时给家里寄钱,也都准时接到爹的电话。爹的乡音很重,妻根本听不懂,只是听到"俺孩儿"知道是在问我,就回答:"他不在。"难以交流,往往就说上短短的几句话,后来忽然接到姐姐的电话,说爹已来新疆。

回到家,爹已佝偻着身子,蜷曲在大门口了。他两眼红肿、泪眼婆娑。爹见到我,愣了半天,说出一句话:俺孩儿还在哩!——爹真的老了,说话都糊涂了。

趁妻子做饭的空儿,爹给我讲了他的这次新疆之行的缘由:爹半年前突然收到妻子寄的钱,觉得很奇怪,无事无非地寄钱干啥？他给妻打了个电话，妻说我不在，爹心里一咯噔。"不在了"在我们那里是"不在人世"的意思。接着收到妻第二个月、第三个月的汇款……。在接到第六次汇款时爹沉不住气了，他认定一定是出事了，第二天就登上了西去的火车。

爹尴尬地说着，嗫嚅着："俺孩儿在哩！"而我，听了爹的话，心里越来越不是滋味，泪水直在眼里打转转。

爹说，可苦了俺孩儿了，没想到现在还住在土坯房子，看这满眼都是戈壁滩。爹似乎自言自语：我们从小对你娇惯，你一直都在女孩堆里长大，我怕你不成器，怕你缺少男儿血性……俺孩儿是男子汉，是真男儿哩……爹说着说着就进入了梦乡。

我和妻子搀扶着爹到床上睡，刚盖上被子，爹一激灵坐起："快给你娘打电话，就说你还在哩。"

拨通电话，还没听到娘的声音，我们都已泣不成声。

风吹四季

春色混沌

推开窗,天色一片混沌。

是在深夜我捡拾文字时起风的。然后就轻轻地吹,从梦里一直吹到梦外。我是想走到外面去吹吹风的,"吹面不寒杨柳风"啊。想想一个冬天被寒风鞭子般凛冽地抽打,现在好不容易有温暖的风儿轻抚你的脸、你的头、你的手、你的身体,甚至你的心扉,当然应该伸出双手去热情拥抱的。但是,有风的春色是混沌的,有些暧昧。

我不得不把骚动的心收起,抚平,然后埋头于我的文字,就像捡拾丢落在地里的豆子。母亲说,捡起来就捡起来了,捡不起来就浪费了。骄阳似火的秋季,捡拾不起来的豆子如果遭遇一场雨,便会发芽生根,耗尽土地的肥力,在秋霜来临之时匆匆夭折。而我,年复一年,因为没有把心中的文字及时捡拾,心里长满荒草。

都说春眠不觉晓,然而我的春天却时常无眠。无眠让我深夜听风,风声入梦;无眠让我凌晨听雨,细雨沥沥。无眠中,我的春花含苞怒放了;无眠中,我的春燕衔泥筑巢了;无眠中,我的春雨敲打芭蕉了;无眠中,我的春雷迎空炸响了。

无眠之春色,只剩下了倦怠。惊蛰已过,冬眠的植物无精打采地醒来,伸胳膊伸腿伸懒腰,恨不得一个呵欠再打回冬天去。而不知冬眠为何物的动物呢?老牛望着依然苍黄的草皮发出无奈的哞叫;狗儿兴奋地找到一根电线杆,狂放地撒一泡尿,然后垂头丧气地走开,显得有些悻悻然。

子在川上曰:"逝者如斯夫"。这个场景常在我脑海里浮现。老夫子应是在秋天的某天,太阳无聊地挂在苍白的天空,树叶被秋风吹落,雁儿也无奈地长鸣而去。夫子望断秋水,目力所及的尽处是凄凉冷清。夫子手捋长须,面色苍然。发完感慨,夫子已是老泪横流。面对混沌春色,我想,夫子发此感叹时为什么不能是春天呢?想啊,河里的流水带着春色的混沌,疾流而下,虽然前途未知,但终会带去一丝希冀。夫子说,逝者如斯。他的眼前应该是满眼葱绿的啊。

春色三分,我取一分春色混沌。

趣话"二月二"

民谚:"二月二,龙抬头。大仓满,小仓流。"

农历二月初二前后是廿四节气之一的惊蛰。据说经过冬眠的龙,到了这一天,就被隆隆的春雷惊醒,便抬头而起。实际上"二月二,龙抬头"说和古代天文学有关。中国古代用二十八宿来表示日月星辰在天空的位置和判断季节。二十八宿中的角、亢、氐、房、心、尾、箕七宿组成一个完整的龙形星座,角宿恰似龙的角。每到二月春风以后,黄昏时龙角星就从东方地平线上出现,故称"龙抬头"。

农历二月已进入仲春季节,这时阳气上升,大地复苏,草木萌动,农民们就要春耕,播种了。"二月二,龙抬头,天子耕地臣赶牛;正宫娘娘来送饭,当朝大臣把种丢。春耕夏耘率天下,五谷丰登太平秋。"一幅君民同耕同乐图。

民间二月二有吃猪头的习俗。宋代的"仇池笔记"中曾记录了一个故事:王中令平定巴蜀之后,甚感腹饥,于是闯入一乡村小庙,却遇上了一个喝得醉醺醺的和尚,王中令大怒,欲斩之。哪知和尚全无惧色,王中令很奇怪,转而向他讨食。不多时和尚献上了一盘"蒸猪头"并为此赋诗:"嘴长毛短浅含膘,久向山中食药苗。蒸时已将蕉叶裹，熟时兼用杏桨浇。红鲜雅称金盘汀，熟软真堪玉箸挑。若无毛根来比并，毡根自合吃藤条。"王中令吃着美馔蒸猪头，听着风趣别致的"猪头诗"，甚是高兴，于是封那和尚为"紫衣法师"。现在有道名菜"扒猪脸"，肥而不腻、肉骨分离、糯香可口，给现代人带来了美容、健脑的效果。俗语说："哪有提着猪头找不着庙门的？"这其中道理更是不言而喻。人若怀才不遇，不必气馁，早晚必会找到能够理解你，而又肯接受你的人。这样，看起来"二月二"吃猪头是古代留下的传统，是吉祥兆头的标志。

二月二在南方又叫"踏青节"。春回大地，万物复苏。不妨走出家门，沐浴春风，一吐冬天之浊气，尽享春日之抒怀。

清明插柳

儿时的清明是那么平淡，平淡得几乎让孩子们没有什么感觉。因为清明不像端午这样的节日一样，可以有鸡蛋、粽子等好吃的。本来清明是要寒食，禁烟火。但随着时代的变迁，寒食之俗也就免去，当然，没有美食的节日，对孩子的吸引力就大打折扣了。

清早还处在"春眠不觉晓"的朦胧之中，便被大人叫起："清明了！清明了！"于是大人便拿着柳条在床上拍打，并随口念道："括括柳枝，蝎子蚰蜒不咬小妮儿；括括柳条……"我们便在大人的怨艾声中笑着爬起来。大人把到处拍打过的枝条插在屋檐下，把编成圆圈的柳帽戴在孩子们头上，嘴里还是不停地怨艾："清明不戴柳，老了变老狗。"我们又在老人的怨艾声中草草吃完饭，急不可耐地冲出家门。

清明时节天清气爽，正是玩耍的好时候。头戴柳条帽，像不像电影《闪闪的红星》上的潘冬子？出家门时还睡眼惺忪，几个小伙伴凑在一块儿精神可就都来了。钻麦地，爬树枝。刚才还想着让孙子帮着干点活的老奶奶，一转眼就找不到了孩子，就像从这个地球上蒸发掉一样。只好叹息："这帮不着窝的兔崽子!"

外面的空气格外清新,小鸟在鸣唱,蜜蜂蝴蝶也起舞翻飞。麦子上挂着露珠,在阳光下晶莹剔透。疯玩了半天,才想起回家吃饭,大人看着被太阳晒焦的柳枝也是喜形于色:"清明晒干柳,白面馒头噎死狗。"清明晴天,肯定是个丰收年。

清明也可以放飞风筝的。正如清代诗人高鼎描述:"草长莺飞二月天,拂堤杨柳醉春烟。儿童散学归来早,忙趁东风放纸鸢。"自己纸扎的风筝,不须多好看,找些竹枝,用缰绳交叉捆绑,哪怕是瓦片风筝,从手里放飞,那也是一种快乐,一种满足。

清明扫墓一般都是大人的事。其实大多数人在清明之前就已把墓扫好,铲除坟墓上的杂草,把坟头清得干干净净,然后找一块好草皮,挖出个锥形的一块,放在坟头。在民间,清明是收鬼的日子,马上进入麦收秋种大忙季节,给先人修好房子,就不要出来乱跑了。大家都忙,谁也没空照顾他们。扫好墓免不了随手折一枝柳枝插在坟地,说不定夏天就会绿树成荫。"有心栽花花不发,无心插柳柳成荫。"

在古代,"柳""留"谐音,以表示挽留之意。于是折柳赠别成为时尚。"纤纤折杨柳,持此寄情人。"时光荏苒,插柳的清明已随儿时的逝去而消逝。但是插柳的清明却时常出现在梦中,"此夜曲中闻折柳,何人不起故园情?"

沙枣花飘香的季节

就在眨眼之间，沙枣花开了。那浓酽的香味扑鼻而来，让人都喘不过气来。

沙枣花开无言。它米黄色的小花是那样的不起眼，掩映在茂密的叶子中间的沙枣花如果不是那醉人的花香，很难让人知道它曾经热烈地怒放过。是花香留住了行人的脚步，驻足仔细观赏。沙枣花如米粒大小，乳雀嘴丫般的黄色，天真，纯净。它努着小嘴，奋力张开，似要吸尽天地的精华。是啊，如果没有它们的努力，那么小的花儿怎么能够发出如此醇厚的花香呢？

沙枣花是夏天的使者。在这沙枣花开的眨眼之间，夏天也就不期而至。

初夏的季节因为沙枣花的飘香而让人感动和多情。沙枣树是低调的树，身躯皲裂而弯曲，你从来看不到它张扬过，秋天它硕果累累却死守着土地的颜色；冬天它枝丫横指与灰暗的天色相辉映；春天它默默吐芽发叶，在不知不觉中完成它生命的轮回。只是在这初夏，暗香袭人，才让人如当头一击，这曾经忽略的沙枣树竟有如此的辉煌。

对于沙枣，我有嵌入生命的情感。那年我投亲新疆，跟着浙江的木工师傅学徒。也是沙枣花开的季节，我对着满屋子的木料发呆，都是沙枣木，坚实得让人头疼的木料，要拉线取直，要锯开，要刨平。日子在沉闷中延续。十五六岁，正是多梦的季节，我多次从梦里惊醒，关于考试，关于前途，关于未来，关于爱情。有一天，我终于能够酣睡如泥，梦境温存而暧昧，像笼罩着的一场浅紫色的云雾。醒来，窗外的小鸟啁啾，清风习习，阵阵沙枣花香扑鼻而来。我心头一颤，沙枣也有辉煌的一刻！那一年，我走进了高中教室，又重新捧起了书。

爷爷曾数下新疆，最后一次年已八旬。他对沙枣情有独钟，回老家带回的树种就是沙枣。爷爷回家后精心育苗，精心呵护，沙枣树出苗了，发枝了。但最终还是在爷爷的热切期待中消失得无影无踪。爷爷纳闷了，在新疆戈壁滩丢个种子就能长成大树的沙枣，在土地肥沃的中原大地竟然活不下来！那一年，爷爷对我说，你到新疆去吧。

这就叫作渊源吧。我在新疆生活了下来。随着岁数的增大，我对新疆的了解越来越多，竟然有种圆梦般的感觉。

在一个风和日丽的日子，我带着父母亲郊游。我骑着公路自行车，这是我触摸新疆的得力助手；父亲骑三轮车，到新疆后父亲就与自行车做了个告别，改骑三轮车，人老了，这是他们代步的最佳选择；母亲坐在三轮车上，这是她与父亲出行第一次只坐车而不拉车。在老家他们走亲戚赶会看戏什么的，都是轮换着用架子车你拉我一截我拉你一截的；女儿滑滑板车，她们这帮孩子滑滑板车都快滑疯了。我用绳子拉着父亲的三轮车，女儿则扶着三轮车滑滑板。女儿或蹲或站,与爷爷奶奶有说不完的话。

母亲突然问,该立夏了吧?

可不是嘛,沙枣花都开了,香得醉人呢。

阿拉尔的花海

　　进入四月，阿拉尔到处是花的海洋。

　　我是三月到阿拉尔的。那时的阿拉尔铁青着脸，树还都是青黛一色。加上经久不息的浮尘天气，让人总是觉得春天把阿拉尔给遗忘了。好像遗忘才是常态，就像每年阿拉尔春天的沙尘天气成为中央电视台每年必播的新闻一样。内地的很多人认识阿拉尔首先从阿拉尔的沙尘天气开始的。这也难怪，谁让你阿拉尔是离海洋最远，离沙漠最近的"沙漠之门"城市呢？

　　周六周日陪妻子逛街。阿拉尔的街是很耐逛的，不是商场耐逛，是路太长，路边的林带比楼房还宽，这倒是让人感觉阿拉尔是位隐士，不显山不露水。逛够了，在外面吃点东西，就晃晃悠悠往回走，才发现跟学校毗邻的竟是一个园子，感觉四周的沙土有两层楼高，上面又高高地长着两排高大的杨树，把里面的信息全部封锁了。有一天开车路过园子的大门，才知道是梨园，梨树还在冬天的睡梦中没有醒来。是个老梨园，梨树枝干虬曲，不枝不蔓，嘎巴干脆，随阿拉尔人的性格。

　　刚来学校，我和妻子住学生宿舍，早饭午饭在学校食堂吃，晚饭就到外面吃一点。一下班，两个人就去散步，出校门往右，走到一个十字路口再往右,再过两个红绿灯,往左一拐,就到了——河南烩面,老板是五六十岁的男人,很温厚,让人有回到家的感觉。生意清淡,每次去,基本都是老板一个人在坐着看电视,看到我们进来,打个招呼"来啦",然后问"还吃烩面?"起身就去做饭了。小火煨出来的骨头汤,白如凝脂。

就这样散散淡淡地走着。

忽然有一天,路边的花开了,是榆叶梅,先是豌豆一般大,一排排挂满树枝,像点在女孩眉间的胭脂。离花儿盛开还早着呢。心里想着,也就多一份从容。第二天散步再经过那里,那些花骨朵儿都张开了小嘴儿;再一天走过,花儿们都绽开了笑脸。你看吧,原来还豌豆般大散落在树枝上的,现在却叽叽喳喳挤在一块儿,争着跟你说她们的新鲜事,就像一群刚够着门鼻儿的孩子。这才有了紧迫感,说是要给这些花儿照相,但每次出来散步都忘记带照相机,等看到盛开的花儿,一次次遗忘,一次次内疚。不负春光,说好了不负春光的,现在却眼看着春光从眼前大摇大摆地走过,匆匆太匆匆。终于记得带上照相机,天色向晚,有些花也有点过期,本来对我满满的期待,现在都有些泄气了。还好,我抓住了花期的尾巴,赶上了最后一班车。刚想舒一口气,就听说杏花败了,桃花开了,郁金香已经花开满园了,街上一排排的花树点缀的小花儿也春风荡漾了。

就算是装聋作哑,视而不见,那扑鼻的花香也不放过你。学校的丁香花不依不饶地拉扯着你的脚步,淡紫色的小花不那么起眼,但她们是礼花般一簇簇盛开,绒球一样,让你不能不引起关注。何况还有花香,那醉人欲迷的花香呢!小花儿张着的小嘴是那么地渴望。

我看到一个孩子在追逐着一只蝴蝶，很忘情地追，脚步就很自然地踏进了花园。蝴蝶好像根本就无视孩子的存在，它追逐着花儿，翩翩起舞，也带着孩子翩翩起舞。我没有制止孩子——怎忍心呢！

我路过校园边的园子，梨花开了。那雪白的世界穿过四周林带的空隙潮一般涌来，尽显"占断天下白，压尽人间花。"的气势。说句实话，我对梨花颇有微词，她太过素雅，虽然白清如雪，玉骨冰肌，不骄不媚，却总让人觉得有些凄清。哪怕你红染一抹呢！然而她不，花瓣洁白如雪不说，就是花蕊，她也只是浅染一点淡黄。

"梨花风起正清明，游子寻春半出城。"在阿拉尔可好，寻春就不用出城了，只有梨花开放的时候，你才会知道阿拉尔满城都是梨花，随便一个单位，院子里满院都是梨树，而且都是躯干遒劲的老树，沧桑得树干树枝都已分不出来，但只要一开花，那些沧桑就被埋进了骨子里，她银装素裹，整个是洁白无瑕的世界。哎，这梨花啊，真的就是得道遁世的高人，世事纷争，功名利禄，都化作白云一缕，看尽云卷云舒，潮起潮落。

如果不想凑热闹，尽可在月下赏梨花，"梨花院落溶溶月，柳絮池塘淡淡风"。不失一种雅趣。

当梨花在风中飘下薄如蝉翼的花瓣让你不忍捡拾时，路边叫不出名字的树的枝叶间又点缀出小米样的花粒。还有，芍药牡丹也都排着队在跃跃欲试了；还有……还有……那积聚了一冬力量刚刚醒来的沙枣花呢！

都说"春深似海"，阿拉尔的春天真是深埋在这花海里不能自拔了。

新开岭赏荷

到新开岭(新疆兵团第一师十六团)赏荷,是半年前的约定。当时还是隆冬,大地一片苍黄,游完新开岭,还有些意犹未尽。朋友说,夏天来赏荷。我们有些惊异。在这沙漠边缘的新开岭,何来之荷?这个悬念就像一个魔,时不时地出来捣乱一下。出来一次,欲念就膨胀一次。直到最近,这不,一听说荷花开了,我们一行就迫不及待驾车而来。

虽有无数次的想象,但我们还是被眼前的景象所震惊。这一池荷花,占满了整个公园。岸边烟柳含翠,水中青荷盖水,荷花映天。这公园取名就叫荷花公园。也只有新疆人这么奢侈,如果当年朱自清先生知道沙漠边缘竟有这么一大池荷花,他写《荷塘月色》时可能也会少了一分底气吧!

进得荷花公园,一路的浮躁便一扫而空。莲就有这样的魅力,你就是再心烦气躁,只要进入莲的世界,很快就会平静下来。也是,一颗饱经风霜的尘埃之心,经过莲的洗濯,哪会不洁净如新?据说佛家独爱莲,莲被佛家尊为圣物;佛、菩萨不是端坐莲花宝座,就是手持莲花,普度众生。而民间更是有"莲花仙子"之说。如今远在塔克拉玛干沙漠边缘的新开岭,能够一饱

"莲花仙子"之眼福,与"莲花仙子"并肩而行,也算一件幸事。

荷叶田田,荷花红鲜。这一池的青莲,该会藏有多少痴男怨女前世今生的心事。行走在荷的中间,就想与荷来一次推心置腹的对话。那一页荷叶,亭亭而立,卓尔不群,该是前世的守望,还是今生的静候? 那一柱荷花,踽踽独舞,又是前世的回眸,还是今生的渴盼? 我的心禁不住柔软起来。那缕缕的煦风,吹乱了一池荷花,也吹皱了一池绿水。问世间情为何物? 直如眼前荷花与莲叶。莲也孤独,叶也孤独。

耳边恍惚传来《汉乐府》的一首民歌来:

江南可采莲,

莲叶何田田,

鱼戏莲叶间。

鱼戏莲叶东,

鱼戏莲叶西。

鱼戏莲叶南,

鱼戏莲叶北。

有人说,这是一首爱情诗。以"莲"谐"怜",象征爱情,以鱼儿戏水于莲叶间来暗喻青年男女相互的爱恋。如此信手拈来之作,纯属天籁,宛若爱情。

荷花给了人们太多的期许。你看,"小荷才露尖尖角,早有蜻蜓立上头。"人们是那么地急不可耐;"秋阴不散霜飞晚,留得残荷听雨声。"人们又是那么地依依不舍。其间"菡萏香销翠叶残"的遗憾,"青荷盖绿水,芙蓉披红鲜"的喜悦,"惟有绿荷红菡萏,卷舒开合任天真"的童稚,"水中仙子并红腮,一点芳心两处开"的爱恋……人生百味,五味杂陈,全寄寓在这一池荷花上。

想着心事,却冷落了身边的一池荷。一缕清香,把我拉了回来。这荷香,直通心肺,让人全身通透,神清气爽。荷叶如盖,翠绿如墨;挺然而立,不媚,不傲,不攀附,不瞒欺。在阳光下,热烈开放,坦荡如砥。嫩小的荷花得到它的荫护,盛开的荷花得到它的陪衬。荷叶,当是君子中的伟丈夫。这是生命的绽放,也是生命的讴歌。一些嫩小的荷叶,还没来得及展开,就像一个带着脐带的婴儿,娇弱却活力无限,给人以无穷的期盼。再看看那一朵朵荷花吧,傲然而立,骄傲得就像一个个小公主,踮起脚尖,好像随时都会舞起来。是啊,有荷叶的呵护,她有什么理由不骄傲呢?她们个个出类拔萃,白的清淡素雅,红的艳而不俗,粉的娇而不媚,集天地之灵气,美得娇艳欲滴,美得超然脱俗,美得彻骨彻心,美得凛然不可侵犯。含苞待放的荷花铆足了劲,似乎要把全部的生命都在一瞬间绽放。开放的荷花则心定神闲,尽情享受这醉人的时光。你看那花蕊,淡黄而清新;你看那花瓣,清清爽爽,鲜艳明丽,多么像一双清纯的眼睛。眼睛,我不禁想到读过的佛教故事,佛祖释迦牟尼的母亲,不就长着一双莲花般的美丽清亮的大眼睛吗?佛祖降生时,皇宫御苑中出现了八种瑞相,其中最主要的一种瑞相,便是池中突然长出大如车轮的白莲花。佛祖降生时,在他的舌根上放射出千道金光,每一道金光化作一朵千叶白莲,每朵莲花之中坐着一位盘足交叉,足心向上的小菩萨。佛即是莲,莲即是佛。能参悟到此,也算是我的造化。我佛慈悲。

其实莲最让人敬佩的,还是她的出淤泥而不染,洁身自好,"三秋庭绿尽迎霜,惟有荷花守红死"的忠贞。即使成为残荷,依然透出历尽沧桑的悲凉之凄美。

离开荷花公园,我竟然想到了冬天,残荷傲雪,那将是何等的凄凉悲壮。我遗憾去年来时,没让朋友带我们来看一看残荷。让我们亲眼看一看,荷的坚定,不屈,傲然;听一听荷的心语,那是灵魂的圣洁与高贵,那是生命的蓄势与待发。

端午三题

诗意端午

端午节是我国三大传统节日之一,曾定名为"诗人节"。五月初五,华夏大地粽叶飘香,龙舟竞渡。仲夏的端午充满了诗情画意。

端午节起源于对伟大的浪漫主义诗人屈原的纪念。"竞渡深悲千载冤,忠魂一去讵能还。国亡身殒今何有,只留离骚在世间。"(张耒《和端午》)。楚国三闾大夫屈原力主联齐抗秦,因谗被贬,流放沅、湘流域。流放期间,屈原忧国忧民,作《天问》,书《九歌》,吟《离骚》,创"楚辞"文体,开"香草美人"先河。因而,端午节也被称作诗人节。楚国京都被攻破,屈原心如刀割,故国难弃,五月初五,屈原作《怀沙》,忧愤地抱石投江而死。楚国老百姓听到消息,哀痛异常,纷纷涌到汨罗江边去凭吊屈原。渔夫们划起船只,在江上来回打捞他的真身。有位渔夫拿出为屈原准备的饭团、鸡蛋等食物,"扑通、扑通"地丢进江里,说是让鱼龙虾蟹吃饱了,就不会去咬屈大夫的身体了。人们见后纷纷仿效。进而发展为端午食俗包粽子,煮鸡蛋。人们划龙舟也是为了驱散蛟龙不至于损伤屈原的身体。

端午节的习俗也多诗意浪漫。端午节喝雄黄酒,据说可以驱避五毒。这里有一个动人的传说,白蛇娘子修行五百年修得人形,化作楚楚女子,在断桥遇许仙,二人一见钟情,结为连理。金山寺和尚法海却认为白蛇为害人间,设计让许仙在五月初五这天给白蛇娘子喝雄黄酒,已怀身孕的白蛇娘子盛情难却,酒后露出原形,吓死许仙。后来白娘子为救夫舍命盗灵芝,演绎了一场千古爱情的绝唱。

端午节也是青年节男女送情的日子。青年女子给情人送香包,来表达对情人的爱慕。苏轼晚年谪居南荒,端午节是爱妾朝云的生日,端午前夕为朝云作《浣溪沙》:"轻汗微微透碧纨,明朝端午浴芳兰。流香涨腻满晴川,彩线轻缠红玉臂。小符斜挂绿云鬟,佳人相见一千年。"词中的朝云性感迷人,美妙绝伦。诗人愿与爱妾相依相携,一同升仙。一段老少爱情让人艳羡。

古代端午节还有斗草的习俗。端午节人们群出郊外采药,回来时往往举行比赛,以对仗形式互报花名、草名,多者为赢,兼具植物知识、文学知识之妙趣;儿童则以叶柄相勾,捏住相拽,断者为输,再换一叶相斗。白居易《观儿戏》诗:"弄尘或斗草,尽日乐嬉嬉。"《红楼梦》描述了当时斗草的情景,颇为有趣。宝玉生日那天,众姐妹饮酒作诗,丫头们则采些花草,斗草取乐。这个出"观音柳",那个对"罗汉松"。豆官突然出"姐妹花",难住了大家,这时香菱对"夫妻穗"。豆官不服,香菱说:"一枝一个花叫'兰',一枝几个花叫'穗'。上下结花为'兄弟穗',并头结花叫'夫妻穗',我这个是并头结花,怎么不叫'夫妻穗'呢?"豆官被问住,转而取笑香菱:"薛蟠刚外出半年,你心里想他,把花儿草儿拉扯成夫妻穗了,真不害臊!"

端午节的起源还有纪念女诗人秋瑾之说。秋瑾号鉴湖女侠,幼年擅长诗、词、歌、赋,并且喜欢骑马、击剑,有花木兰、秦良玉再世之称。在策划起义时为清兵所捕,至死不屈,英勇就义。后人敬仰她的诗文,敬慕她的人品,与诗人节合并来纪念她。

端午多诗意,这其中蕴涵古今多少仁人志士忧国忧民的忠义在里面,这才是端午节的精髓!

五毒不侵过端午

小时候,一到初夏,瞎子货郎的叫卖声除了"大针,小针,绣花针"外,又多了"香草,雄黄",奶奶便开始忙着做香囊了。奶奶找出家里各种颜色的碎花布,用绣花针开始一点一点地拼。奶奶老眼昏花,线老是认不到针眼里去,过一段时间就高声叫我的名字。于是,正在疯玩的小伙伴们便一拥而上,争着抢着帮奶奶认针。有时我还获准给做好的香囊串穗子,用新收的大蒜秸秆做的,光洁,透着一股清香。奶奶做好香囊,端午节就到了。

端午是从清晨的一缕清风开始的。这时可能有布谷鸟幽远的叫声,也可能有燕子一掠而过。门口的艾草已经挂好,空气清新得让人不忍。还在梦中,一股煮鸡蛋和大蒜的香气扑鼻而来。蒜是新下来的蒜,有时还长在地里没收回来,这样的蒜煮出来糯甜,大蒜可以随便吃,鸡蛋可要分着吃了。小时候生活条件不好,家里油盐的钱全从鸡蛋里出,这端午节的鸡蛋可是从牙缝里抠出来的。吃完鸡蛋大蒜,就被奶奶或者母亲拉住抹雄黄酒了,口耳鼻手足,到处是金黄。额头上还被画一个"王"字,虎虎生威。奶奶少不了会讲白蛇与许仙的故事:白蛇娘子修炼成人形,与许仙结为夫妻,但法海却要拆散他们。就在五月初五,法海让许仙给白蛇娘子喝雄黄酒,结果三杯下肚,白蛇娘子就现出了原形,把许仙吓得昏死过去。

奶奶讲完故事,总是说,抹好雄黄酒,就可以避五毒了。什么是"五毒"啊?奶奶说,就是"马蝎子"。直到现在我还不知道什么叫"马蝎子",但在书中知道了五毒是指"蝎、蛇、蜈蚣、蜘蛛、蟾蜍"。当然这个故事我们都能耳熟能详,但还是喜欢听奶奶一年一年的讲述。奶奶的讲述常常被我们打断,比如说奶奶刚讲到法海让白蛇娘子喝雄黄酒,我们就迫不及待地插话说白蛇现了原形,吓死了许仙。奶奶笑,就你狗脑子好使,知道了还不好好抹雄黄酒?于是奶奶给我们抹着雄黄又继续她的故事,就像是端午的一个不可或缺的仪式。当然,我们上学后,从老师哪里知道五月初五端午节是为纪念屈原而设。楚国士大夫屈原倡导举贤授能,富国强后,力主联齐抗秦,遭到贵族邻子兰等人的强烈反对,屈原遭谗去职,流放到沅湘流域。楚国京都被秦国攻破后,屈原心如刀绞,写下绝笔《怀沙》,抱石投汨罗江而死。屈原死后,楚国百姓哀痛异常,纷纷涌到江边去凭吊屈原。为了不让鱼虾咬屈大夫的身体,人们把大蒜、鸡蛋等扔进江里。我们讲给奶奶听,奶奶就笑,还是我的乖孙子有学问。

抹完雄黄,就要系五彩线了。脖子、手脖、脚脖,系上鲜艳夺目的五彩线，人一下子就精神了。系完五彩线，就要佩香囊，香囊五彩斑斓。奶奶找一个老虎香囊给我戴上，我还要看其他的香囊，奶奶在我头上轻轻一拍，慈爱地说，就你多事，快滚吧！奶奶的香囊是她自己悄悄佩戴上的，贴身，一个石榴香囊。戴着香囊走出门，就会觉得一片清新，自然少不了炫耀一下自己的香囊，有老虎、豹子，还有斗鸡赶兔、猴子爬竿等等。有时小伙伴们会悄悄地告诉我说，英姐还给明哥送了香囊了呢。我们都懵懵懂懂地笑，然后伸着舌头羞对方。

到了六月六，奶奶会记得给剪去五彩线，悄悄地走到河边，嘴里念念有词，把五彩线扔进河里，一年的毒气便顺着河水一去不返。奶奶像完成一件大事一样长长舒了口气。

古人认为，五月是毒月，初五是毒日。但有了亲人的关爱，这个毒月毒日也就失去了毒性，显得无足轻重了。爱，能使百毒不侵。

端午　屈子

又到端午，儿时端午的蒜香、鸡蛋香、粽子香、雄黄香、艾草香一起从记忆深处飘来。童年端午的记忆，如缕缕炊烟回荡在我人生的过往。

而端午记忆的最深处，则是屈子。也不知何故，大字不识的爷爷在端午节对我们的教育却是屈子。我那时还小，到端午节那天，还在睡梦中，带露的艾草已挂在门口，香囊和五色线也都绑在手腕脚脖上了。只等在口眼鼻耳肚脐抹上雄黄酒，就可以捞出大蒜鸡蛋粽子大吃特吃了。这时,爷爷往往象征性地捞出几个,放在堂屋条几上座的位子上,作揖相敬。我问爷爷,敬谁哩?爷爷说,屈子。屈子是谁?我们不知晓,也不深究。上学后,从老师那里知道了端午的来历,知道了投江的屈原,知道了白娘子与许仙。有一次我问爷爷,你是敬屈原吧。爷爷说,是屈子。我辩道,老师给我们讲的就是屈原。只见爷爷一脸怒气,是屈子,小孩子怎么这么不懂事?我看到爷爷的震怒不敢再辩,只得悄不作声。

为什么把屈原叫屈子?大字不识的爷爷当然说不出个子丑寅卯。爷爷只是告诉我,屈子是个好官,他为了百姓投江了。爷爷的说法当然与老师讲的屈原的传说有一定差距,但爷爷还是坚持着他固有的理论。长大了些,在爷爷的要求下,我们也跟着向屈子作揖膜拜。直到中学,方知"子"乃尊称,有"先生""圣人"之意。爷爷虽不识字,不能讲出屈原为何叫屈子,但对屈子的敬重,却从来没有马虎过。

其实也有师承。太爷爷是读书人,作过师爷,是县上有名的刀笔吏。太爷爷有两绝,一是蝇头小楷,一是撰写诉状。家乡至今还在传颂着太爷作讼师的传奇。曾有人让太爷爷写诉状,滴水不漏。同一官司的被告方也请太爷写诉状,也是滴水不漏。县太爷一看,作了大难,直向太爷爷诉苦。至于后事,倒没下文。爷爷却对太爷不屑一顾:这是执法犯法!出身秀才的太爷为什么不让爷爷识字,这也成了我们家族的谜案。

但我们从爷爷那血脉里传承了爷爷的耿直,屈子一样的宁折不弯。从记事起,我们兄妹接受的教育就是"饿死事小,失节事大"。在利与礼的权衡上,礼永远占上风。我知道这种气节让我虽然在人生中遇到很大挫折,但上天往往在关闭一扇门时,总会开启一扇窗。我不知这是不是冥冥之中的天意。

往事经年,爷爷早已作一抔土。而爷爷给我屈子的教育却深入骨髓。又是端午,且向远方遥拜,爷爷安好,屈子安好。

红柳花儿开

　　我用骑行的方式与脚下的这片土地厮磨。每天下班后骑行三十公里或者二十公里,这大概是整个团场的二分之一和三分之一长度。寒暑易节,骑行如故。

　　时间久了,除了对脚下公路的熟稔,对路边的花草树木也谙熟起来。沙枣花开的时候,浓香醉人,那黄灿灿的小花努着小嘴,让人想到嗷嗷待哺的雏燕看到燕子妈妈捕食归来奋力张开的杏黄色的嘴叉。沙枣轰轰烈烈地热闹了半个月,便悄无声息了。黑枸杞呢,则会在某一天,忽然间把累累的果实玛瑙般缀满枝头,让人眼馋、心颤。也会在某一天,忽然间消失得无影无踪。它们粉墨登场罢,就把剩下的季节交由红柳来装点了。

　　红柳的生命应该从夏季开始的。西北春脖子短,而红柳又不慌不忙。在别人都在归燕的呢喃中破土吐绿时,红柳似乎在漫长的冬季还没睡够。不过也没人对它有特别的期待,早一天晚一天又有什么关系呢? 在大家伙都让人眼前一亮时,红柳才默不作声地吐绿了,也是在大家热热闹闹之后的那段寂寞时间里,红柳花儿开了。

　　虽然是每天都有接触,但我还是觉得红柳的叶与花是同时吐绿播红的。春天里,当发现红柳的存在时,红柳已经郁郁葱葱了,也在不经意间,在夏天的某个早晨或者傍晚,红柳迎着朝霞或者落日,红柳花儿开了。

其实我分不清红柳叶与花在形状上有什么区别,只是颜色上一个绿一个红。有时我甚至怀疑花是不是叶子变的啊。也是在不知不觉中,红柳花儿在红柳丛中摇曳了,一簇簇染红了红柳丛。初开的红柳花颜色水红,那是撩拨心尖的羞怯之色。那水红会让人想起令人心动的那一刻:回眸一笑,秋波一闪。或者打着油纸伞,慢步穿行在深深小巷中渐行渐远的淅沥背影。或者江南水乡迎面推开的阁楼小窗。而那么多羞怯的水红堆在一起,在风中起伏,又何尝不是一次一见钟情的邂逅呢。

当然,水红的红柳花丛中,少不了泛白的红柳花的身影,就像洗了无数次的劳动布。这些褪色的红柳花在它不长的光耀之后,很快便归于平静,那是生活磨炼出来的经验。不久它们便会风采尽失,在风儿的摇曳拍打下,红柳的种子便四散而去,寻找适合自己生存的地方,可能立刻就会发芽生根,也可能就此销声匿迹,在数年甚至于数十年后,再披着太阳的光泽,挺立起一丛红柳。

关于种子,连小学生都会细数它的力量。说是科学家要打开人的头颅骨,无计可施。后来想到了种子,萌动的种子发挥了它无可估量的能量,把头颅骨完整打开。但种子的生命知道的人却少之又少。据说考古学家在发掘古墓时,发现两千多年前的种子,在遇到阳光、水和土壤后,竟然发芽了。都说人活不过一棵树,人也更活不过一颗种子了。

你也没必要为红柳花的衰落而感伤。红柳的身旁又是一丛红柳在娇媚地绽放,而一棵幼小的红柳也已经从土里钻出,迎着风和阳光展现着它的身姿。一丛红柳败了,又一丛红柳绽放,从春末开始,一直到深秋,甚至是冬初,都少不了开放的红柳,一丛连着一丛,一簇接着一簇,生生不息,默默无闻。

我眼前见到的都是幸运的红柳啊,长在路边,有充足的水分滋养,有充足的阳光照耀,也有充足的目光欣赏。而更多的红柳,却是生长在荒漠戈壁,那里沙砾遍野,一个凹坑可能就会使一颗红柳的种子发芽生根,从而创建生存的家园。扎根扎根再扎根,隆起的根系在风沙的堆积下高如小山,而红柳的枝条却寥寥地在"山"顶摇曳。红柳的花则更是稀落地挂在枝头,有点悲壮。但是透过朝霞或者夕阳,红柳依然光芒四射,红柳花儿依然热情奔放。

现在流行一句话叫"给点阳光就灿烂"。但我知道这不是一句褒扬的话,因为下面一句是"给个破筐就下蛋"。在与红柳的深层接触中,我懂得了那一点阳光的珍贵。

红柳花儿开了。

秋风长

芦苇

在塔里木盆地，最先感知秋风到来的是芦苇。芦苇是沙漠绿洲的精灵，秋风不来，芦花就那么有一事没一事地吐出来，躲在宽大的芦叶后面，不招人待见地开着。秋风一来，芦花就来了精神，那刺眼的银白在太阳光下晃着，晃得你不得不啧啧赞叹一番。就像一个还拖着鼻涕的小姑娘，再见到时已经出落成一个亭亭玉立的少女一样。那银白是万里晴空下，夕阳照射在飞机上的那种，是阳光照射在万古雪峰上的那种，是素雅旗袍的暗花的那种。

事实上，秋风就是被芦苇招惹来的。你看那山，秋风来了岿然不动，就连高压输电线也纹丝不动，地上的麻黄草、骆驼刺，还有那不知名的成团的沙漠小草也都一丝不动。就芦苇，没有一点儿定性，秋风一来，跟秋风打闹着、嬉笑着，你点一下头，他弯一下腰，笑得前仰后合；有时你掐我一把，我打你一下，然后就纠缠在一块；有时倒是纪律性很强，像一堵墙一样整齐地站着，你刚走过去，他们就一齐向你弯腰敬礼，那认真劲儿能把你吓一跳。你就不敢迎着太阳看他们,看过去就是一片让人心动的银白,能把你的眼晃花。

也就芦苇闲得没事干。水稻一身金黄地立着,拘谨得就像第一次走在相亲路上的毛头小伙。棉花呢,好脾气地咧开嘴笑着,根本不理会秋风的捣乱。中国文人自古有悲秋之说,"自古逢秋悲寂寥。"但在塔里木盆地,忙都忙不过来呢,哪有那份闲情去悲秋!也就是芦苇吧,把那份闲愁从古传到今:

蒹葭苍苍,白露为霜。所谓伊人,在水一方。溯洄从之,道阻且长。溯游从之,宛在水中央。

蒹葭萋萋,白露未晞。所谓伊人,在水之湄。溯洄从之,道阻且跻。溯游从之,宛在水中坻。

蒹葭采采,白露未已。所谓伊人,在水之涘。溯洄从之,道阻且右。溯游从之,宛在水中沚。

内地已经很少看到那"苍苍"的芦苇了吧,只有在塔里木盆地,塔克拉玛干沙漠边缘,还能看到这样的洪荒之景,蒹葭在岁月中飘逝,"伊人"却不知出现在多少人的梦里。

西瓜

西瓜是一种性凉的水果,青绿的花纹就给人清凉的感觉,是夏天消暑的首选。但秋天一到,微信群里便漫天遍地提醒:秋天,西瓜就要少吃了。在塔里木盆地,这些经验好像从来就不是经验。秋风一吹,头茬秋西瓜上市了,经过夏天阳光的积累,塔里木盆地秋天的西瓜还特别甜,而且耐放,维吾尔老乡对储藏西瓜有一套。大冬天的,零下十几度,烤羊肉串,烤馕,烤包子,缸子肉,羊肉汤,巴扎被热气腾腾的烟雾缭绕,聚集着四面八方数十公里的人气。但也有冷"冰"器,主要有两种,一种是凉皮子凉粉,另一种就是西瓜了。在寒风凛冽的冬天,太阳无力地照着,你在巴扎上看到西瓜就会打冷战,但丝毫不影响食客对西瓜的青睐。跟着季节自然长成并储藏到冬天的西瓜,大都到了极限,瓜瓤立都立不起来,但并不影响口感。你看这位维吾尔族老汉,牙齿都掉得只剩下两颗门牙支撑着门面,但还是把一块西瓜攥在手里,抖抖擞擞把西瓜送到嘴里。问一下年龄,九十又三。胃口倍儿棒,身体倍儿好。在巴扎,你总会看到维吾尔族老汉或老婆婆,手里抱着一个西瓜,或者两个西瓜,一遍又一遍地逛巴扎,这也许就是他逛巴扎的全部收获,但乐此不疲;下个巴扎又来了,手里还是抱着一个或者两个西瓜。时光就在他西瓜的流年里流转。在塔里木盆地乡村,你依然可以看到维吾尔族老乡的驴车或者马车,信马由缰走在赶往巴扎的路上,维吾尔族老汉长髯随秋风飘,马铃有一搭没一搭地响,散落在久远的时空,老人则悠然地或躺,或卧,或坐,就如镌刻一样,任由时光从眼前匆匆流过,丝毫搅动不了他内心的那份宁静。同样是马车,景区就没这份宁静。景区的观光马车装饰豪华,马铃咣啷作响,像是战鼓。赶车的不管是老人还是小伙儿,眼睛鹰一样盯着游客,恨不得游客都坐他的马车,也恨不得把游客都塞进他的马车里。游客坐满,就马不停蹄地赶往下一个景点。当贪婪占据了内心,浮躁就会一直伴随,而慢与宁静就显得弥足珍贵了。

胡杨

胡杨被秋风熏染得一地金黄。世界上90%的胡杨在中国，中国90%的胡杨在新疆，新疆90%的胡杨在塔里木盆地。在塔里木盆地这个生态极其脆弱的地区，胡杨被称作英雄树，"生而千年不死，死而千年不倒，倒而千年不朽"是他生动的写照。而以我数十年对胡杨的了解，胡杨最让人敬佩的还是他的生存智慧，他是一种智慧树。在塔克拉玛干沙漠，胡杨还有另外一个名字，叫"三叶树"。胡杨树下面的树枝纤细而稠密，叶子细而长，像柳叶；中间树枝上的叶子扁而圆，如榆叶；上面的树枝粗而疏，叶子大而圆，像枫叶。一棵树长三种形状的叶子，胡杨是独一无二的。我还看到这样一种情况，一棵胡杨茂盛地长着，因为长在路边林带，水分充足，一树都是大如枫叶的圆叶，因为影响了高压线路，电力公司就拦腰把树砍断。过了不久，发出了新枝，新叶也随着长出来了，竟然全是细长的柳叶。到了冬天，寒霜从天而降，远看胡杨，下面就像笼着一团白雾，而上面则清清爽爽，冰清玉洁。胡杨树的根深甚至是树高的十几倍，可以吸收到地下几十米下的水分，这使胡杨在塔克拉玛干沙漠中可以成活的屈指可数的几种树种中独占鳌头。塔里木盆地含碱量大，一般树种在这里难以成活，而胡杨则在这里任由驰骋。走近胡杨，就会发现老的胡杨树干都是中空的，即使小的胡杨也都在伤口处流出洁白的眼泪，这是胡杨独有的排碱系统。当地老乡用胡杨碱洗衣服，发面做馕，成为生活的必需品。胡杨的根横向生长，发出的一枝又是一棵胡杨；胡杨随着风沙的一次次堆积而越站越高,被埋到沙地里的树枝发芽就又长成一棵胡杨。胡杨就是这样,在沙漠中,在河道喜怒无常的飘摆中,逐水而生,艰难而又智慧地活着,活出了沙漠里亮丽而独有的风景。

而在广袤的塔里木盆地,有胡杨就有人家,他们简单而快活地生活,日出而作,日落而息,放牧羊群,种植庄稼,用胡杨树干作立柱,用胡杨树枝编织墙体,用黄泥抹墙面,房前屋后几棵胡杨,这就是家,让人过目难忘的胡杨人家,伴随着胡杨星星点点地散布在塔里木盆地。他们歌唱,沙哑苍凉,即使"巴亚宛"(戈壁荒滩)也当神灵一样崇拜;他们舞蹈,忘我地旋转,把自己旋转成世界的中心,把烦恼顺着裙角抛洒得一干二净,只留下简单的快乐。这是在生物链极易断裂的沙漠地区的生存方式,艰难而又极易满足。当秋风吹来,随着胡杨树叶的转黄,胡杨人家也进入了丰收的狂欢,这是生命的起点,即使前方是漫长而寒冷的冬季,美好的事物还是被珍惜和收藏,即使像"巴亚宛"这些带来苦难的事物,因其伟大而不可战胜,也会受到膜拜,而不是诅咒。这也是胡杨人家的生存智慧。

一条路

如果说缘分,我很庆幸与一条路结缘。这条路穿过戈壁荒滩,穿过胡杨森林,穿过天然河道,穿过羊群和胡杨人家,让我与戈壁沙漠的洪荒与伟大零距离接触。

这是一条通往"家"的道路。

我会把车停下来,等待一群羊悠闲地走过,然后享受一场羊群留下来的尘土"大餐"。我也会把车停在路边,在一片戈壁看羊群吃草,秋天的阳光已然温柔,秋风也已清爽,羊群像棋盘上杀到中局的棋子,零零星星地散布在野草中间。羊是塔里木盆地最伟大的动物,它吃的是碱草,喝的是碱水,羊肉却是世界上的最美味。当地人炖羊肉,不用放盐,更不用放任何佐料,炖出来的羊肉却鲜美无比。

当然还有鱼。古人造字把"鱼"和"羊"组成"鲜"字,我不知道他们是不是在塔里木盆地品尝美味得到的启示,但有一点我是肯定的,那时内地的环境跟现在的塔里木盆地一样原始自然,不像现在用钢筋水泥来营造城市森林,用城市霓虹灯来屏蔽星空。就在刚过去不久的半个世纪前,塔里木盆地的胡杨居民还划着"卡盆"——一种胡杨独木舟,拿着鱼钗在河道、湖里叉鱼,打鱼归来鱼满舱,在村头架起一口大锅,把最大最肥的鱼炖起来,供全村的人享用。现在传承下来的塔里木烤鱼,是用红柳枝把鱼撑开,用胡杨枝烧成炭,鱼排成一排,慢火烤炙,鱼香伴着秋风在塔里木河边飘散。秋风是一剂明矾,秋风一吹,塔里木河水也变得清澈无比,倒映着被秋风熏染得金黄的胡杨的倒影,还有芦苇摇曳多姿,这是上天馈赠给塔里木盆地的人间仙境。

我喜欢白天走在这条路上,季节的更迭在眼前变换,春种秋收在生命中轮回,这种自然规律却在一点点离人们而去。一个老人在门前的一块石头上静坐,从春到秋,岁月在他脸上镌刻着太多的沧桑,他就在那石头上静坐成一尊雕塑。当春回大地,再没见到老人。石头还在,村子依旧,农民匆忙的脚步依旧。

我也喜欢晚上走这条路。晚上,整条路都是你的。可以看到弯月如钩,也可以看到满月如盘;可以看到星稀月朗,也可以看到繁星似锦。我可以感受到路边的胡杨在看着我,红柳在看着我,戈壁的骆驼刺在看着我,芨芨草在看着我。有时我会在一窗昏黄的灯光前减慢速度,尽量不去打搅一个母亲对远方的思念。有时心里会甜蜜地回荡一首民歌。这是一首很多歌唱家唱过,但都没有感觉,却被一个民间歌手演绎得淋漓尽致的歌:

燕子啊,

你的性情愉快亲切又活跃,

你的微笑好像星星在闪烁。

啊……

眉毛弯弯眼睛亮,

脖子匀匀头发长,

是我的姑娘燕子诶。

燕子啊,

不要忘了你的诺言变了心,

我是你的你是我的燕子诶。

……

我的眼前浮动的不是燕子姑娘"眉毛弯弯眼睛亮,脖子匀匀头发长",而是那个民间歌手唱歌时的面目狰狞、歇斯底里,甚至痛彻心扉。

我看到窗外的秋风一掠而过,眨着顽皮的眼睛,拖着长长的青春懵懂的记忆。

西风秋凉

五更梦醒，凉风习习，秋夜如水。掐指算节气，不觉已处暑，秋意渐浓。

经过一个夏天的酷热，没有比这清凉的秋风更让人感到亲切的了。其实感到亲切的又何止我一人？唐朝诗人刘禹锡在《始闻秋风》描写了初见秋风的喜悦："昔看黄菊与君别，今听玄蝉我却回。五夜飕飗枕前觉，一年颜状镜中来。"你看，多像两位老朋友！去年赏完菊花作别，今年听着秋蝉的叫声又见面了。五更时分，凉风飕飗，一听到这熟悉的声音，就知道是你回来了，一年不见，你还是那么劲疾肃爽，而我镜中的容颜却显得衰老了。这两老哥们的知心话多么贴心！

除了这份友情，秋天滋生的爱情自与春天的蒙昧生涩，夏天的狂热焦虑有不同，它凄婉而执着。"蒹葭苍苍，白露为霜。所谓伊人，在水一方。"我追随的在水一方的爱人啊，在这秋意渐浓的日子里，你总在我的心上游弋，如"蒹葭"般相厮相守，如流水般不舍不弃。此时我不禁想到了陆游和唐婉，还有那被他们的爱情浸染得渗出油的沈园。沈园的粉壁上的两首《钗头凤》依然镌刻在每个有情人的心头。"红酥手,黄藤酒,满城春色宫墙柳。东风恶,欢情薄,一怀愁绪,几年离索。错!错!错!春如旧,人空瘦,泪痕红浥鲛绡透。桃花落,闲池阁,山盟虽在,锦书难托。莫!莫!莫!"(陆游《钗头凤》)他们的沈园偶遇是在春天,当时陆游沉郁难解,惊鸿一瞥竟看到前妻唐婉,前情难忘,杯酒难饮,正欲转身,唐婉却送来一杯酒。面对曾经的那份深情,陆游悲情难抑,饮下这杯苦酒,然后奋笔在粉墙上题词一阕《钗头凤》。第二年,唐婉又游沈园,看到陆游题在粉壁上的《钗头凤》,愁怨难解。于是和了一首《钗头凤》:"世情薄,人情恶,雨送黄昏花易落。晓风干,泪痕残,欲笺心事,独语斜阑。难!难!难!人成各,今非昨,病魂常似秋千索。角声寒,夜阑珊,怕人寻问,咽泪装欢。瞒!瞒!瞒!"。于是一病不起,在秋风中枝折叶落了。东风无情,有情人终不成眷属;西风有幸,承载了唐婉迷留之际的那片深情。唐婉说:我生前,有他陆游怜过我,有他爱过我。我死了后,他也一定会为我,作诗纪念的。那么唐婉我,虽死犹生了。放翁八十五岁,还写绝句《春游》,念念不忘唐婉:"沈家园里花如锦,半是当年识放翁。也信美人终作土,不堪幽梦太匆匆。"

爱情太过沉重。清凉的秋风还有更多的期盼:"待到重阳日,还来就菊花。"(孟浩然《过故人庄》),孟夫子的这份田园闲情不能不让人眼羡。还有"遥知兄弟登高处,遍插茱萸少一人。"(王维《九月九日忆山东兄弟》)的那份亲情,"雁过也,正伤心,却是旧时相识。"(李清照《声声慢》)的那份苦情,也无不增添了秋天的内涵。

当然,秋风带来的还有豪情。"天高云淡,望断南飞雁。不到长城非好汉,屈指行程二万。"(毛泽东《清平乐六盘山》)

　　西风秋凉,抬头天空高远,俯首流水清冽,在载满人生重负与期待之后,这个季节我们的步履当是稳健而有力的。

白露为期

　　早起到野外散步，秋风如水。路边小草绿莹莹的叶子上挂着晶莹剔透的水滴。天空高远，深呼一口气，吐故纳新，神清气爽。一切都那么清新，一切又都那么怡神。太阳出来了，露珠在阳光的照射下，更加晶莹剔透、洁白无瑕。一阵风过，露珠扑簌簌落下，既有"大珠小珠落玉盘"的动心，又有"飞入草中都不见"的顽劣。这是上苍赐予人间的尤物，掬之入手而不得，只能观之，赏之，思之，念之，而后入心。在这天高云淡的仲秋，"白露"就这样不期而至。

　　在所有的节气中，再找不到比"白露"更诗意的了。她就像一个清纯可人的女子，经历过青春，经历过热恋，经历过风花雪月，也经历过风起云涌。爱过，恨过，经历过，沉淀过，于是一如一柱青莲，在碧波中孤傲开放，花开更艳。这是一年中最可人的季节，"日照窗前竹，露湿后园薇。夜蚕扶砌响，轻娥绕竹飞。"多么惬意！

　　"八月雁门开，雁儿脚下带霜来。""白露"节到，天气渐凉，大雁也发出迁徙的信息，准备集体南迁了。自此，长空下，"雁阵"开始布开，而凄凉的雁声嘹唳。这是一首生命的歌，一首寻根的诗。"渔舟唱晚""雁阵惊寒",虽然有些凄凉悲壮,但有了家的信念,有了故土的根,有了遥远的牵挂,再远再苦再难都会化为心灵回归的加油站。"云中谁寄锦书来?雁子回时,月满西楼。"

李清照的那份相思,不是闲愁,而是心灵深处的共鸣。雁去也,故乡远,秋意正浓。

"雁引愁心去,山衔好月来。"月在秋天那么明眸而多情。"露从今夜白,月是海上明。"白露过后,举杯邀月,登高远足,又何尝不是一份美意?

其实最让人怦然心动的还是白露时节那份不朽的爱情。"蒹葭苍苍,白露为霜。所谓伊人,在水一方。"那个执着的年轻人,情柔如秋水,情挚如秋风,情韧如芦苇苍茫。看啊,芦苇密集而苍茫,晶莹的露水已结成霜,我心里的那个美人啊,正伫立在河水旁……望断秋水,我何时能来到你的身旁?邓丽君那凄婉的《在水一方》的歌声在心头萦绕:

绿草苍苍,白雾茫茫,有位佳人,在水一方。

……

秋天的色彩

　　秋天的色彩不得不归功于秋风。我想,秋风应该是一位风格严谨的镌刻大师,它用近乎白描的手法刻画着秋天的美景。它又是一位极其简约的绘画大师,它惜墨如金,用简单的几种色彩勾勒着秋天这幅长卷,就像张艺谋导演的奥运会开幕式的那幅写意水墨画,简约明快而又蕴厚深藏。深处沙漠的南疆团场,也就在这位秋风大师的挥笔泼墨中,尽展它的色彩。

黄

　　大地本色的黄。这黄并不是沙漠里的那种一望无际的视觉疲劳。这是一块水稻地,金黄的水稻像展开的一张大地毯,平整而边角分明。如果你坐在车上一驰而过,你会对这金秋的宝贵之气赞赏不已,也会被这部队内务一样的整洁大为感叹;如果你就在稻田边上散步,你会看到一棵棵水稻笔直挺立,稻穗颔首静默,那种安详就像孕妇用手轻抚肚子里的小宝宝。抬眼望,稻田一望无边,而稻田就像列队的士兵一样整齐。在新疆,水稻种植的也就几十年的光景,但它的名气却如日中天,

"天山雪"米已成品牌,而雪山融水浇灌,一天十多小时的光照,一年一季的生长期,都给新疆大米的品质增色不少。

如果说稻田的黄是秋天的点缀,那么胡杨的黄却是秋天的主色调。也就是不经意中吧,推窗而望,胡杨叶子黄了。正想着找个时间看个究竟,三两天时间,胡杨就像赶巴扎一样,呼呼隆隆就全都黄了。走在胡杨林里,秋风清凉,阳光透过胡杨叶洒在地上,闪闪烁烁,摇曳不定。拈一片叶子放在手心,叶子的金黄让人心动,那叶片就像是透明的一般。我在深秋到过原始胡杨林,在广袤的沙漠里,胡杨稀稀疏疏地伫立着,虬曲而顽强。胡杨叶子因为长年累月缺水长得小而稀疏。站在胡杨树前,你会感叹人生之坎坷。心里正遗憾胡杨的孤傲时,我爬上了几十米高的瞭望塔,极目远眺,胡杨无边无际,布满沙漠,那稀疏的胡杨树,在极目中连在一起,是那样的团结协调,而稀疏的叶子把沙漠装点得遍地金黄,荡气回肠。怪不得人们把胡杨树叫作"英雄树"。黄色,是出征将士铠甲的颜色。

白

响晴的天空下飘浮的云朵的那种白。在新疆,在兵团,这种白在各族人民心中是刻骨铭心的。新疆曾制定过"一白一黑"经济战略。黑的是石油,白的就是棉花——棉花是兵团的支柱产业。秋天一到,棉花的花儿还没来得及凋谢,棉桃就迫不及待地张开了嘴,吐出一秋银白,开始星星点点,而后便铺天盖地。于是,团场的田间上路上便出现了行色匆忙的熙熙攘攘的身影,进疆拾花的民工专列开通的新闻便会在每年中央电视台的《新闻联播》里节气般准时播出。一个一万多人口的团场一下子便涌进近两倍的外来拾花工。各个连队一下子热闹起来，不同的方言在亲热地交流，各家各户都飘起了炊烟，在欣喜与期待中，喧闹声从连队转移到棉田，一声声感叹，又一阵阵惊喜。棉花迫不及待地进了拾花工的袋子。于是，棉田里一下子就像进入花袋的棉花一样寂静而又急促。

拾花是一个漫长的过程，有双手翻飞的快感，也有腰疼手麻的辛劳。累了，直一下腰，天上的白云在高远湛蓝的天空飘浮，一行行归雁也鸣唳而去。思乡之情便油然而生。

拾花拾到了天边边，

想妹想到了心尖尖。

哥想妹妹从早到晚，

妹可想哥哥一点点？

……

我曾在棉田里听到这高亢的信天游，和着雁鸣，穿空而过。

白的还有秋天的芦絮，旗袍上的暗花那种银白。在一片片湿地里绽放，纵情而热烈。

红

枣红。赤兔马的颜色。在国道314边的戈壁滩上，我见识了这种让人惊叹的红。茫茫的戈壁上，点缀着大片的红色锦缎。边上是绿色的帐篷，或者是蘑菇样的蒙古包。这红色的锦缎是团场农工收获的线椒，大车大车地拉到戈壁滩上晾晒。戈壁滩还真是晾晒线椒的天然场所。地上遍布的戈壁，干净而透风,秋天的太阳炽烈,用不了几天就可晒干。其实下点雨也不怕的,沙漠的干渴是不惧这点雨水的,下到地上就渗了进去。就是再大点也不没关系的,雨水从石子中流出,不会积水,天放晴,线椒绝不会发霉腐烂的。经一场雨,还把线椒冲洗干净了。这种线椒不是辣椒,不辣,不作调味,只加工成食用颜料。等不了几天,在线椒晾晒的现场,就会开来几辆吨位几十吨的大货车,把这些线椒运往全国各地,点缀戈壁滩的红色风景便昙花一现般消失。

秋天最抢眼的红是红枣。红枣这几年成了农工手中的宝,它好种不娇气,一年秧苗,二年嫁接挂果,三年就见效益。同样一个红枣品种,在新疆品质硬是让内地望尘莫及。卖到几十元的高价。一条条农田变成了红枣园。你进园看看,一米高的枣树滴滴溜溜地挂着红枣,在阳光下亮得耀眼,那个儿又大,味醇正又甘甜,吃一个就丢不下舍不了。为了这红枣,还举办了红枣节,搞了全国红枣学术研讨会,评选出了红枣大使。这小小的红枣做成了大产业。

醉人的冬日

冬日从窗子里洒下来，慵慵懒懒的，令人陶醉。我喜欢坐在如瀑的太阳下，看书，或者发呆。不需要音乐，就这么静静地，用心，与人交流，或者与己交流。我也喜欢隔着窗子看楼下的马路，人们欢快而慵懒地走着，聊扯些可有可无的或者是古老得发黄的话题。

有时，我在人群中会看到我的父亲母亲，在冬天他们也放缓了一贯匆忙的脚步，有时他们会变着花样地送来些馒头，蒸两锅，送来一锅；有时会送些女儿喜欢吃的水果零食。我总是埋怨他们："送这么多馒头，要让我们吃到什么时候啊！"父亲总是歉意而满足地说："放着慢慢吃嘛！"或者"小孩子就是吃零食的时候，就让她吃一些，别老管那么严。"

当然，在这慵懒的冬日里，也是喝酒的好时候。休息了，做个长长的梦，睡个大大的懒觉之后，上街买些菜，炒上几个可口的拿手菜，泡一壶清茶，然后叫上父母和岳父母，一家人推杯换盏，三皇五帝话短长。记得去年冰雪灾害席卷南方，父亲在酒酣之际感慨万端，说要是在过去，这场大雪不知要冻死多少人！一句话打开了四位老人记忆的闸门，他们你一言我一语，把经历过的寒冬苦难扯出来,把人们作的难受的罪扯出来,后来老人们忽然沉默了。良久,还是父亲感慨地用那句话作了总结:要是在过去,这场大雪不知要冻死多少人!四张沧桑如壑的脸上不知什么时候已挂上了泪花。

父亲爱看电视,特喜欢看新闻。母亲却对父亲的这个爱好极其反感,常常限制父亲,看一会儿就把电视关掉。母亲有她的理由,父亲眼睛不好,看电视时间一长眼睛就痛,脑袋发胀。但是5·12汶川大地震父亲却能整天整天地坐在电视机前,泪眼婆娑。我跟父亲说,我们捐款了,每人50元,父亲说,好啊,好啊……我又跟父亲说,我们又每人捐了500元,父亲还是那句话,好啊,好啊……父亲说,我们老了,也没有退休金,你们就多捐些,将心比心,帮助他们,要尽力啊。当父亲在电视上看到为汶川大地震中遇难者降半旗国哀时,父亲异常激动。父亲说,人老几辈子,哪见过为普通老百姓举行国哀的啊!现在真是遇上了好时代,国之大幸,人之大幸啊。后面的一句话出自一个农民之口,让我为之瞠目。

家有老人是个宝啊。我时常凝视父亲:花白的发须,满脸的皱纹,还有稍嫌佝偻的脊背。一世的坎坷都被父亲的淡泊所淹没,显得泰然而安详,就像这冬日的阳光醉人地洒落。

最忆一年雪打灯

　　下雪了。这迟来的雪还是给人带来说不出的惊喜。走在街上，人们满脸都是喜气。雪花飘飘洒洒，拂在脸上，倏地化作一滴水，瞬间就消失得无影无踪。这淘气的精灵，好像专门给人们捉迷藏似的，该来时就是不来，躲过了初冬，躲过了严寒，躲过了三九，躲过了腊月，躲过了新年。在人们都已感到绝望，就像母亲喊孩子回家，找得心急火燎，恨得咬牙切齿时，孩子突然从树后面窜出来，让人又气又恨又怜又爱又惊又喜。街上悬挂的灯笼彩旗，都被雪蒙上了眼眉，红的更艳，彩色更鲜，白的更纯。这雪真是母亲最淘气却又最爱怜的孩子。

　　看来今年又是雪打灯。

　　"正月十五雪打灯，风调雨顺好收成。"在农村，对一场雪的渴盼不亚于对新年的向往。一夜好梦，老是觉得天好亮，连梦都是亮堂的。推开门，门被大雪封住，惊喜地叫一声："下雪了!"于是父亲母亲就挨个地叫我们兄妹，听到下雪，习惯了赖床的我们也神速地穿衣起床。拿起铁锨扫帚，说是扫雪，其实是玩。带着那份惊喜，一脚跺在树上，一树雪花飘落，一声惊叫，随之便是一阵欢笑。雪扫完，玩兴不减，就被母亲叫回来吃饭,灶火的热气正从窗户里往外飘散,与外面纷纷扬扬的雪一样朦胧。

大雪弥漫的天气,最能勾起对家的思念。记得那年上初三,住在姑奶家。一场大雪,一下子想家想得厉害。中午放学留了一会儿做作业,回到姑奶家给姑奶说一声要回家,饭已做好,姑奶说不然就吃好饭再回去。回到家里不吃饭,那还叫回家吗?虽然知道这样会伤姑奶她老人家的心,但还是执拗地回了。走在回家的路上,心情便一下子豁朗。长长舒一口气,抄近路走在大雪没脚的麦地里,大地银装素裹,在太阳照耀下莹莹闪光。天气晴朗,平时难得一见的远山在大雪下也一露真容。像一幅浓淡相宜的黑白水墨画悬挂在天际,让人浮想联翩。那时正流行歌曲《童年》:"没有人知道为什么,太阳总下到山的那一边。没有人能够告诉我,山里面有没有住着神仙。"迷茫与梦想,在那个雪天的那一刻有机地融合在一起。看到了炊烟,闻到了饭香,在那个晴朗的雪天里,我匆匆地完成了回家的愿望。可能只有半个小时,却在我永远的记忆深处扎下了根。

"雪盖三床被,枕着馒头睡。"每到下雪,母亲嘴里总挂着这句话,那是对来年丰收的期盼和渴望。对于雪,农民自是珍爱有加。扫出的雪被精心地培在树根上。即使走在田间小路,也会随手铲一锨雪,撒向田间。"严冬不肃杀,何以见阳春。"在雪花飘飘的严冬中,人们心里早已春风荡漾了。

"八月十五云遮月,正月十五雪打灯。"意思是说当年农历八月十五中秋节这天,如果天空被云幕遮蔽,看不到中秋圆月,来年正月十五这天就会下雪。在儿时,总是被这样的农谚所熏陶。世事难平,骨子里也就融进了对世态炎凉的豁达。得与失,福与祸,荣与辱,也就在这一念之间释然如初。人生之事,圆缺之间,也正是希望之所倚。

"瑞雪兆丰年",在这十五月圆之时,又有雪打灯的这份喜悦,这迟来雪,是早到的春。

年画里的新年

老家有句民谣:"二十八,贴花花。"贴花花,主要就是年画了。

年画有门神和年画之分。门神主要是秦琼和尉迟敬德。也有手持大刀的关公,面色红紫,威风凛凛。有人敬的是赵云和马超,那赵云耳大口阔,怒眉圆目,不言自威。"门神门神骑大马,贴在门上守住家。门神门神扛大刀,大鬼小鬼进不来。"除了大门,各个房门也贴不同内容的门神:已婚子女辈房门贴"天仙送子""连生贵子""三娘教子",中年人房门贴"加官进禄""步步莲生",老年人房门贴"松鹤延年"和"寿星"之类,少年儿童居室房门贴"五子夺魁""刘海戏金蟾"等。名目繁多,不一而足。

年画的品种就更多了,堂屋挂一幅中堂画,或者是寿星图,或者是山水画,或者是孔雀开屏图。两边配对联,疏而严谨;有的挂四条屏,多以风景画为主,比如《春夏秋冬》四景画。

两侧山墙,则更是丰富多彩:《鸳鸯戏水》《花开富贵》《连年有余》等等。杨柳青的年画《连年有余》,画面上的娃娃"童颜佛身,戏姿武架",怀抱鲤鱼,手拿莲花,取其谐音,寓意生活富足。画面线条单纯、色彩鲜明,一派喜气。

最令人神往的是连环年画。记忆深刻的如《三打祝家庄》《三打白骨精》《牡丹亭》《梁山伯与祝英台》。年初二开始走亲戚，一直走到初七八，甚至正月十五。有的亲戚长年不来往，见了面也就没太多的话。主人借机"你先坐着，我去准备饭去"避开尴尬。留一个空荡荡的房间给你自由。墙上的连环年画就成了最好的消遣。最不喜欢的卿卿我我此时也会觉得津津有味。《梁山伯与祝英台》是我最不看好的连环年画，但一年走亲戚下来，却对它备感欣赏。且看画风，线条婉转流畅，人物袅娜清丽，画面工整细腻，令人赏心悦目。画面幅幅风韵十足，从人物、衣带、屋舍到鹅鸭、垂柳、莲荷，无不精心布局，诗情画意盎然其中。后来听到《梁祝》的乐曲，令人神魄撼动，再与这连环画面结合起来，更是如堕烟海，情痴神迷。

当然对于小孩子来说，那些动刀动枪的连环年画是他们的最爱。关公、秦琼、程咬金、岳飞等等，都能耳熟能详。而且津津乐道，有时还为画中的故事争得面红耳赤。

连环年画也与时俱进。那年放映电影《七品芝麻官》，年画连环画《七口芝麻官》也就炙手可热。"当官不与民做主，不如回家卖红薯。"传遍了乡村的沟沟坎坎。舍命为民做主的七品芝麻官成了纯朴乡民心中的神，有的村民甚至把这幅年画供了起来。

拙朴的年画，无不寄予了人们对于美好生活的向往。时代变迁，一些旧的年俗也在渐渐淡化甚至退出，新的年俗也就应运而生。有的在怀旧，有的在憧憬。但无论如何，过年的那份浓浓亲情，是我们中华民族源远流长的永远的原动力。

大年三十吃饺子

小时候,一过了腊八,伴随着稀稀拉拉的鞭炮声,一个谜语就开始流传开来:"南边飞来一群鹅,见到清水乐呵呵,纷纷离开主人手,扑通扑通跳下河。"还没等把谜面说完,我们就会争先恐后地回答:"是'扁食'。"——在我们那里,把饺子叫作扁食。这个时候,往往是水已经烧开,饺子正要往锅里下的时候,我们都馋得口水直往肚子里咽。

饺子是我们小时候最好的美食。"舒服不如倒着,好吃不过饺子。"可见饺子在人们心目中的重要地位。大年三十的饺子,是我们盼望已久的。虽说过了腊八就进入过年程序,但过年的食品还是不能敞开吃,即使大年三十,中午吃大锅菜,条件好的放点肉,条件不好的就往里面放些豆腐粉条。大人也忙,都是草草应付。只有到了三十晚上吃饺子,才算真正过年了。

"大年三十吃饺子——没外人。"吃过中午饭,一家人就开始忙碌晚上的饺子了。一家人被浓浓的亲情所笼罩。擀皮的擀皮,包饺子的包饺子。包好的饺子放在高粱秆做的锅盖上,这样的锅盖秀气,不会粘饺子,饺子压出的印还特别好看。饺子的摆放也有讲究,在圆圆的锅盖上先放外圈,然后一圈一圈放,都是一顺儿,这寓意着一家人和和美美。不能对脸,因为这样说明家里不和睦。饺子谐音"教子",教子有方,这些规矩女孩子都是在家里都要教会的。讲究的家还在锅盖的饺子中间放一个合子,寓意"和和美美"。饺子包好了,水也烧开了,奶奶说,可以放鞭炮了。我便高高兴兴地点着炮仗,虽然天还大亮,但村子里的鞭炮声都接二连三地响了,年味也就在鞭炮和吃饺子中越来越浓。母亲从锅里盛出几个饺子和一碗汤,在院子里先敬天地,再敬祖宗,敬完了,我们大年三十的团圆饭也就上桌了。

奶奶常常在年三十的团圆饭桌上说起女娲。她说女娲抟土造人时,由于天寒地冻,黄土人的耳朵很容易冻掉,为了使耳朵能固定不掉,女娲在人的耳朵上扎一个小眼,用细线把耳朵拴住,线的另一端放在黄土人的嘴里咬着,这样才算把耳朵做好。老百姓为了纪念女娲的功绩,就包起饺子来,用面捏成人耳朵的形状,内包有馅(线),用嘴咬着吃。"一定要咬着吃哦。"奶奶最后强调说。大家便呵呵大笑。——奶奶是怕我们吃得太急,饺子不咬就囫囵吞下肚。

吃完三十儿的饺子,孩子们真正进入了新年。放鞭炮,打打闹闹,玩到深夜,大人也就放开让孩子们疯。大人还有自己的事做,男人坐在一起,唠唠嗑,累了一年,谈一下农事,憧憬一下来年。还不时地叹息,时光易逝,岁月不饶人啊。女人们则要准备初一的饺子,要包好放到初一早上吃。包饺子时把1分2分5分硬币包进去,初一早上迷迷糊糊从床上被拉起来放鞭炮,回来头脑还不清醒,吃着吃着牙被硌得生痛,正要发火,从嘴里拿出硬币,才想到这是一年的好运气,就高高兴兴地把硬币收到衣袋里,那也是一笔不小的收入,可以买几个炮仗的。奶奶还要包好几个元宝饺,初一早上每人碗里盛上两个,祝愿新年都有一个好的财运。

正是农历正月初一的伊始,吃饺子取"更岁交子"之意,"子"为"子时",交与"饺"谐音,有"喜庆团圆"和"吉祥如意"之意。天还不亮,就早早地把饺子下锅,在噼噼啪啪的鞭炮声中,新春就这样早早地到来了。

人在远方

聆听毛院(外二篇)

后来才知道,湖南长沙岳麓大道不仅横亘湘江,纵贯岳麓山区,而且穿越历史,饱蘸浓厚的楚湘文化的底蕴。

长沙岳麓大道186号,毛泽东文学院所在地。

和对面湖南科技大厦的凌厉、冷峻与冲天的豪气相比,毛泽东文学院显得很是低调。两层小楼,古朴的黑瓦白墙的湖南民居风格,精致典雅的江南园林特色,以及建筑布局对称呼应,错落有致,回廊勾连,庭院各异的书院风格,使得毛泽东文学院恬静、安详而斯文一派。

题匾"毛泽东文学院"几个金色大字,由江泽民同志题写。大厅是毛泽东与湖南籍作家萧三、田汉、周扬、丁玲、周立波在一起畅谈的群雕。或站或坐,或倾耳聆听,或谈笑风生,一派和气。

我们新疆班第三期学员到毛泽东文学院的时候,已接近十二点,这个时间,在新疆还是半上午,而长沙正是中午。时差很神秘,也很有意思。总觉得刚吃过吃早饭,就要吃午饭了。晚上睡觉最早十二点吧,迟些就是一两点钟。但第二天五六点钟,天早早就亮了,又到了吃早饭的时间,不得不起床。算算时间,也就睡四五个小时。从新疆到内地倒时差很辛苦。当适应了长沙的时间,我们也到了离开长沙来重新适应新疆的时差的时间了。我们匆忙办理住宿手续,匆忙住进宾馆,然后匆忙到楼下餐厅吃午饭,急迫得像完成一项政治任务。下午班主任纪红建老师带我们参观毛泽东文学院。还没有看仔细,就匆忙鸣金收兵。熟悉一下环境,在大门前照了个合影。反正有二十多天,有时间慢慢品味。但离开后我才发现,这种想法是何等错误。即使再留心去观察,去揣摩,去体味,也只能体会个皮毛。这也是我离开毛泽东文学院后一直追念和恍惚的原因。湖南班的一位同学发一条微信:"毕业综合征之一——微信控。从不感兴趣,三天也懒得瞄一眼,到火箭变成低头族,拍照党,点赞狂人。看朋友圈,看群,看了,便感觉此人就在身边。"只有在离别后,才发现毛泽东文学院的磁场竟如此之大。

我们的首场讲座是著名文学评论家、中国当代文学研究会会长白烨老师的《文学的新演变与新挑战》。白烨老师是对全国的青年作家了解最多的一位评论家,也被看作青年作家的导师,在文学界久负盛名。从白烨老师身上,我看到了一位老者的仁厚宅心,对青年作家和文学的殷殷期待。他谈到了"韩白之争"。韩,即韩寒;白,即白烨。这已经是2006年的事了。应该说,这是一场混战,很多人在蹚这趟浑水。在开战一个星期后,白烨便关闭博客,偃旗息鼓了。而韩寒的粉丝团则鏖战正酣,大有从背后踢倒再踹两脚之势。这场混战从文学之争到口水之战到跳脚骂娘。这场论战且不说孰是孰非,但就从白烨内心深处,必定是他文学批评史上的一个心结。敢于揭开伤疤给人看,展示出来的不仅仅是勇气,而且是一种责任,一种担当,一种使命。

知与行,是毛泽东文学院教学的特色,于是便有了岳麓书院的社会实践。

我们参观岳麓书院时已经疲惫力竭。早上的时间去参观橘子洲头,把所有的热情和精力都用来感慨毛主席"书生意气,挥斥方遒"的热情奔放,"指点江山,激扬文字,粪土当年万户侯"的豪迈气势。到岳麓书院时已近中午,步行走过湘江边到书院的那段路,我们自然体会到了古人求学之辛苦,也算是用体力的消耗来表达对岳麓书院的敬意。作为毛泽东文学院新疆作家班学员,岳麓书院是大家必去之地。但岳麓书院的博大精深,又怎能让我们用几个小时来通晓。这里"惟楚有才,于斯为盛";这里走出过王夫之、魏源、曾国藩、左宗棠、郭嵩焘、谭嗣同、梁启超、黄遵宪、蔡锷、陈天华……他们从这里直接走进了史册;这里曾经有朱熹讲学,听课的人不计其数,以至于马匹把大门外池塘的水都喝光,留下"饮马池"的美谈;这里曾是"千年学府",我国古代"四大书院"之一;这里曾是"实事求是"之源……无缘深究就走马观花。古代学子都如飞蛾扑火般云集而来,甚至以毕生精力求学于此,像我们这些来自新疆沙漠边缘的偏远荒蛮之地的读书人也只能一览而过了。穿过岳麓书院,拾级向岳麓山走,到岳麓山脚下的爱晚亭,这是一座流光溢彩、清韵空灵的亭子,因杜枚绝句《山行》"停车坐爱枫林晚,霜叶红于二月花"的诗意而得名,与安徽的醉翁亭、杭州的湖心亭、北京的陶然亭,并称中国四大名亭。登岳麓山顶俯瞰岳麓书院已不现实,就从书院旁的山路下山。

还有人没有下来,忽然想起在岳麓书院大门前的一个不起眼的叫作"自卑亭"的小亭子。刚到岳麓书院时,由于从湖南大学门口到书院这段路有些疲惫的奔波,以及看到书院大门时的惊喜,虽然对"自卑亭"充满好奇,但还是把这个路边的小亭子就忽略掉了。趁着一些人还没回来,我就来到自卑亭,相对岳麓书院与爱晚亭而言,自卑亭是清静和落寞的,绝大多数人都是直奔书院,不肯在路旁的自卑亭前停留半步。

自卑亭亭名源于《中庸》:"君子之道,辟如行远,必自迩;辟如登高,必自卑。"是说人的道德修养就好像走远路,必须从近处开始;又好像登山,必须从低处开始。山长欧阳正焕曾撰《修自卑亭记》,对亭名的原意进行了引申:"深造自得之境……如循绝磴,毋废半途;如陟层峦,毋阻一涧。卑之既尽,高不可逾矣。则所谓下学而上达,岂外是哉!"欧阳山长强调品德的修养、学业的提高是一个循序渐进的过程,将攀登自然的高峰与学业的高峰联系起来。——"卑之既尽,高不可逾矣!"读到此处,我不禁惊出一身冷汗。据记载,自卑亭是古代岳麓书院的重要组成部分。始建于清代康熙本址七年(1688年),在今天亭子以北。出入书院大道从亭内穿过,行人可在亭内休息。为更多更直观地了解自卑亭,我还专门上网查阅了自卑亭的有关资料,原来的自卑亭是通向岳麓书院的必经之地,据守要隘,大有"一夫当关,万夫莫开"之势。我想这正是古人的苦心所在,只有经过"自卑",才得以成就"惟楚有才,于斯为盛"的盛名及"千年学府"的美誉。而今天的自卑亭,偏居路之一隅,亭旁大路通天,穿亭自省之人少之又少,都只想一步跨进书院,跨进爱晚亭,登岳麓极顶。自卑亭的谦恭笃实,岳麓书院的踌躇满志,爱晚亭的清韵空灵,本是一个不可或缺的体系,如今少了"自卑",

没有从近处着眼，从低处入手，循序渐进，持之以恒之修为，岳麓书院的"惟楚有才，于斯为盛"的自信则显得狂躁而苍白。

我们聆听著名文学评论家、中国作家协会党组成员、书记处书记的讲座时，正值习近平总书记在文艺工作座谈会召开不久。阎晶明老师对习总书记的重要讲话做了深一步地诠释和解读。文艺不能当市场的奴隶，不要沾满了铜臭气。

——创作是自己的中心任务，作品是自己的立身之本，要静下心来、精益求精搞创作，把最好的精神食粮奉献给人民。

——文艺不能在市场经济大潮中迷失方向，不能在为什么人的问题上发生偏差，否则文艺就没有生命力。能不能搞出优秀作品，最根本大法决定于是否为人民抒写、为人民抒情、为人民抒怀。……艺术的最高境界就是让人动心，让人们的灵魂经受洗礼，让人们发现自然的美、生活的美、心灵的美。

——要尊重文艺工作者的创作个性和创造性劳动，政治上充分信任，创作上热情支持，营造有利于文艺创作的良好环境……

这些振聋发聩的声音，通过中国作协书记的口在毛泽东文学院传播。七十二年前，毛泽东在延安文艺座谈会上的讲话还在耳边回响；七十二年后，习近平总书记主持召开文艺工作座谈会，又在毛泽东文学院回荡。这是继承和发扬，我们幸运地见证了这样的历史时刻。

讲座休息间歇，从报告厅到卫生间，路过一小院，我们会到院中小坐。小院不大，数竿竹，一棵广玉兰，几株铁树，一地花草。拨开草丛，湖南青年作家研修班十期学员碑刻竟匍匐于斯。忽然想起展览墙上看到的毛泽东文学院的捐建名单,其中不乏捐款数百万的单位和个人,而两个人却让我记忆深刻,一个是一个小学生,他的捐款金额是20.6元;而另一位是一个小吃店老板,他的捐款是200元。在这里,只要有爱,都是平等的,都会一视同仁,都会得到尊重。记得第一次来到报告厅听讲座,看到每个人的座位上都放一个牌子,上面写着学员的名字。而在毕业典礼上,上台领毕业证时听到自己的名字后面的"先生"二字时,先是惊愕,而后是感动。像一缕清风从面前吹过,这风从古吹到今:"泰山不择土壤,故能成其大;江河不择细流,故能成其深。"

他们在唱歌

我相信，我们是这列火车最热闹的群体。

害怕赶不上趟，我提前一天到了乌鲁木齐，被安排在兵团文联的招待所。本来还有伊犁的一位老兄，但作为工商联主席的他，太忙，没空来住，就我一个人独霸一个标间。负责联络的小痣为此还专门打来电话说，为了安全起见，让我不要让宾馆再安排人员进来。还有近一天的时间，想给乌鲁木齐的朋友打个电话，大家一块聚聚，其实就是排解一下孤独。但想想还是算了，在浮躁的当今社会，清静、孤独何尝不是在享受一种资源。

虽然第二天我动身得不晚，但紧赶慢赶，还是赶在了其他人后面。到了火车站，其他的人已在等我了。

原兵团作协主席丰收亲自为我们送行，对我们二十多天的学习作了要求。于是在跟丰收主席告别之后，我们进站候车，我这才知道，到湖南长沙毛泽东文学院学习的不仅仅是我们兵团的十来位作家，还有自治区的近三十位作家。

一上火车，酒场便摆了出来，除我一个生人外，他们都是熟悉得不能再熟悉的了。他们充分的准备超乎想象。清炖的羊肉，成箱的伊力特。于是流水席就此开席。吃了喝，喝了唱，新疆人的豪放在一帮子作家这里表现得淋漓尽致。于是认识了二毛,认识了阿苏。

用二毛自己的话说,他长得就像一个刚出土的土豆。此言不差,二毛把脑袋及脸上的所有的毛都收拾得干干净净,不留一点后患,所以第一眼看二毛,你会觉得很光鲜。那就是刚出土的土豆。二毛唱歌,极具夸张,所以有些歌虽然以前曾经听过,但印象不深,随着时光的流逝,这些歌都被抛到九霄云外,没有留下一丝记忆。而听过二毛再唱,这些歌就重新获得了生命,撞得人心里咚咚跳。他唱新疆民歌《两只小山羊》:

两只小山羊,

爬山的呢。

两个姑娘,

招手的呢。

我想过去呀,

心跳的呢。

不想过去吧,

心想的呢。

两只小山羊,

吃草的呢,

两个小姑娘,

在等我的呢。

白天过去吧,

有人看的呢,

晚上过去吧,

狗咬的呢,狗咬的呢。

把青年男女的那份青涩的情感唱得幽怨惆怅,荡气回肠。"狗咬着呢,狗咬着呢。"成了我们这批学员随口哼出的小调。

我后来还专门把这首歌找出来听,各种版本的都听过来了,但就是没那个味。其实歌也只是个载体,它承载的是人的心情,传递的是一个人的胸襟与情感。我后来看到喝高后的二毛的形象,双眉紧蹙,双目紧闭,双耳通红,嘴大张,歇斯底里,都快咧到了耳根子。不用加工就是一幅漫画。真实的照片也不比《幽默与笑话》杂志的封面漫画差到哪儿去。二毛出了一本散文集,书名就叫《我的长相》。记得有一次参加一个文艺创作基地的揭牌仪式,要求邀请的艺术家每人都要留下作品。长相很有特色的作家郁笛老师给一个油画家当了模特儿,害得一位素描画家一个上午没有动笔。中午吃饭时,素描画家请求郁老师下午当他的模特儿,无奈郁老师下午要走,这场交易没有做成,看到素描画家痛心疾首的神情,我不得不承认,个性才是最具魅力的东西。当我把这话说给二毛时,二毛用手搔着他一毛不拔的脑袋,竟有些羞涩。那副天真样让人忍俊不禁。

他有一颗不泯的童心。

他的童心在学习期间更是发挥得淋漓尽致。在一次联谊活动中,认识了湖南青年作家研讨班一个叫李娃的女孩儿,她长得小巧玲珑,从面相上根本看不出她已是一个初中毕业生的孩子的母亲。后来我也曾与李娃一起游长沙天心阁,她的纯净,的确是一个不折不扣的纯真女孩儿。有一次在李娃的微信上看到,她女儿一直叫她"妈妈姐姐"的。二毛到毛泽东文学院后,长沙的朋友就给他借了一把吉他,于是二毛的宿舍便成了大家聚会的地方。那天新疆作家班的有十来个人,湖南青年作家研讨班的也有七八个人,一瓶瓶打开的酒,在人们中间传递;歌也一首首地唱下去。二毛请李娃坐在他的对面,唱起了哈萨克民歌《燕子》:

> 燕子啊,
>
> 听我唱个我心爱的燕子歌,
>
> 亲爱的听我对你说一说燕子。
>
> 燕子啊,
>
> 燕子啊,
>
> 你的性情愉快亲切又活泼,
>
> 你的微笑好像星星在闪烁。
>
> 啊——眉毛弯弯眼睛亮,
>
> 脖子匀匀头发长,
>
> 是我的姑娘燕子啊。
>
> 燕子啊,
>
> 听我唱个我心爱的燕子歌,
>
> 亲爱的听我对你说一说燕子。
>
> 燕子啊,
>
> 燕子啊,
>
> 你的性情愉快亲切又活泼,
>
> 你的微笑好像星星在闪烁。
>
> 啊——眉毛弯弯眼睛亮,
>
> 脖子匀匀头发长,
>
> 是我的姑娘燕子啊。
>
> 燕子啊,

不要忘了你的诺言变了心，

我是你的你是我的燕子啊……

李娃真诚地看着二毛，静静地听；二毛也真诚地看着她，静静地唱。他们的眼睛成了一泓清泉，淙淙流淌。

纯真，也只有纯真，才能把雾霾的天空洗涤出一片湛蓝。

二毛的中音磁性、浑厚，而阿苏的高音则如盛夏穿过森林的阳光，利剑一般。有时二毛正深情地唱，阿苏则一声"嗨嗨"，把歌渲染得通透闪亮。所以无论在路上还是毛泽东文学院，他们两人的配合成为绝配。

阿苏是锡伯族人，我们会不由自主地说他是少数民族，他总是据理力争，什么少数民族，都是中华民族。但阿苏却无时无刻不让人记住他锡伯族的身份。在联欢会上，他给我们唱了一首锡伯族古老的萨满教的《招魂曲》，这是用锡伯语演唱的，唱之前，他交代大家，他唱到"希格啦"，我们要齐声唱"希格来"。我们在一种神秘的氛围里听着阿苏的《招魂曲》，好像走在不见天日的深山老林里，绝望，孤独，沉闷……忽然阿苏高唱一声"希格啦"，我们好像忽然看到了曙光，找到了出口，我们一齐应和"希格来"；阿苏再叫"希格啦"，我们应"希格来"。"希格啦"——"希格来"……"希格啦"——"希格来"……拨云见日，眼前一片光明。

阿苏说，这两句的意思是"回来了吗?""回来了!"

其实，不用阿苏解释，我们也都听懂了，音乐是上苍的语言，它发自灵魂，离世俗最远，离天堂最近。

在毛泽东文学院，我有幸认识了"水哥"——《乌龙山剿匪记》的作者水运宪先生。刚开始，对"水哥"这个称呼很不习惯，毕竟是老前辈,六十多岁的人了。但"水哥"就喜欢别人这样称呼他,他说这样才让自己永远年轻。后来在吃饭时听到单位驾驶员也这样叫他,我才把一颗不安的心放了下来。他在给我们做讲座时,专门穿了一件藏蓝底小碎白花的衬衫,大有公子哥儿的派头。在一次专门宴请兵团作家的宴席上,与"水哥"有了亲密的接触。那晚的酒鬼酒喝得一塌糊涂。这时有人唱起了《乌龙山剿匪记》的插曲:

也有　老母亲

也有　心上人

也有　生死情

也有　离别恨

……

到此记不清下面的歌词。"水哥"很激动,说这首歌叫《高山流水猎人魂》,于是,他放开歌喉接着往下唱:

也有　老母亲

也有　心上人

也有　生死情

也有　离别恨

进山就爱　山长青

行路最恨　路不平

染尽热血

含笑去

高山流水

猎人魂

染尽热血

含笑去

高山流水

猎人魂

我们也跟着唱,声音高亢地唱,唱着唱着,不知不觉已眼含热泪……

阅江楼

阅江楼是我们在毛泽东文学院学习时住的宾馆。四层的小楼，因为隶属毛泽东文学院的关系，这宾馆也"斯文一派"。阅江楼无江可阅，不过毛泽东文学院的匾额是时任中华人民共和国书记江泽民所题，这"阅江"二字，也似意味深长。

阅江楼秉承毛泽东文学院的书院风格，回廊勾连，错落有致。楼前是裁剪精致的盆景式园林，整齐得像阅兵式。事实上，长沙在哪个地方都是这么精致，随处一个地方都是一个大的盆景。对于见惯了沙漠的粗犷的我们来说，这样的细腻还真有点不习惯。即使站在橘子洲头，也绝无"问苍茫大地，谁主沉浮"的冲动，要感叹，到新疆去，沙漠苍茫无边，那才是真正感叹"问苍茫大地，谁主沉浮"的地方。不过毛泽东在长沙发出这样的感叹震撼了全世界。

这种不习惯还表现在饮食上。文学院考虑到我们是外地人，害怕对湖南菜的辣吃不来，嘱咐餐厅少放些辣椒。其实新疆吃辣也是很了得的，在新疆，可以看到全国各地的美食，新疆的包容性是内地任何一个省份都难以比及的。不习惯的是湖南菜的细腻。比方说，鸡肉都是剁得指头肚那么大，埋在细碎的辣椒之间。在新疆鸡的吃法可是大盘鸡,"沙湾大盘鸡"都成了新疆的招牌菜,鸡块大、洋芋块也大。也许这"大"才能真正体现塞外"大块吃肉,大碗喝酒"的行事风格。

不习惯也只是一时,慢慢地,对阅江楼便有了感情。住317,这是窗口朝西方向的房间,隔窗望去,对面是什么单位的办公室,可以看到办公室工作人员的活动。有一个星期天,看到办公室里还有人,他们站着在朗诵着什么,后来了解到,他们是利用休息时间一块儿诵读国学,不禁肃然起敬。毕竟受岳麓书院的千年浸润,这里的空气里都弥漫着书香味。楼下是回廊园林,窗下植几丛竹,竹高刚好到窗前,风起时,郁郁葱葱的竹子心事般地扑过来,波涛一样汹涌。古人有句话,叫作"宁可食无肉,不可居无竹。"这窗前观竹,也算是附庸风雅一回。闲来无事,或者下去吃饭太早,就会到园子里,园子有池,池水浑黄,养金鱼数十尾,大可盈尺。有时为这些金鱼幸运,这里不必在鱼缸里生活了;有时也为这些金鱼悲哀,这么浑浊的水里也能生活下去。但感叹归感叹,毕竟这都是原生态的,总比人为的要好得多。

湖南作家协会阅览室在我们学习期间对学员开放。一个下午,约了两个同学,到阅览室看书。下阅江楼,一百米的样子,就是湖南作协,阅览室在二楼,内外两间,内间有藤椅,有圆桌,可喝茶,可会客;外间是一排桌子。供阅读的图书整齐有序地摆在墙边的书架上,坐在桌子边转个身就能拿到书。这里很安静,当管理员把茶送到手边时,都不忍心说一声"谢谢",就是害怕打破这份安静。人到中年,可能经历太多,能找到个安静的地方已属不易,又怎忍心去打破它呢。时间在文字里偷偷溜走,阅览室要关门时,一位同学竟不愿离去。

我们常常埋怨宾馆没有网线,上个网也困难。后来才知道,这里也是可以上wifi的,只是信号不好,而且不稳定。在房间里信号不行,到走廊信号就好了。于是,客房走廊上不时有人蹲在凳子前上网,竟成了一道风景。不管是新疆班还是湖南班的,平时在单位工作都很忙,这样的学习虽然没有指派任务,但每个人的心里都有一颗涌动的心,得个工夫,就要埋头码字,事实证明,离开毛泽东文学院后,有很多同学的文章发表,这与阅江楼的走廊写作是分不开的。

二十天,这时间有些尴尬,说短不短,说长也不长。当我们拉着行李箱走过"热烈欢迎第三期新疆班湖南省第十三期中青年作家研讨班学员来我院学习"的火红的牌子时,一下子感觉很有必要再回头看一看阅江楼。

关于阅江楼,我还想再说几句题外话。在离开阅江楼的前一天下午,我们来到天心阁,这是长沙的标志性地标,在那里才知道,阅江楼与武汉黄鹤楼、岳阳岳阳楼、南昌滕王阁合称江南四大名楼。不过彼"阅江楼"非此"阅江楼",那个阅江楼在南京。明洪武七年(1374年)春,明太祖朱元璋决定在京师(今南京)狮子山建一楼阁,亲自命名为阅江楼并撰写《阅江楼记》,又命众文臣职事每人写一篇《阅江楼记》,大学士宋濂所写一文最佳,后入选《古文观止》。建楼所用地基平砥完工后,突然决定停建。"有记无楼"六百年,直至二〇〇一年建成并对外开放,才结束了这段名不副实的历史。无楼因文而居江南四大名楼之列,不能说不是一段美谈。

偏居毛泽东文学院一隅的阅江楼,虽然无江可阅,但会不会也会成就一番"名楼"的美谈呢?值得期待。

醉里沱江(外一篇)

　　从张家界到凤凰古城,两百多公里的路,我们走了五六个小时。当我们在有点焦急的期盼中到达凤凰古城时,已近黄昏。我们匆忙之中在城门外的宾馆住下,在导游的带领下来到饭店。饭店门前一排火红的大鼓,身着盛装的苗家女孩立在鼓旁,我们正在好奇,鼓声突然响起,直把我们吓了一跳。苗家女孩边鼓边舞,翠绿的苗服随鼓点起舞,鼓槌上的红布火苗一样在空中燃烧;律动的鼓点,多姿的舞步,极尽苗家迎客的热情。这是非常有名的湘西苗家的迎客鼓,据说鼓舞已经列入第一批国家级非物质文化遗产名录。鼓声执着而热烈,在震耳欲聋的喧嚣中,一路的疲惫被纯净的鼓声一扫而光。初到凤凰,我们便被苗家的热情所震撼。

　　吃完饭,夜色渐深,我们随导游游览夜色中的凤凰古城。我们毛泽东文学院新疆班第三期学员一行四十多人,虽然浩浩荡荡,但在人流如织的凤凰古城,也并不显得张扬。

　　沱江就这样与我们撞了个满怀。

　　一条江穿城而过,率性而执着;两岸的吊脚楼依水而建,温婉而祥和。江中跳岩形成的落差,使跌水形成不大的瀑布,这让平静的沱江因此而灵动。如果说凤凰古城是一位温雅不俗的古代仕女，那么沱江就是仕女肩上飘动的丝带，古城因江水生动，妩媚而灵韵；凤凰古城也因沱江而雍容，典雅而不俗。

来到凤凰，就会自觉不自觉地把自己融入进去，就像自己前世今生的轮回。在长沙，导游告诉我们，在湘西人的称呼都叫"阿哥""阿妹"，我们还觉得难为情，张不开口。但到了凤凰，竟然脱口而出的就是"阿哥""阿妹"，张口闭口的也是"阿哥""阿妹"。湘西山的灵秀、水的多情孕育了凤凰古城的温柔敦厚。我们跟着导游走了一条又一条石街，最终还是迷失在沱江边上。

江边的吊脚楼都挂着红灯笼，点上了彩灯，各种小彩灯把吊脚楼的轮廓准确无误地勾勒出来。江边是熙熙攘攘的喧闹，江里则是静止的图画。即使是喧闹的，也不像大城市的喧嚣，让人心烦气躁，一弯江水能让你很快心平气和起来，慢慢来欣赏沱江的美。夜晚的凤凰像身着华丽旗袍的女子，秋波流转，媚眼如丝，虽风情万种，但又引而不发。"众里寻他千百度，蓦然回首，那人却在灯火阑珊处。"

下起了小雨，揉碎了一江清水。江面上灯光的倒影被雨点打落成一江散碎的金子。江边歌厅的歌声正浓，酒吧的酒香正醇。喝酒，也许是此时最好的选择。

找一处江边小店——吊脚楼，临窗而坐，眼前就是江水，一江的璀璨。手机联系，呼朋引伴，我们毛泽东文学院第三期作家班的兵团学员便在古老的凤凰古城的沱江边上，有了一场临江小聚。

谢家贵老师是湘西人，湘西人的倔强、匪气、霸蛮在他身上表现得淋漓尽致。在张家界,他戴一顶土家族草帽很自然地让人联想到湘西土匪。在到凤凰古城的路上,他竟然从腰间掏出一把手枪(当然是玩具),顷刻间枪声四起,幸亏大家都知根知底,要不然……他潇洒地把枪顶起帽子,然后用嘴吹一吹枪管,枪管就像有一缕青烟飘去。后来在凤凰城广场,在沈从文故居旁贾师傅姜糖坊前,有几个扮作湘西土匪的照相拉生意的人,身穿狗皮背心,身背铳枪,谢家贵毫不犹豫地上前就合照一张。他因而赢得了"湘西王"的美称。因为对湘西太熟悉,点菜的任务就责无旁贷地落在谢老师身上,一色的湘西苗家农家菜,实惠而又受用。我和王善老师被让去买酒。雨下大了,但并没有阻挡游人的脚步。凤凰古城就是这样,晴有晴的味道,阴有阴的气质,雨有雨的精彩。我不知道我们匆匆的脚步是不是给古城留下一点印象,但这个雨夜注定成为我生命中的一部分。当我们买完酒出来时,雨如倾盆倒下,路上的水也一马平川地倾泻而下。在这个湘西小镇,水就是她的眼睛,也正是因为水,使古城灵动而脉脉含情。经过一间间酒吧,原本歇斯底里的歌声,在江边,在雨中,变得欢快而和谐,随流水潺潺流淌。

有位拉二胡的卖艺人也来凑热闹,但他技艺实在不高,秦安江老师早按捺不住,接过二胡拉了起来,流畅的二胡声在沱江上飘过,拂皱了一湾江水。

酒过三巡,有人提议趁这美好时光,何不作诗助兴。秦老师首当其冲,只见他看着江面略一沉思,一首五言绝句便脱口而出《沱江夜雨》:

凤凰夜雨蒙,

酒仙苗家楼。

把酒饮沱江，

不醉不罢休。

一首吟罢，大家皆叫好。于是有人提议每人吟诗一首，吟不出者喝酒一碗，但随后就被否了。于是有人又提议一人一句，接诗，接不上罚酒一杯。这个提议甚好，大家便你一句我一句地吟下去：

雾桥云中央，

土楼在水旁。

只要有酒喝，

胜过湘西王。

……

不知不觉中，酒已酣，夜已深。雨，淅淅沥沥；脚步，零零碎碎……我们都已迷醉在沱江边上。枕着沱江的水声睡去，何尝不是人生一大美事。

艳遇凤凰

枕着沱江的水声醒来，是一件美妙的事。

昨晚的那场酒，也许是这辈子感觉最好的一场。没有人前人后的做作，没有上级下级的拘谨；有的只是千百年来文人的所保持的那份率真，那份"一派斯文"。

没来凤凰前，我们因沈从文而知道凤凰这座迷人的古城；也因为沈从文《边城》里的翠翠，而期待在这座迷人的古城里有一个艳遇。

"翠翠在风日里长养着，把皮肤变得黑黑的，触目为青山绿水，一对眸子清明如水晶。自然既长养她且教育她，为人天真活泼，处处俨然如一只小兽物。人又那么乖，如山头黄麂一样，从不想到残忍事情，从不发愁，从不动气……"（沈从文《边城》）

我相信，翠翠的纯真、善良、美丽，肯定会给每个人心里留下深刻的印象，而让人们怦然心动的，却绝不是这些，而是翠翠"小兽物""黄麂"般的野性撞动的内心深处的那份柔软。我想，枕着沱江水声入睡的夜晚，一定都会梦到"翠翠"，那"小兽物"一定奔驰在生命最柔软的时光，温暖、怜惜、留恋、不舍乃至心痛。

谁还没个情窦初开？谁还没个撕心裂肺！

而凤凰，则正一拳头捣在了人们心中的最柔软处。"邂逅一个人，艳遇一座城。"当我看到凤凰古城的广告语后，着实吓了一跳。在当下，艳遇最直接解释就是"交媾"，像驴、像马、像狗……用动物的本能来满足已经进化为人的欲望。然而，在我所"艳遇"的"翠翠"们身上，看到的却是生命之美、自然之美、人性之美、性情之美。

艳遇，辞典上如此解释"旧谓与美女相会的机遇"。这种解释生硬而绝情，犹如寒冬里手上拿着的一块铁。我倒是更喜欢这样的描述：

——艳遇是对一切美好事物的不期而遇，是一种忧伤而孤独的回忆，它是平淡生活中遇到的一抹色彩，美妙香艳。

——艳即是美丽，遇就是遇到，什么是美丽，流动的水，开放的花，成长的果，沿途的风景，都是很美丽的。你看到了，就是遇到了。

——艳遇是在对的地方遇见对的人，触目心惊，瞬息间心花开遍，就像有个女子在桃花树下，她不期待能遇见什么，却在抬首间撞见了爱情。

在凤凰，在湘西，展示给我们的就是这样的"艳遇"。

先说说湘西的"边边场"。这是原生态的充满野性而又是那样无拘无束的艳遇。这样的艳遇，是那么自然、浪漫和诗情画意。枫树下，小溪旁，卵石小路上，苗家阿妹婀娜惊艳，阿哥英俊多情。他们以歌传情，阿哥为试探阿妹的心，在赶场的途中，拉一下阿妹的衣襟，讨糖，讨菜，讨水……阿妹一看是意中人，便毫不犹豫地把糖果送给了阿哥，阿哥心中一阵惊喜，爱情就有了一线希望;如果被当面拒绝,而且还骂一声:"饿痨死的",那么阿哥,另寻门路吧。

这样的艳遇是由湘西灵秀的山养育出来的,灵动的水滋润出来的。

到凤凰,特别是我们毛泽东文学院作家班的学员,沈从文故居是不能不去的地方。而最动心之处还是艳遇:沈从文和张兆和的爱情佳话。

沈从文初遇张兆和,就被她的惊艳和气质所迷倒。虽为张兆和的老师,沈从文却还是义无反顾地加入到追求张兆和的行列中。张兆和聪明可爱、单纯任性、才貌双全,追求者众。她淘气地把追求者编成了"青蛙一号""青蛙二号""青蛙三号"……而沈从文却排到了"癞蛤蟆第十三号"。沈从文自卑、木讷,不敢当面向张兆和表白爱情,他就悄悄地给兆和写起了情书。一封封情书寄出,却石沉大海。后来听说沈从文因追求不到张兆和要自杀传言,张兆和怕"枉担罪名",情急之下拿着沈从文的全部情书去找校长胡适理论,但胡适却替他开脱:"他非常顽固地爱你。"兆和马上回他一句:"我很顽固地不爱他。"

但张兆和的"顽固"不爱还是被沈从文的"顽固"的爱所击倒。在一个夏天,沈从文带着一大包西方文学名著敲响了张家的大门,但张兆和出于女性的羞涩却避到了图书馆。后来,在她二姐的劝说下,张兆和鼓足勇气回请了沈从文,从而成就了他们的爱情佳话。沈从文说:"我行过许多地方的桥,看过许多次数的云,喝过许多种类的酒,却只爱过一个正当最好年龄的人。"而在沈从文安详地离开他无限眷恋的妻子时,张兆和难过得痛哭不止:"我后悔从没告诉他,我爱他,也如他爱我这么多!"

还有一段艳遇发生在沈从文表侄著名画家黄永玉身上。这段爱情很经典:当年黄永玉追求张梅溪时,情敌很多,他就天天给张梅溪吹喜欢的曲子。他在向张梅溪表白时这样问她:"如果有个人爱你,你怎么办?"张梅溪:"那要看是谁了。"黄永玉:"那就是我了。"就这样,张梅溪答应了!

我不知道同学们是不是在凤凰古城找到了艳遇,但阿哥阿妹都叫顺了口,女同学头戴花环,都一脸娇艳。只要邂逅过一个人,不管是眼前的还是以往的,都会艳遇这一座城。在凤凰的千年古城里,在沱江的柔波里,回忆,发酵,直至心痛。

天籁加依

到库车参加"大美库车"全国征文大赛的颁奖活动,时间安排在记者节前后,县委就一块儿在"龟兹绿洲"摆盛宴庆贺。这是一个独具南方风格的集景观与餐饮服务于一体的温室园林。天色傍晚,竹影扶疏,香蕉树叶阔飒爽。正流连于时空移位的感慨时,席间文工团表演了极具龟兹特色的歌舞,时光一下子被拉回到唐朝:"胡旋女,胡旋女,心应弦,手应鼓。弦鼓一声双袖举,回雪飘摇转蓬舞。"直到第二天,我们在寻访"弦""鼓"制作地——加依村的路上,心里还是意犹未尽。

我们一起寻访加依村的有《塔里木报》记者龚喜杰先生和《读者》集团美术编辑、摄影家朱珠女士。正是新和的巴扎天,各地的农民赶着驴车、马车,悠闲地往巴扎赶。古朴的民风迎面扑来,与"胡旋女"的风姿交融起来,这时空的穿越,让我们处于一种恍惚状态之中,前生与今世,好像通过时空隧道,在此时此地,一下子碰了个面,既陌生又熟悉。

当我们停在路边问路时,在路边聊天的维吾尔族老乡用手一指:"加依村嘛,前面就是,那里哈马斯制作乐器。"真是"十步之内,必有工匠。"据说林则徐赴南疆勘察耕地,考察水利途中,曾在托克苏托玛回庄借宿，"托玛回庄"就是加依村所在的依其艾日克乡。

当年林则徐因禁鸦片烟获罪，发配伊犁。忧愤交迫的林则徐途中生病，进到伊犁，他和他的儿子都不服水土，不习气候，染病体衰。他竟无力与人长久攀谈，不能多写作，多读书，甚至连下棋也缺乏精神。即使处在这般境地，林则徐也未曾忘却过问国事。他发挥兴修水利的特长，在惠远垦地二十万多亩。第二年初，他又奉旨勘测南疆。南疆地区地广人稀，历来都是浅耕薄种，靠天吃饭，正如他在《回疆竹枝词》中描绘的那样："不解耘锄不粪田，一经撒种便由天。幸多旷土凭人择，歇两年来种一年。"他在二子聪彝的辅助下，一路南行，极尽坎坷。有时途中"无一食物可买""极见荒凉之状"；有的地方偶有粥卖，也只是"与彝儿露坐而食，食毕又行"……林则徐自入疆以来，因忧愤过度，体质一直羸弱，但新疆当地群众对他的热情和敬仰，支撑着他不仅没有为困难吓倒，而且在工作中满怀兴趣，以能为新疆各族人民办点好事而自慰。那是道光二十五年（1845年），林则徐来到新和依其艾日克乡，当地村民得知来了个民族大英雄后，高兴地穿上鲜艳的服装，带上自制的乐器，聚集在村里的空地上，为林则徐表演了《新和赛乃姆》。村民点燃篝火，边歌边舞，抖肩，旋转，跨步，维吾尔族的乐观热情感染着林则徐，一路的辛劳，被眼前热烈的场面一扫而光。林则徐连声夸赞，当场挥毫洒墨题下了"城角高台广乐张，律谐夷则少宫商，苇茄八孔胡琴四，节拍都随击鼓镗"的诗句。

穿过铁路隧道，眼前的村子让我们眼前一亮，柏油路两边的房屋全部用黄泥涂抹，这一下子吸引了我们，我们停车迫不及待地拍照。这里民风极其淳朴，几乎每家每户都不掩门户。到过很多国家和地区的朱珠女士用她摄影家的独到眼光，走家串户，捕捉原生态的美。作为从阿克苏走出去的摄影家，她每年都要回新疆一次，做新疆风民俗的专题摄影，她也以此作为对新疆父老乡亲的回报。我们来到一村民家，靠院子左手一溜住房，往深处走是牛羊圈，再往里就是菜地，杂乱地种着几棵树，边上堆放着柴火和杂物。我们快走到羊圈时，才从屋子里走出一个女人，不太会讲国语，就又回到屋里叫出另一个女人。这是一个漂亮的年轻女孩儿，她用流利的国语把我们让进屋。这几天降温，房子里已烧起了炉子。房子里一个通排大炕，炕上铺着羊毛毯子，几个年轻女人围着一个老妇人。老人长年生病，这些女人是来陪着老人聊天的。我们被眼前的情景所感染，情不自禁地按下了快门。

据史志记载，加依村制作乐器的历史悠久，早在五百多年前，农民就边从事生产，边制作乐器。主要制作的乐器有都塔尔、弹拨尔、萨塔尔、热瓦甫、达甫和卡龙琴等。这里的农民祖祖辈辈以制作手工乐器而家喻户晓，他们制作的乐器，音质优美，图案美观，风格古朴，远销北京、上海、巴黎等地。加依村也因此而获得"中国新疆民间手工乐器制作第一村"的美称。该村的民族乐器制作也列入国家级非物质文化遗产名录。

当他们知道我们是为乐器村而来时，那位会说国语的姑娘把我们带到"乐器王"艾依提·依明家。据说他做的乐器工艺精，音色好，外形美，在新疆十分有名，保养得好能弹上百年。男主人不在家，女主人正在洗衣服，我们顺便在院子里溜达。这是一处与其他人家差别不大的院子，不同的是院子里到处都是做乐器的材料。这里的乐器大都用桑木做成,院子里堆放着桑木板子,空气里飘散着桑木的芳香。偏房里是刚掘出来的都塔尔的坯料,而正房里摆放着做好的乐器。刚把院子看完,男主人回来了,他把摆放乐器的房门打开,眼前的炕上全部是做好的乐器,让人眼前一亮。我们不能不感叹于男主人心灵手巧了。据说很久以前,生活在塔里木盆地的维吾尔族牧人以打猎为生,他们吃完捉到的黄羊后,把羊肠子挂在胡杨枝上,肠子晒干后被风一吹,发出了一种优美的声音。牧人听到后很喜欢,就把它拴在一截挖空的木头上,用手轻轻一弹,发出一串悦耳的音符。它就是最原始、最古老的维吾尔族乐器——都塔尔。而弹拨尔则更具传奇色彩。弹拨尔声音铿锵、悦耳,音色明净,十分动听。据说,古时有一个维吾尔族乐师在弹奏弹拨尔时,美妙的琴声竟引来了上百只百灵鸟,它们围着琴又飞又唱,有的百灵鸟被美妙的音乐深深吸引不能自拔时,竟会拼命朝琴杆撞击而死,很多人也会被天外之音的琴声感动得如痴如醉,甚至失去理智。

从艾依提·依明家出来,一群正在玩耍的孩子睁大好奇的眼睛看着我们。朱珠女士给他们拍照,他们好像受到了鼓舞,围过来抢镜头。这些天真无邪的孩子不知哪个将来就会是未来的非物质遗产传承人。因为这个村的村民一半以上都以民族乐器制作为业。加依村因了民族乐器的制作而名扬天下,也因此得到援疆单位和当地政府的扶持。据报道,加依村建设所需资金由自治区新农村建设资金、浙江丽水援建资金、自治区旅游专项资金以及县财政拨款四方资金组成的,投入资金1300万元按国家3A级旅游景区标准建设,总建筑面积20万平方米,项目包括民族乐器展示中心、乐器销售厅、旅游购物街、旅游休闲园、特色餐饮饭店、生态停车场等。它集住宿、餐饮、娱乐、度假休闲为一体。设计立意汲取维吾尔族特色民俗精髓,贴近自然生活,审视维吾尔族传统文化。据说这里还将成为作家、艺术家创作基地。

有人说,音乐是离上苍最近的声音。而制造这些天籁之音的,却往往来自于与天堂毗邻的地方,加依村算作一个。

巴尔楚克小镇

爱极了这样的名字,温馨、浪漫而又让人无限遐想。

我承认,巴尔楚克小镇这几个字正撞到我心最柔软处。我想不起来是看、还是听到的,或者只是一个意象,惊鸿一瞥。而就是在那一刻起,我对这座城市有了不一样的感觉。

当时我们相约到图木舒克去看朋友,他们在拍一个电影,与图木舒克有关的电影。成林从巴楚去,我从二团去。沿着叶尔羌河故道,一路上胡杨遍野,稀疏、散乱而又阵势俨然。我知道我是在沿着刀郎人的足迹,走向与胡杨相生相伴的部落传说;我也知道,我是在走向一个离妻别子,远望家乡故土而又魂断西域的戍边传奇。唐王城、夏河营这些小时候在评书里听到的名字,在这里却奇迹般看到了,只是岁月如滔滔江水,浪花淘尽英雄。如今,一切都归于平静,只有漠风不时撩起久远的心事。

在图木舒克吃过午饭,在成林的盛邀下,我们一起到巴楚去。原《绿洲》杂志主编、作家、编剧郭晓力,三师文联主席、作家谢家贵,还有剧组的一位主要演员,一个漂亮的女孩子,剧组里的另外两个人。拍电影很辛苦,走出去也算放放风。路上经过马蹄山。这是当地群众心里的神山，突兀起来的半面山坡，倾斜的断裂层，让人想到这就是被巨兽从地下拱起来的——洪荒之力啊！两只巨大的马蹄印与断裂层垂直，深深地踏在历史的风尘中。据说在离马蹄印50米处的山顶还有一个长约12米的马槽。山野苍凉，寸草不生。而独独山脚下生长了12棵胡杨，枝繁叶茂，被当地群众当作圣物来祀奉。我们路过时，系在树上的红布火一般飘着，这让我们不能不停下来。我们没有时间，不能爬上马蹄山，去感受天马踏出这个巨大蹄印的震撼，也不能亲自看见那12米长的马槽的恢宏。我们只能在胡杨树下，来膜拜"生死千年不死，死而千年不倒，倒而千年不朽"的千年胡杨。在远处看，山不高，胡杨也看不出来有多大，但近了，就知道这千年胡杨之大了。我们围着胡杨转，三个人可以互相不照面。我们在胡杨树下合影，胡杨树竟占去了我们四五个人的位置。

相传唐玄奘西天取经，途经西域，不一样的风土民情，让唐玄奘思乡心切，忽见前方有一城池，将士钢盔铁甲，正是大唐装束。终于可以见到乡党了，唐玄奘挥鞭疾驰，如同流星划过长空。眼看城池晃眼而过，唐玄奘急忙勒马，白龙马仰天长啸，赶紧收蹄，两个前蹄印就深深地嵌进马蹄山，把后蹄印留在了八百里外的乌什县。此系"天马行空"之传说。那座城池就是唐王城。唐玄奘对唐王城不舍，小住数日，终挡不住西行取经的脚步。受唐玄奘灵气所感化，数里寸草不生的马蹄山，山下却长出了12棵胡杨树，拴马的那棵胡杨，因为感受白龙马的灵气，长有四五种不同的叶子，从而成为千年胡杨王。

对于马，古人似乎有特殊的感情。这天马行空之说，有太多的想象成分,而因马而生的一场战争却在西汉实实在在地发生了。

《史记》记载,张骞出使西域,归来说:"西域多善马,马汗血。"这对爱马如痴的汉武帝来说,真是一个天大的好消息,时常挂在心上。后来一个叫"暴利长"的敦煌囚徒,在当地捕得一匹汗血宝马献给汉武帝。汉武帝欣喜若狂,称其为"天马"。为了得到更多的汗血马,汉武帝派百余人的使团,带着一具用纯金制作的马前去西域大宛国(今土库曼斯坦阿斯哈巴特城),希望以重礼换回大宛马的种马。但大宛国王也是爱马心切,不肯以大宛马换汉朝的金马。汉使归国途中金马在大宛国境内被劫,汉使被杀害。汉武帝大怒,决心武力夺取汗血宝马。于是汉武帝便派兵数万,行军万里,两次征战大宛,迫使大宛国与汉军议和,大宛国允许汉军自行选马,并约定以后每年大宛向汉朝选送两匹良马。汉军选良马数十匹,中等以下公母马3000匹。汗血马从汉朝进入我国一直到元朝,兴盛上千年,以后却神秘失踪,再也见不到汗血宝马的踪影。直到2000年,土库曼斯坦赠送给我国一匹名为"阿赫达什"的汗血马,消失了千年的梦幻之马——"汗血宝马"才又回到中国百姓视野中。

我辈当然无缘看到汗血宝马,我曾如痴如醉地在网上欣赏汗血宝马,英俊、神武,头细颈高,四肢修长,皮薄毛细,步伐轻盈,体型优美。奔跑时力量大、速度快、耐力强,皮肤细腻,奔跑时脖颈部位流出的汗鲜红似血,故有"汗血马"之美誉。汗血宝马被土库曼斯坦奉为国宝,并将汗血马的形象绘制在国徽和货币上。

这是世界上最神秘的马匹。相传汉武帝时期,在西域大宛国有一匹天马。那匹马四肢健壮,腿脚灵敏,因此没人可以抓住它。后来人们在山脚下放了一匹五彩马,不久它与天马配对生出了很多匹小马。据说这种马出的是赭石色的汗,马蹄踏在石头上就可以形成深深的坑。这"马蹄山"之名也应该有出处了。

离开马蹄山,从这些往事传说中走出来,一个个疑问又萦绕在心头,那深达五尺的马蹄深坑到底是怎么形成的?数公里都寸草不生的马蹄山为什么会独独生长着这12棵千年胡杨树?在科学发达的今天,这些神秘的问题当然不会成为科学难题,但大自然的造化,却不能不让我俯首,跪拜。

抵达巴楚,时间还早。塔克拉玛干沙漠的夏天,太阳就像钉在天空上,十四五个小时都不愿下去。我们找了一个酒馆喝酒,真应了"酒逢知己千杯少"的老话,我们一杯一杯喝着,谈论着与巴楚有关和无关的话。酒已尽兴,夜已渐深。走出酒馆,巴尔楚克小镇就朦胧在意识里了。一条河穿城而过,而霓虹的倒影就迷蒙在清清河水里。我的意识还在天马行空和酒醉黄粱中穿插,"不知天上宫阙,今昔是何年。"

梦醒小城,众人已去,成林叫我吃早餐。太阳已经高挂,刺眼的阳光送来阵阵燥热。我不知道昨晚是怎么回来的,但巴尔楚克小镇却深深地镌刻在我的内心深处,用灵魂与她对话缠绵。

"巴尔楚克",维吾尔语,"鹿头"之意。在巴楚大街,到处可以看到鹿的形象,传递着鹿的文化信息。我不知道为何有此之说,但在蒙昧无知的状态下欣赏,又何尝不是一种美意。

巴尔楚克,自古乃富庶之地,《西域同文志》:"巴尔楚克,全有也。故名。"她东望长安8000里，南距于阗1000里，西去喀什噶尔600里，一头连着中原长安，一头连着喀什噶尔至古罗马，一头连着于阗至古印度，是丝绸之路上的"三岔口"。巴楚古称"尉头国"，在红海景区，我有幸目睹了尉头国国王迎接各方来使，换取通关文牒的表演。波斯商人骑着骆驼，印度商人身穿喇嘛服，当然还有唐僧师徒四人。世界古代文明在这里汇聚交融，巴尔楚克的丝绸之路交通要塞的地位也就不言而喻了。据资料显示，巴尔楚克汉为西域尉头国地，三国、北魏时属龟兹，隋时属疏勒。唐代为安西都护府下属的尉头州。元代属别失八里行尚书省，明代属东察合台汗国，后属准噶尔。乾隆年间设军台，称巴尔楚克台，为叶尔羌到阿克苏十六军台之一。飘忽不定的归属，在给我们昭示了巴尔楚克古代军事要塞、兵家必争之地的地位。各种文明在此交汇，战火纷争，让巴尔楚克在西域历史上绘上了浓墨重彩的一笔。

当从历史的尘埃里走出来，再看看巴尔楚克小镇，已经被打造成"胡杨之都"。历史在这里苏醒，各种文明在这里重演，巴尔楚克小镇蒙着美丽的面纱，向你袅娜走来，你可以看到她的眼睛，炽烈如火，执着而多情。

立秋，在塔格拉克

从阿克苏出发，在高速公路上疾驰了二十公里，下了匝道，径直一拐，转入通往塔格拉克的公路，一道山梁横亘在眼前。这是典型的雅丹地貌，赭红色的山体被漠风镂刻成欧洲古城堡，浮雕一般悬挂在空中，有穹顶，有圆柱，有门楣，有窗棂，空灵、纤瘦、高耸、尖峭，如梦如幻。而天空的尽头，托木尔峰的冰川积雪在阳光下正发出熠熠的光彩。

正值立秋，天空晴好。我们开车去塔格拉克。

一路上不断有羊群白云一样在戈壁滩上飘过，牧羊人骑在马上，牧羊犬撒欢地围着羊群跑来跑去。走过一段被柽柳列兵般簇拥着的道路，眼前瞬时由赭红变成绿色，让人有些反应不过来。弯道越来越多，转弯也越来越急。路边不知何时多出了一条河，没有水，河里的石头露出狰狞的獠牙。对面的青山绿树则温柔敦厚地与我们遥遥相对。路边点缀一些小块的农田，田里的小麦刚刚发黄。前面有当地的农民在清理路面上的淤泥和石块。两只蝴蝶从车前飘然飞过……

在错愕中，我们的车停在进入塔格拉克草原入口的检查站。这里的检查人员都是当地的维吾尔族人，他们认真地检查着每一辆车,记录着车上有多少瓶矿泉水,多少吃的,甚至连西瓜也作了登记,出山时要一一核对。他们的一丝不苟,对山的一脸的虔诚,使我们也心生敬畏。

进山的路是为了牧民转场用石子铺成的简易公路,大部分路段仅能容一辆车通行。公路在半山腰里盘旋,一面山陡如劈,树木危立;一面悬崖万丈,怪石嶙峋。上坡时恨不得把身体的重量都压在车子的前面,不至于汽车后翻;下坡时又恨不得下去把车拉住。心在上坡下坡中悬着,一直提在嗓子眼里。看到前面有一辆车停在拐弯处,正在奇怪,往前走了不到两米,便一切都心知肚明。对面的车正不疾不徐地在山间时隐时现。上了一个大坡,眼前豁然开朗,塔格拉克草原平台在就在眼前。

塔格拉克,维吾尔语的意思是四面环山的地方。这里是进入托木尔冰川的门户。放眼四望,塔格拉克翠绿如染,四面山峰则如定格的波浪,一浪接一浪地推向天山深处。这里是台兰河谷,在平缓的"浪面"上,几座牧民的蒙古包点缀间,羊群、牛群星星点点地散落其中。托木尔雪峰近在咫尺。

我们被眼前的生命绿色所感动,所惊呆。停好车,我们迫不及待地投入她的怀抱。资料显示,塔格拉克草原地表植被仍保持着一种原生态状况,高等植物接近400种,还有众多的真菌、地衣等。野生动物主要包括陆栖脊椎动物77种以及大量的昆虫等。国家一级重点保护动物有雪豹、北山羊、金雕、玉带海雕、胡兀鹫等。我们循山而上,脚下的草地上时不时地夹杂着野花,葡萄紫、柠檬黄、象牙白、海棠红……都在怒放,有的成片,如点点繁星;有的独往,却卓尔不群。有的花大可捧,有的花小如豆。有的花香醉人,有的花淡如水。正在贪恋花色,花香,虫鸣也不失时机地占据耳膜。循声而去,声音却在身后,回过头,声音却在旁边飘忽。不经意间,已是气息微喘。转身坐下,眼前草地如染,牛羊悠闲自在地在草地上吃草。对面山坡松柏苍翠,远方的托木尔峰白雪皑皑。天空碧蓝如洗,雪峰在阳光下熠熠生辉。继续前行,忽然觉得凉气袭人,远处雪峰后不知什么时候涌现一团白云,环绕雪峰,就像绸缎上的暗花,云与雪你中有我,我中有你,彼此相拥,彼此嬉戏。

登上一道山顶,眺望群山,茫茫苍苍,不禁有高喊一嗓的冲动。而远方,在山顶,在山腰,已经喊声一片,虽不稠密,但也绵绵不断。妻子和朋友已无力向前,她们对着群山小声交谈。我和女儿决定爬上前面另一座山峰。这座山南坡花草遍地,没有一棵树,北坡却森林绵延,山梁就是一道分水岭。远远看去,这山就像一个人脸,南坡是光溜的脸,而北坡就像梳起的大背头。我们沿山梁攀登,越往上,草越茂密。不知不觉中,已与云杉为伍,一阵山风,顿感凉意四起,回头看托木尔峰,白云又化作乌云,在雪峰间弥漫,把雪峰包裹。不一会儿,乌云便如泼墨浓染,压城之势而来。山风更紧,山岚开始在山谷弥漫。我们不忍心舍弃即在眼前的山顶风光,继续向前攀登。山势渐陡,随着一阵紧似一阵的山风,雨点也噼噼啪啪地落下。

低头爬山,回过身,山谷已经烟雨迷蒙。到了山顶,极目四望,南面戈壁晴空万里,北面群山细雨霏霏。山风越吹越冷,雨越下越大,身上已经起了鸡皮疙瘩。看来雨一时还停不下来。雨中下山,双手抓住草,踩着草窝一步步退下,雨点打在脸上,一片模糊,却也抽不出手抹去。想在云杉下避雨,山风却吹得人直打哆嗦,只得继续艰难下山。好不容易找到一个避风的地方,抬头看山,迷蒙一片,几处雨雾竟如炊烟一般袅袅升腾。这山,真是迷人。终于看到蒙古包了,终于看到我们的车了,这才放心地喘口气。眼前的画面温馨静谧,牛群依然悠闲地在草地上吃草,这突如其来的雨好像对它们来说,是每天必做的功课。下山来,台兰河谷已经河水没脚了。

我们用最快的速度换好衣服,在车里把暖气开到最大,过了好久,发麻的手脚才缓解过来。再去细品雨中的塔格拉克,别有一番情趣。

回程的路因为雨而格外小心。路上不时会遇到当地的牧民。他们骑着马,或者毛驴,穿着毛衣、棉衣,悠然自得,我们不得不承认,这是他们的家园,这方水土养育了他们一方人,给了他们灵性,也给了他们沉稳。

雨越来越小,走出检查站,雨停了,而台兰河里,河水汹涌,浊浪拍岸。车子驶出群山,到达戈壁,这里骄阳似火,打开车窗,热浪滚滚袭来,这冰火两重天的感知,使我不能不说,塔格拉克,的确是世外桃源。

逐水而居

对于河流，我有一种天生的向往。她温润而睿智，贤淑而热情。她聪慧，善利万物而不争；她奔放，容纳百川而不桀。她承载着人们的梦想——逐水而居，得水而兴。

塔里木河则好像是叛逆期的少女，狂放不羁，人们把她比作"脱缰之马"。但正是她桀骜不驯的性格，给塔里木带来生机，也蒙上了神秘的面纱，尘封在岁月的长河里。千百年来，塔里木河畔胡杨逐水而生，胡杨人家则逐水而居，逐草而牧，休养生息。胡杨给人们以庇护，河流给人们以活力。在塔河沿岸，胡杨林中，生活着多浪人，他们在恶劣的生活条件下，边放牧边高声歌唱。于是麦西来甫这种自娱自乐的方式便应运而生。从刚会走路的孩子，到风烛残年的老人，只要听到鼓声一响，就会聚集而来，随意而舞，无拘无束。胡杨人家祖先从蛮荒的旷野之中走来，没有留下更多的财富，只留下快乐的种子，撒播在塔河两岸的胡杨林中，在有多浪人的地方生根发芽。不需要华丽的舞台，不需要万众的瞩目，只需要一块空地，一片旷野，只需要带着快乐的心情。当你听到麦西来甫悦耳的音乐，看到旋转的人群像一个滚动的车轮，把烦恼和不快的事情，都碾成碎沫时,你一定相信麦西来甫是有着某种魔力。

是的,塔里木河就是这种魔力的源泉。人们把她誉为母亲河,故乡河。生活在塔河流域的人们对水有着神灵般的崇拜。维吾尔族有祈水习俗,维吾尔族祈水仪式叫"扎尔海提麦"。每当冬去春临,冰雪融化,大地复苏时节,大河小渠的流水便渐渐增多,春灌随之开始。农民根据农耕经验,给不同节气的河水取了很多美丽动听的名字。三月的河水叫冰凌水,用于灌溉油菜、林带。四月份上旬水叫桃花水,浇灌待播的棉田、瓜地;下旬水叫雪莲水,浇灌小麦。五月的水叫沙枣花水。六月的水叫裂石洪水。七月称甜瓜水。八月为沙枣挂色水。这些水名,带着浓厚的田园气息,也带着人们对水的神往。每至早春,遇到气温过低,河水不能如期而至,农家盼水心切,便要举办祈水仪式,把期望寄托给上苍。

也难怪,塔里木河喜怒无常,千百年来经常改道,既带来了生机,也给人们带来了灭顶之灾,使生活在这里的人们不得不经常迁徙,也留下了数不清的古代村落,被塔河远远地抛在历史的尘埃中。

第一次与塔里木河亲密接触,是教师每年一度的继续教育培训,在塔里木大学进行。来到阿拉尔这个偏僻的小城,给人的感受是寂寞。到塔河去,看塔河大桥去,成了接受培训的老师们的共识。于是,老师像一拨拨鱼群,向塔里木河大桥游弋。塔里木河的宽博给我们留下了深刻的印象。她随性而动,用智者的大鞭抽打着大漠的冷酷,让他流出追悔之血,来哺育与他随之而来的生灵。我们站到桥头的瞭望亭一览大河之胜。放眼塔河,大浪滚滚,无始无终,胡杨林依水而驻,莽莽苍苍。

当时的心情,什么都没有掬一把塔河水的那份激动。

我有一个姑姑,在团场干了一辈子,退休回到内地。有一年回疆,第一个愿望就是看一看塔里木河,到塔里木河大桥上走一走。我带着姑姑来到塔里木河边,一上大桥,姑姑就掩面而泣。我不知道姑姑想起了什么,但我能想象此时姑姑的心情如这滚滚而来的塔里木河水,澎湃而激烈。一条河,成为一个人深埋心底的期许,我想也只有塔里木河才有这样的魅力。

逐水而居,让一条河与生命相依相伴,这或许是浮躁世界的一种奢望,我想只要从内心出发,那条澎湃而来的河,定会滋润干涸的心田,生根,发芽,开花,结果。

天山神秘大峡谷

库车是一座神秘的城市。她的神秘感不仅有作为"西域三十六国"之一的浑厚历史文化积淀，而且有令人惊奇的自然景观，与她的历史文化相辅相成，相映成趣。且说千佛洞，凿建于悬崖峭壁之上，宛如空中楼阁。不知是得益于海市蜃楼的启发，还是对仙境的仰慕。而大自然则更是鬼斧神工，其杰作让人不得不瞠目结舌。在库车北去二十公里，是层峦叠嶂的群山，山峰在亿万年的漠风"雕刻"下，各具神态，惟妙惟肖。在一面峭壁上，有一"建筑群"镶嵌其上，当地人叫"布达拉宫"。遥望宫殿群，你会发出感叹，这难道是西藏布达拉宫的海市蜃楼么？抑或是古西藏人过此地受启发而建布达拉宫？甚或二者冥冥之中就有某种缘分？

我们乘车来到天山神秘大峡谷时，那种神秘感更加剧烈。穿过一片戈壁，眼前映出赤红的山峦。这就是克孜利亚（维吾尔语意"红色的山崖"）大峡谷，处天山山脉南麓，故称"天山神秘大峡谷"。远望，山峦似熊熊燃烧的火苗，在远处雪峰的映衬下更显赤烈。《西游记》中传说孙悟空在天宫踢翻太上老君的炼丹炉，烧出八百里火焰山，但火焰山却没有一处比克孜利亚岩石更红,莫不是太上老君炼丹炉中最旺的一颗火种溅落于此?

走进大峡谷,左边是高耸的悬崖峭壁,上面"悬挂"的欧式风格的城堡依稀可辨。面壁遥想,城堡中应是车水马龙,城里的人们安详逸然,母唤儿声随炊烟袅袅传出。或许这幅祥和图感动了过往游仙,把它永远定格在寂寞的西域峡谷,然后慢慢独享。迎面有一柱状山峰兀立,似一座佛塔,扫塔的老僧刚刚拂去一袖清风,搭起手望一眼喧嚣的尘世,摇摇头,就回禅房盘坐诵经去了,独留下这佛塔孤独地立在峡谷口。如果有声音,这里就是一幅鲜活的市井图。假如说海市蜃楼是大自然闪现给人们瞬间的惊喜,那么这里的风景则是大自然给人们永久的馈赠。

峡谷内细沙遍布,两边悬崖绝壁,奇峰异石,移步换形。"旋天古堡""卧驼峰""悬心石""卧佛神石""仙女峰"等等让人目不暇接。谷内泉水潺潺,在脚下蜿蜒流过。往前走,则溪流无影,泉水无声。再往前倒走,又见溪流淙淙。人们把这种泉水时隐时现的奇妙景观称为"含羞水"。其名与"玉女泉"联系起来,则更恰如其分。"玉女泉"呈椭圆形,里面有一白色坐佛,光线晨昏,佛像熠熠生辉,乃人类繁衍生殖之所。龟兹人对性的崇拜,从千佛洞的裸体壁画可见一斑。"淫女皈依佛门"是佛教绘画的一个题材,以表现佛大无边。《西游记》五十三回"禅主吞餐怀鬼孕黄婆运水解邪胎",讲述唐僧师徒西行途中路经女儿国,不知女儿国靠子母河水孕育繁衍后代,误饮河水而腹痛怀胎。好不容易吃了"破儿洞落胎泉"的水,才消了胎止了痛。传说中的子母河即如今的库车河。"吐鲁番的葡萄哈密的瓜,库车的姑娘一朵花。"库车出好水,库车出美女,全疆有名。更有趣的是,峡谷内有两座山峰,高的肚大嘴长,正似八戒;小的如一细柱,似一婴儿,被"八戒"高高擎起。它有一个非常温情的名字:八戒亲子。仔细观看,八戒双目慈祥,面带爱怜。看来八戒的这段情缘要由后来的民间文学家来续写了。随着天山神秘大峡谷的开发和知名度的提高,游客越来越多,精明的商家在谷口开起饭店、旅馆。其生活用水,均来自"玉女泉",联想起八戒饮子母河水后,"渐渐肚子大了,用手摸时,似有血团肉块,不住的骨冗骨冗乱动……"禁不住会意一笑。

峡谷曲折,支谷遍布。宽则五十多米,窄仅容一人穿过。走着走着,迎面一巨石挡住去路。巨石被两侧山体支撑,岌岌可危。急匆匆从巨石缝隙钻过,回头看心中依然后怕。走进摩天谷,小心地沿光滑石壁循泉水而上,谷尽头瀑布直挂,并悬有软梯,正为是否攀梯而上踌躇时,听到上面有人声,便悄然而退。总想找个独到之处,未能如愿,不免失落。

失落的还不仅于此。游尽返回时,发现"盖世谷"没去。听说谷内岩石上有古时留下的《飞仙图》《十二木卡姆》,佛光石,弥勒佛像等。天色已晚,只好抱憾而归。不过阿艾石窟我倒是逗留良久,与看窟人谈佛论道,多少弥补了心中的缺憾。该窟位于距谷底40余米的绝壁上,有阶梯、软梯两条路。窟很小,仅能容10人,窟的正壁绘经变画,左右两侧题写汉字榜题,这"文殊师利菩萨似光兰为合家大小敬造"等字样。尤其是千佛像旁有一则:"妻白二娘造佛一心供养"的榜题。白姓是龟兹大姓,白氏五族统治龟兹几百年,白二娘可能是与汉族通婚的龟兹女子。唐朝在龟兹设安西都护府,使龟兹成为西域要塞。这里的煤矿和铁矿两千年前已开采利用。"龟兹北二百里大山中,昼夜火光烟气,取此山石炭冶铁,可供西域三十六国使用。"(《水经注河水篇》)。如此说来,天山神秘大峡谷当是古代的沟通要道。今天人们争相猎奇的神秘大峡谷,在古代却是通衢大道,这不能不使人感到意外。在现代文明高度发达的今天,作为屯垦戍边的我,忆起失落千年的古代文明,以及创造出古代文明的戍边古人,心中不由感慨万千。

相约喀什

我与喀什有约,冥冥之中。

那个小站在那一天似乎只接纳了我们:几个不再年轻的青年人,和几个非常年轻的青年人。说不再年轻,是因为我们几个都年过而立;说非常年轻,是因为他们几个未出校门或者刚刚踏入社会,甚至还有不谙世事的孩童。这么一个活力组合,使小站也对我们格外宽容——火车整整晚点四个小时。这似乎在考验我们的意志。

跟喀什的老同学联系,他说他要从县上赶到喀什。我说:那就带上孩子,还有妻子。十年没见面,感情的维系除了友情,还有家庭。喀什,也许是最合适不过的地方了。

因为年轻,我们这支队伍到哪儿都是一桢风景。刚杀开一个西瓜,瓤红籽黑,"哇!"一片欢腾。车厢的四面八方投来羡慕的目光,火车活力十足地冲刺在茫茫黑暗之中。

喀什噶尔,我们来了。

我们乘公交车到香妃墓。到喀什旅游的首选也就这里了:因为喀什的古老,还因为香妃经历的传奇。我们这么庞大的队伍一上车就引来好奇的目光,一种鲜活在车厢里荡漾,感染着每一个人,我们能够感受到维吾尔族老乡的友好和热情。直到最后公交车里只剩下我们,汽车拐进偏僻的巷道,司机告诉我们,终点站已过,但为了表示对我们的欢迎,他要特意把我们送过去。一股朴素的民风扑面而来,令人陶醉。

香妃墓又叫阿帕克霍加麻扎。在这个穹形建筑里,高高低低排列着阿巴克家族的棺木。这是一卷家谱,仅仅是形象的家谱而已。他们的尸骨都埋藏在两米多深的地下。这是男权主义的民族,即使像香妃这样的高贵身份,也只能按辈分排在角落。维吾尔人尊称男子为"霍加",尊称女子为"帕夏"。霍加的坟墓有两个台阶,代表国事和家事;帕夏的坟墓有三个台阶,代表家庭、丈夫和孩子。我在新疆维吾尔自治区博物馆曾经看过木乃尹,形形色色的干尸,老人的,孩子的;男人的,女人的;将军的,平民的。在中亚细亚地区,干燥的沙漠气候,木乃尹似乎成了这里的特产。经过时光的打磨,再威武的将军也就是一米左右,再美丽的女人也形同枯木,包括那位楼兰美女。人,也就那么点实实在在的分量,这里面有你的基因,可以用碳-12证明你在历史长河的年代,和你的宗亲。其实即便活着的人,挤掉水分,又能有几斤几两?生与死,是大自然永恒的主题,而人生死之间的过程则耐人寻味。

我们坐"马的"去赶巴扎,顶着炎炎烈日,沐浴着朴素的民风。我们挤到一个烤肉摊前吃烤羊肉。5毛钱一串,孙老师大嗓门一吼:孩子们,放开肚皮吃饱!两个孩子狼吞虎咽,直吃得我们心有余悸:吃这么多能消化吗?老板娘看着我们的狼狈相,一向严肃的脸终于露出笑容。

晚上同学做东,在据说是"男人的加油站,女人的美容院"

的山珍宝饭店。往事如酒,醇厚、缥缈。翻出陈年往事,还是那么鲜活、动人。世事沧桑,但总有一些东西是永恒不变的,正如我们这次的喀什之行。

左公柳与林公渠

公元1850年1月3日,岳麓山晚风习习,湘江上浪拍小舟。林则徐在回乡途中船泊湘江,专程派人去请十里外隐居老家读书的左宗棠。那年林则徐65岁,左宗棠37岁。赴约途中左宗棠心情激动,行色匆匆,一脚踏空,落入水中。林则徐笑:这就是你的见面礼?

两人一见如故。是夜,晚风吹浪,野渡自横;船内,烛下畅谈,纵评天下。林则徐放谈西域边政,预见俄国将成为中国的边疆大患。将自己在新疆整理的资料和绘制的地图全部交给左宗棠,说:"吾老矣,空有御俄之志,终无成就之日。数年来留心人才,欲将此重任托付!"他还说,"将来东南洋夷,能御之者或有人;西定新疆,舍君莫属。以吾数年心血,献给足下,或许将来治疆用得着。"并以对联相赠:

苟利国家生死以,岂因祸福避趋之。

那一刻,左宗棠的眼睛湿润了。左宗棠将这副对联当作座右铭,时时激励自己。他说:"每遇艰危困难之日,时或一萌退意,实在愧对知己。"

天亮了,湘江笼罩在一片金辉之中。二人依依惜别。一个返老还乡的老人与一个归隐山林的书生，就这么成就了"湘江夜话"的一段佳话。

也正是这一夜的湘江夜话，27年后，左宗棠冒着千里戈壁的风沙酷暑，怀揣着林则徐给他的作战方略和地图，抬棺西征，义无反顾地走进了新疆。

十九世纪七十年代初，阿古柏在英帝国主义的支持下，占据了新疆大部分土地；沙俄侵略者也趁机占领了伊犁。年近花甲的左宗棠力排众议，亲自披挂，挥师西征。为表明与沙俄血战到底的决心，他让部属为自己准备了一口棺材——不收复新疆，将以死报国。他坐镇肃州（今甘肃酒泉），但随着战争的日趋激烈，69岁高龄的左宗棠毅然出肃州坐镇哈密。

一路荒凉。"赤地如剥，秃山千里，黄沙飞扬。"左宗棠遂传令："凡大军经过之处，必以植树迎候。否则，无论巡抚、县令，提头来见。"每个士兵也都必须栽柳树数棵，每棵树上挂着栽种人姓名的牌子，负责成活。在道路两旁新栽的树上还每隔一段距离就挂一盏灯笼，免遭晚上车辆撞坏。左宗棠率先垂范，公牍之余，携镐种柳。哈密现今有一棵虬枝苍劲的柳树，传说为左宗棠当年亲手所植。

有一个传说。左宗棠有一天在肃州城里巡视，发现有个农民骑驴进城后，将毛驴随手拴在了柳树上，而毛驴则悠悠然地啃起了树皮。左宗棠很恼火，当即下令军士把毛驴牵到鼓楼前斩首示众，并张贴了告示告诫民众："今后若有毛驴毁坏树木者，驴和驴主同罪，一律斩首！"告示一出，再无犯者。左宗棠斩驴护树的义举，一时传为美谈。

植树数载，阳关古道，树成行，柳成荫。"所植道柳，除戈壁

外,皆连绵不断,枝拂云霄。"清朝大将杨昌浚到新疆筹办军务时,沿途看到杨柳成荫,欣然吟道:

大将筹边尚未还,潇湘子弟满天山。

新栽杨柳三千里,引得春风度玉关。

收复新疆之战,中国保住了一百六十万平方公里的国土,是晚清对外战争唯一胜仗。曾国藩曾评价左宗棠"国幸有左宗棠也",梁启超评价左宗棠"五百年来第一伟人"。战争,已成为历史的记忆,而左宗棠所植道柳,百年之后,仍然苍劲虬韧,铁骨铮铮。人们称之为"左公柳"。

与左宗棠抬棺西征的豪迈相比,林则徐的新疆之行则很灰色。

"鸦片战争"林则徐因虎门销烟和抗英而扬眉吐气,成为民族英雄,也因此而当了"替罪羊",发配新疆伊犁。身负戴罪,林则徐失去了与亲人、朋友的通信自由,他的言行都要受到严密监视,来往信件也要被拆封检查。郁闷的心情可想而知。在新疆,林则徐看到了沙俄的野心,也看到了边境的荒凉。他主动请求开垦荒地。他以衰老的病躯,不辞劳苦,负责开垦惠远城东边的阿齐乌苏荒地。为引水灌溉,开挖水渠,他带领民工,挑挖沙石,建坝筑堤,耗时一年零四个月,用工十万余,最终修成一条六里长的主干大水渠,为当地垦地创造了极为有利的条件。垦荒的成功,并没给林则徐带来转机,道光帝反而命令他到南疆继续开垦荒地。看着林则徐病弱的身体,伊犁将军问他愿意去远的地方还是愿意在近的地方? 林则徐毫不犹豫地回答:"林某愿远"。他先后到达库车、乌什、阿克苏、和阗等九座边城,行程三万余里,足迹遍及天山南北的广袤地域。

林则徐在勘荒时见到了坎儿井,这是当地人民创造的地下水利设施。在高温少雨、气候干燥、蒸发强烈的地区是理想的节水灌溉工程。他在日记中写道:"见沿途多土坑,询其名,曰'卡井',能引水横流者,由南而北,渐引渐高,水从土中穿穴而行,诚不可思议之事!"他很快就把这一灌溉方法加以改进:增挖穿井渠,每隔丈余挖一口井,连环导引水田,使井水通流。他推广到新疆各地,使坎儿井有如繁星满天。老百姓称之为"林公井""林公渠"。戴罪发配,不是沉沦,而是奋力拼搏。林公之志,林公之气,感天地泣鬼神,高山仰止!

左宗棠西征,随员施补华,看到了新疆的坎儿井,追怀林则徐,写诗道:

> 海族群吹浪,疆臣远负戈。
>
> 田功相与劝,水利至今多。
>
> 重柳家家树,回流处处科。
>
> 白首遗老在,怀德涕滂沱。

阳春三月,大地清明。我在新疆坐在书房一隅,阳光明媚地瀑泻而下。历史钩沉,当年"湘江夜话"的烛光仍在摇曳;电视上全球华人祭祖轩辕黄帝的钟声也已撞响。放眼窗外,满眼春色。百年"左公柳"绿荫如盖,千年"林公渠"奔流不息。

塔大四面是林园

抬眼望去，塔里木大学淹没在一片林海之中。

车到阿拉尔，顺口问一声塔里木大学咋走？就有一位年轻的女士热情地用手一指：前面两公里就是。又补充一句：坐"摩的"，一块钱。

"塔里木农垦大学"题写在校门口不足三米高的方形水泥柱子上，就像散落的汉简上的一行小楷，字仅有碗口大小。经几十年的岁月沧桑，倒有几分厚重。这么一个比普通中学还差一个级别的牌子，立在一个大学的门口，似乎有些滑稽。在塔里木大学，你几乎看不到一段围墙，紧邻它的四周的是连队，是丛林，是棉田，是果园，是鱼塘……当初王震将军在阿拉尔这个塔里木深处的没有城市作依托的地方建一所大学，在我国是史无前例，在世界上也是绝无仅有，这本身就是一个奇迹。

在中学教师继续教育咨询处，我们被一位学生志愿者带去报名。仓促的手忙脚乱之后，教师们逐渐地安静下来，审视着眼前这个充满神秘色彩的陌生的大学校园。事实上，为了我们这首批继续教育，校方已经做了充分的准备。

从老师到学生（员），老师们适应得很快。食堂推销饭卡的老板很快就感觉到了他的宣传的多余,他很快就从教师学员手中收到了大把的伙食款。教师与学生,看似是势不两立的两个阶层。但事实上,教师与学生是最相似相近的两个群体。我是说,他们的清贫与自律、孤独与自傲。教师的角色转变很快,马上成了食堂的主力军,填补了学生放假的空缺,几乎没有人到外面饭馆去吃饭的。

还没来得及好奇,孤独便像滴在水中的一滴鲜血,迅速洇染开来,浮云一般笼罩在每个人心头。课堂在任课教师走马灯般的变换中,承载了所有的沉重与不快。人们有意义的生活迅速简化为吃饭、睡觉。不过,大家也逐渐学会在沉闷的课堂中寻找一些乐趣。讨论课便成了相互了解和释放的最佳环境。一位老太太自信地摇着黑色折扇,身向后倾,四肢开放,精神放松,怡然自得,俨然一副仙风道骨。她飘逸地谈论着她的教学经验,得意之时大忘其形。问一位年纪稍大一些的男教师,对她的好为人师颇有微词。于是大批特批老师太像"老师"。这些批评游丝般飘到老太太耳朵里,下课时老太太抓住老教师一阵猛批:这下你可找到知音了吧!然后愤然而去,衣袂随风飘舞,只是再没有摇起那把小黑扇。不过我最后还是有一个机会被老太太找了回去。在一次法律老师搞的"荒岛拍卖"的活动中,我买了汽车却没有实力买汽油,买了渔叉渔网,最后用所剩无几的钢镚又买回了一幅名画。在一次吃饭时,为了能和一起来的同事坐在一起,实际上也是为了解除同事的尴尬局面,我不幸和老人家坐在一起。"你们都吃的什么?"我问老太太和她身边的漂亮得逼人的女教师。"吃渔叉和渔网。"于是大家哄堂大笑。在会意的笑声中,一切都灰飞烟灭,"古今多少事,都付笑谈中。"

老太太身边小兽似的活跃着一位美眉。美眉无时不在展示自己的优势。一袭长裙勾勒出苗条的身材,婀娜多姿,亭亭玉立。无袖长裙暴露出的"胳膊肘子",白晃晃地在眼前晃动。牛仔裤绘画出高翘浑圆的臀,一件白色中短裙,性感地让滚圆的膝盖在万花丛中闪亮,让"一千个读者读出一千个哈姆雷特"。她时隐时现于人群当中,像一阵劲风吹过小花点缀的草原,既有"一片两片三四片,五片六片七八片,九片十片十一片……"的丰富,又有"飞入草丛都不见"的恍惚。遐想,是一种享受,又是一种罪恶,当寂寞的空间郁闷得连空气都不流动时,遐想就是一道闪亮的剑光,在打破沉闷气氛的同时,也许会给人伤害。我曾凝视过她的剪影,单眼皮使她的眼神缺少灵动,稍厚的双唇也缺乏神采。以甚至于使我恶意地联想到小时候坐在教室后排的鼻涕挂到嘴边的大高个子女同学。但是,我们还是愉悦地接受着她的美肩、美臀、美腿。写这段文字时,我忽然有种负罪感。在孤独的时光中拿别人开涮,包括人家的缺点,那毕竟是不仁义的。我的耳边飘来天籁之音,那是一代人刻骨铭心的歌:"谢谢你给我的爱,今生今世我不忘怀;谢谢你给我的温柔,让我度过那个年代……"忽然有想流眼泪的感觉。

时间就这样无聊地过着,打牌成了打发时光的最佳消遣方式。直到有一天,打牌打到晚上三点多,整个宿舍像害了一场病,在昏沉疲惫地度过第二天后,大家才发现,打牌度时光的日子其实也不好过。

楼道又传出了幽怨的歌声,游魂似的。

罗成老师的手机又响了。他又一次断然把它关掉。手机又响……"爱情真的那么炽热吗?"罗成的吼声震落了沉闷的郁积。然而手机的铃声又一次把他关入沉闷之门。

塔大坐落在塔里木河畔,塔河的游弋不定也造就了塔大开放的教学风格。驰名中外的塔里木河从学校边缘蜿蜒流过,它的甘甜乳汁滋润着一代代塔河学子高洁的志趣和情操。有着深厚历史渊源的塔里木大学的诞生和成长近乎一部浪漫的传奇。塔里木大学原名塔里木农垦大学,曾经隶属农垦部,是兵团在南疆设立的服务农垦的大学。我听到塔里木农垦大学转为塔里木大学的过程。他曾经设想为塔里木农业大学,然而过人的胆识最终还是使这个在当今师范及农业类院校很难更名的农垦大学升级为设有文、理、法、农各院校的综合性大学。具有母亲河之称的长江、黄河,孕育了中华民族的精英文化,而作为母亲河的塔里木河,又何尝不在孕育中华民族的精英文化呢?

到塔河去,看塔河大桥去。于是,教师像一拨拨鱼群,向塔里木河大桥游弋。如果说"仁者乐山,智者乐水",那么一群群来自南疆各个团场的知识传播者向水而去,是不是一种启蒙呢? 其实,寂寞的塔里木从来没有寂寞过,即使在国内远远落寞于两条母亲河之时,塔里木也在国外神秘的气氛中澎湃汹涌着。我们没有看到塔河落日,但塔河的宽博还是给我们留下了深刻的印象。事实上,塔河从来没有张扬过,他只是随性而动,用智者的大鞭抽打着大漠的冷酷,让他流出追悔之血,来哺育与他随之而来的生灵。我们要求到守桥的小亭一览大河之胜,守桥官兵欣然应允,我们有些惊奇,惊奇于他们的宽容。我们曾在晚上十二点以后走在塔大的校间小径上,是从没有任何阻拦的校园外而来。校园幽静，几比乡下。我们感叹，在世风浮躁的当今，塔大"夜不掩户"，这也算是一个奇迹吧。放眼塔河，大浪滚滚，无始无终，胡杨林依水而驻，莽莽苍苍。我们没有走过塔里木大桥，半途而废而心满意得。"塔里木河，蜿蜒二千里，与之相依的是七百公里的原始胡杨林，宽两三公里。塔里木大桥，长一点六公里。"我在写出以上数字时，心里是忐忑的，因为哪一个数字也没有带给我掬一把塔河水的那份激动。

一个消息在老师们中间一夜之间悄然传开，中央电视台心连心艺术团"八一"将在十二团演出，十二团就在塔河对岸，激动的气氛充斥在每个人脸上，虽然只要稍微有理性地思考一下就会发现，我们几乎没有看演出的可能。但这毕竟是高高挂起的一块肉，让欲望的口水情不自禁地流淌。

罗成老师的电话还在一遍遍响着，他把这个电话号码设定为西班牙斗牛曲，听到手机响，他便"兴奋"地随着舞曲的节拍手足舞蹈，直到音乐消失，然后再一次随着音乐"发疯"。这是一粒意想不到的苦果，青涩地落在一个女孩雨季的泥泞里，而罗成老师，则是女孩心里行走在雨巷中的那把永远的纸伞。一次次拒绝在不接听的手机中，女孩的电话渐渐稀少，罗成也一点点地卸去心里包袱。是老师的宽广胸襟，把小女孩的漫漫雨季散落在塔河之中，化作朝阳，在一个青春的生命里升起。

上完"基础教育"，是"知识拓展"。在经过了近十天的沉闷之后，学员们终于舒了一口气。令我们大吃一惊的是，在这个淹没在林海中的大学里竟到处都有个性张扬的闪光。自古以来，塔里木盆地就是人文荟萃之地，塔里木大学周边的楼兰故城、尼雅遗址、克孜尔千佛洞、西域都护府遗址等文化古迹众星拱月,将中国遥远西部一所独特高校推上了历史舞台,奠定了博大深厚的历史文化底蕴。教师们无时无刻不在对社会进行着反思,无时无刻不在承担作为"仕"的责任。知识分子的良知在这里复苏,宛若塔河逐渐复苏的珍奇物种和"绿色走廊"。

收到远在江苏的朋友的短信:往日如梦,多少次梦回故乡,与老友相见……挚友并非发小,只是高中的同窗,十多年前他们历尽千辛万苦举家回迁时,挚友已在念大学。回到江苏工作后,挚友曾志得意满。只是岁月蹉跎,老友何以发此感慨?岁月真的会把人变得如此苍白?我也在异乡,并且远离苍发双亲,深知思乡之苦,但生活,却使我渐渐远离故乡的梦境。梦中的故乡,总是心灵的负隅哭泣,是心灵伤口的自我舔舐。午后的心情被一种时光流逝的惆怅所笼罩,我慵懒地给老友回短信:梦里梦外皆故乡,人生何处话沧桑,泪千行,须挂霜。拣起书生意气,粪土诸侯!——我猛地惊醒,书生意气复苏在被市场排除在招聘之外的年龄,在一个淹没在林海之中的塔里木大学。

匆忙中,我们走了,就像我们匆忙中来。我在一个网站上看到这样一段介绍塔里木大学的文字:"……当初由于交通不便、信息闭塞,塔里木大学办学过程中几度沉浮,如果说那是一个决策的错误,也应该是一个美丽的错误。……"也正是这个美丽的错误,成就了塔里木大学"今日抗大"的美誉。如果我们在埋怨到塔里木这个偏僻的"鬼地方"来学习是一个错误的话,那也应该是一个美丽的错误。事实上,我们没有必要挥手作别塔大的云彩。因为塔大就淹没在一片林海之中。

小　路

　　小路梦一般在荒野中延伸。我知道，小路与我渐行渐远，就像远去的故土、远逝的童年和炊烟般飘忽的乡音那样不可挽回。

　　与小路邂逅在夜色朦胧之中。刚走出的睡梦温热得像冬天清晨的井水，弥散开来就是满世界的满足与幸福。虽是早春，乍暖还寒，但有遗梦，小路就会永远温馨与浪漫。

　　刚灌过水，农田一片汪洋，小路就包围在早春的清新之中。清凉的春风荡尽一冬的浊气，麻木的肺叶像露珠一般晶莹欢悦。我感受到了脚下小路的萌动。一冬的寂寞，一度的沮丧，正在春潮中唤醒，在春潮中复苏。野鸭拍打翅膀恣肆地"嘎嘎"大叫，是一种狂放，还是一种爆发？水声在野鸭的脚下发出，哗哗地叩过心扉，轻颤透亮的心脏。这是一场聚会，一场复苏的聚会，挣脱了严寒与束缚，舒展野性与本真。在还没有脱尽冬衣的早春，这足以让人感动。大地在野鸭率真的喧嚣中醒来。远处有小鸟的啁啾声悠悠传来，就像朗空中天边飘浮的缕缕白云。一条狗旁若无人地洒一泡热尿，撒欢而去。东方逐渐放白，路边胡杨树的身影逐渐清晰，芦苇也苍苍茫茫地现身。

小路在我面前延伸。我带女儿到小路上寻找四季,体味春种夏长,秋收冬藏;我带学生来这里采风,感受着朴实如泥土般的感恩与芬芳。我带着好心情来,伴初升的东日和彩霞一起飘飞;我带着郁闷来,交给即将逝去的夕阳。农工孤单地匆匆而过,小路为他缄默;拾花工淘金归来,小路跟着一起神采飞扬。小路是一位历经沧桑的睿智老人,包容着世间的不平与隐晦,然后和颜悦色地从长长的白须中滚落出安详。

　　那年投亲进疆,经过一路的干渴与荒凉,走上这世外桃源般的小路时,路边渠水潺潺地流,柳条轻轻地飘,芦苇也正苍苍茫茫。而一步步走来,细品脚下的小路,才知这就是拓荒。小路尽头还是小路,等待我们去植绿。铁锹与坎土曼的交响曲还在人们的头脑中激荡,隆隆的机车声已经把原野淹没。延伸,延伸……小路在延伸的同时也在废弃,我亲眼看见我那世外桃源般的小路因改道而荒芜。多少次魂牵梦萦,却就那么怯生生地让它在梦中重现,却总没有勇气去再走一下这条让我神往的小路。这让我不得不佩服重走二万五千里长征路的老红军。理念上的自我突破可能比行动要难上千万倍。

　　我坐在通往城市的汽车上,曾经用步子一遍遍走过的小路在我眼前一瞬而过,显得那样凄凉和短暂。一段需要细细咀嚼的岁月就这样草草咽下。透过车窗,公路边郁郁葱葱的灌木丛透出无限的生机。朋友说,这里还有我们用铁锹坎土曼挖坑栽种的呢。朋友贪婪地把眼光扎进灌木丛深处,他说,他甚至还可以找到当年挥汗如雨时砸在土地上的小坑。

露天电影院

　　在电影院拆除现场,围观的人们的目光冷峻得像是一座火山,他们大多数是离退休的老人。高高的院墙被推倒,电影院的基体像一堆尸骨裸露在人们面前,围观的老人开始有人骂起来:"这帮败家子……"电影院用机械拆除拉走用了一个星期,可以想见在建电影院时人们肩挑背扛付出了多少艰辛。

　　骂归骂,电影院还是走不出被拆除的命运。在人们的泪眼中,电影院消失了。最后剩下放电影的小二楼时,老人们坚决不干了。于是,在拆除后形成的一片空地上,孤零零地立着小二楼。还有门前的那棵胡杨。小二楼后来被再次利用,做过医院的对外门诊部,也做过派出所的临时办公地,但都勾不起人们太多的记忆。在两三年后,小二楼也被拆除。那片地长期闲置,空落得让人发慌。

　　露天电影院三四米高的围墙着实让人感到壮观。进到电影院是一个两米宽的小道,一路向上,转身走到座位区,整个电影院尽收眼底了。有时路上赶得急,满头大汗低头往里赶,找到座位,一阵风吹来,倍感凉爽。来得早也不要紧,坐在一块唠唠嗑,平时工作忙,难得有这样的机会,蓝天白云,凉风习习;一个人也不要紧,走到后排,居高临下,放眼远方,白天劳作的条田绿意迷人,林带更是一丝不苟。当然还可以看到连队的炊烟,心里自然涌出一丝温暖。

看电影自然是年轻人的专利。你看那路上,三五成群,甚至十来个人一伙,骑着自行车疯跑,把马路都当成自家的了。连队都有广播,在播完全国《新闻联播》和《团内新闻》后,就要预告晚上电影,于是常常看到下班的职工呆呆地站在地头的情景,那是在竭力搜寻飘荡在空气中的电影的信息。年轻人在一块,也惹事,也打架,也滋生爱情。

电影的新技术也被电影院现场直播。比如那时叫什么立体电影,看电影要戴专用眼镜。看立体电影很神奇,现场感特别强。电影里一个拳头打过来,立马会觉得要打到自己的鼻尖上,甚至于有人会出手相迎。但我没看出那么神奇的效果,只是戴上眼镜倒是比平时专注些。也有走神的时候,抬头看天空,星斗满天,也好像一粒粒向自己飞来。第二天,大家谈看立体电影的感受,有人就提出不戴眼镜是什么效果,便都后悔没有试试,对眼镜真的是太迷信了。

当然也有一些草班子来演出。红男绿女,倒是很吸引眼球。"我总是问个不休,你何时跟我走? 可你总是笑我,一无所有……"苍凉而热烈,一句句、一声声在扣动心扉,极富感染力。后来听到原唱,倒没听出味来。这专业与业余之间,倒是难分伯仲。

更多的时候,则是把自己关在与电影院一路之隔的校园里,发愤自己的学业。那时学校没有老师值班,看电影没人管的。但绝大多数还是坚守着自己的理想,会看电影,一个星期一次,或者两次。大部分时间是听,也有时心不在焉,在一次次地对自己问个不休,谁会跟我走？还是一无所有……一激灵,赶紧把目光收回到书上。

这样也好。不是流行过这么一句话吗:妻不如妾,妾不如偷,偷不如偷不着。这一次次错失而又飘忽而来的电影,却成了那个年代最难以忘怀的心结。

拐个弯，进了校园

路不长，也就两三百米，在一座牌坊前戛然而止。

牌坊由四根血红的柱子支撑，椽瓦钩心斗角，坊顶雕龙画凤，龙腾带雨，凤舞呼风。龙攀凤扶之下，是一行楷书：××中学。金字闪光，黑底肃穆。透过牌坊，是远山，是条田，是林带，是田间小路。当然还有风声，还有鸟鸣。但都被挡在牌坊之外。牌坊像一个镜框，把对面的一切都静止成剪影，家燕归巢，北雁南飞，季节交替，日月轮回，统统与之无关。

路的尽头，牌坊之下，拐个弯就是校园。

这里曾是我高中时的母校。那时校门口还不在这里，现在的校门口当时还是一个废弃的垃圾之所。那时的校门简洁明了，一块朴素的木牌醒目地挂在门口，校园没有可以彰显的建筑，基本都是老军垦盖的土木结构的平房。墙由土块垒成，宽可半米，梁是粗大的胡杨木，上面清晰可见木工挥汗如雨锛出的粗糙的平面痕迹。梁与椽由粗笨的扒钜固定，一丝不苟得就像虔诚的坚守。虽然其貌不扬，却是当时受国家农垦部表彰的先进单位。那时校长的笑脸是真诚谦和的，老师的脚步是匆忙沉稳的。

我有幸踏过那个朴实的校门调回学校任教。那时风儿也轻，拂着小树像轻波一样荡漾。小鸟在枝叶间尽情地鸣唱，站在教学楼一楼可见枝干，二楼可见枝条，三楼可俯视枝叶，但不管从哪个视角，小鸟都像荡在湖面上的一叶扁舟，野渡无人。那时读书声从容，当朗朗的读书声停止，同学们意犹未尽地抬起头时，一只小鸟——或者是一只燕子，或者是一只麻雀——正轻盈地飞过教室，穿窗而过。学生的笑脸是灿烂的，学生的笑声是天真的。

搬家路上的情景曾多次在脑海里回放。与妻子两地分居，一直没有找到适合妻子的工作。事实是妻子离不开她深爱的学校和学生。最后还是我调了过来。当把家具装上车回头再看一眼生活了几年的已经空空荡荡的家，心里就像打破了五味瓶。——毕竟是从城市到农村（团场）。那时已是秋天，早晚已有些凉意。卡车经过了漫长的沙漠以后天色渐晚。走到玉尔滚大坡，俯瞰前面山下星星点点的灯光，回头车后已暮色渐重。一种念头就在心头萦绕：我是在干什么？从农村走出，进了城市又回到农村。看世人忙忙碌碌奔仕途，奔"钱"途，而我却要在夫妻团聚的借口下去做一名"家有三斗粮，不做孩子王"的教师。但一种观念却固执地占据着头脑：我是去做教师——太阳底下最光辉的事业！相比之下，名利又算得了什么！于是浮躁的灯光在眼前淡去，心里静默得就像身后沙漠的夜幕。

调回母校后才知道，有如此静默之心的还不止我一个。我是一时的闪念，而他们却成为一种习惯，或者是一种坚守。比如吕老师。吕老师在办公室里是沉默的，总是坐在办公桌前，改作业，或者看书。除非你向他请教问题，他才引经据典给你讲解,引申拓展,滔滔不绝。而后便又是沉默。就像一缕轻风,把深山的潭水撩起一串水花,然后就又归于寂静。吕老师的课余时间喜欢骑车,那种老式的加重自行车,一个人骑,风雨无阻。他不急不缓,放眼四野,收尽四季沧桑,云卷云舒。似乎要把大好河山栏杆拍尽。吕老师上课,不言自威。他一进教室,就会有一种气场把浮躁之气赶出教室。他在退休之前半年拿到高级职称,在我们学校他是第一个拿上高级职称的一线教师,也是为数不多的年满六十岁退休的一线教师。

也说不清从什么时候开始,校园听不到鸟儿的鸣唱了。学生的朗读也变得焦躁不安起来,往往是学生正在朗读中被老师的一声断喝而止。学生不知所措地看着老师一遍遍地讲解已经谙熟的应试题目。闪乱的目光迷茫无措,如受惊迷失的小兔。

如果真要把这种改变划一个界限的话,也只有从改校门说起了。

小城镇改造建设,修建一个广场,要占用校门口的地皮,于是校门只得取旁门。事情就这么简单。

有广场作邻,绿树、青草、鲜花、喷泉。再加上琅琅书声,也无异于人间仙境。但问题是,广场的制约性却占了上风。广场建起没多长时间,广场四周便被学校拉起了隔离带。五光十色的小旗在风中飘荡,像一条色彩斑斓的毒蛇,或者是一株鲜艳夺目的毒蘑菇。孩子们眼望着小草一天天长高,小熊猫、小羊、小象雕塑一天天落寞,他们只能成人一样匆匆走过,甚至心有余悸地扶正帽子,拉正衣襟,生怕一不小心被风刮到广场,受到严厉的惩罚。后来广场又添置了健身器材,马上就被学校在校会上明令禁止,理由是健身器材是按照成人设计的,对青少年来说不合适。为了避免发生意外,健身器材的秋千的绳索被去掉。我看到一个小孩张大着嘴渴望地站在秋千架下,眼睛失落得就像头顶上空旷的天空。

关于广场,我想补充说明的一点就是为了与之相协调,也是为了小镇五十周年大庆,学校的教学楼进行了装修。但装修的只是教学楼后面的朝外的墙壁,而教学楼的正面成了永远的烂尾工程。教学楼也为此成了"阴阳脸"。

说远了,还是回到校园。

忙碌是校园的主题。不算早读,上午五节课,下午四节课,老师学生就在这时间的方框里满负荷地挣扎。篮球架是整齐完备的,难得见几个人打篮球;乒乓球台是充足的,也难得有几个学生光顾。倒是双杠上有时会看到还没养成规矩的一年级学生爬上去,但很快就会被老师或者老师委派的学生过来加以制止——怕发生意外。

被加以制止的还有老师。如果有三个老师在校园里走到一块说几句话,马上就会有人来告知是不允许的,老师们也就形成了独来独往的习惯;学校要求每个班买花盆,学校不给经费,又不能向学生收取,老师就只好先把钱垫上,说是卖完班里的废纸再还给老师,那可就要看老师收集废品的手段喽。

校园一天天雍容华贵起来。校园里的宣传牌以广告公司的更新速度更新。综合楼两边的大花盆高近一米,直径也达一米,每年都有花草公司把培育好的鲜花送来栽植上,再交由校工浇水,施肥,使其最灿烂的时光留在学校。我们接受的只是结果,不需要过程。

学校的事情,通常是用数字来说明问题了。比如前面提到的牌坊投资八万,大门两万,水冲式厕所二十五万。当时为了配合水冲式厕所的正确使用,学校要求班主任必须对学生做好充分的教育工作。比如学生要养成便纸入篓的好习惯,又比如男生要养成蹲下大小便的习惯。不过交付使用后,发现男厕所修有小便池,男生蹲着小便一条便也不再做要求,只是在厕所墙壁上贴上"请勿在小便池里大便"作罢。

每天上下班进出校园,所有的一切都习以为常了。直到有一天,发现门卫室的颜色湛蓝,是派出所的那种;铁门漆黑,是管制所的那种;牌楼朱红,是大宅门的那种。

阿克苏麻雀的幸福生活

　　被冠以"家"字的鸟有两个：一个是燕子，被称作"家燕"；另一个是麻雀，被称作"家雀""老家子""老家贼"。而待遇却截然不同。燕子在冬天来临之际，去南方享受温暖的阳光和湿润的空气，春回大地时，它们又飞回老巢，人们对燕子的到来是惊喜交加，敞开大门把燕子迎进家里。而麻雀坚守着严冬的冰霜和凛冽的寒风，家再穷，日子再苦，都不离不弃，却常常不受主人的待见，它们蹦蹦跳跳着在院子里撒欢，想讨个主人的欢心，却总是被无情地驱赶，从来不当作家里的一分子。

　　在鸟类中，麻雀是最苦命的。它线般纤细的腿支撑着鸡蛋般大的暗灰色身体，让人一下子联想到鲁迅先生笔下"凸颧骨，薄嘴唇，五十岁上下的女人站在我面前，两手搭在髀间，没有系裙，张着两脚，正像一个画图仪器里细脚伶仃的圆规"的豆腐西施杨二嫂。只有眼睛是黑亮的，目光十分锐利。它时刻提防着人，即使一大群麻雀谈论得再热烈，只要人一接近，它们就会立即飞走。它一刻不停地转动的脑袋，机警多疑的提防的眼神，成为麻雀的定格。它对自己的生活质量要求也不高，檐下、墙洞、椽缝、土台、草窝，都是它们的家，馍渣剩饭，都成了它们与鸡狗争抢的食物。麻雀就这样没有理想,没有抱负,没有追求的活着,活得像一个养了七八个孩子的村野农妇。当然,麻雀的苦命还不仅于此。二十世纪五十年代中后期,麻雀作为"四害"之一被灭绝。在这场除"四害"的"人民战争"中,全国城乡居民,在规定的日期和时间内,掏窝,捕打以及敲锣,打鼓,放鞭炮,轰赶得它们既无处藏身,又得不到喘息的机会,麻雀在人们的喊打声中吓破了胆,在极度的身心疲惫中,麻雀根本没有落脚之地,飞着飞着便直接从空中落下来摔死:麻雀遭到了灭顶之灾。虽然五年后平反昭雪,但麻雀的灾难却是万劫不复的,有些地方麻雀几近绝迹。以至于2000年这个老百姓称作"家雀"的麻雀被《国家保护野生动物名录》列为国家保护动物。

其实即便麻雀不被"围剿",它们的命运又会好到哪儿去呢?随着人民生活水平的提高,钢筋水泥的楼房庭院,早已把麻雀拒之门外。寒冷的冬天,麻雀像树瘤一般蜷缩在枝头,等待太阳出来,好暖和一下身子,寻水觅食。可能就在哪个北风凛冽的夜晚,麻雀永远地成为树瘤,直到冷风把它吹落,硬邦邦地摔在地上。

然而,在阿克苏,麻雀却过上了"领工资",住"别墅",衣食无忧的幸福生活。

来到阿克苏,给人印象最深的是树。这是个沙漠边缘城市,却在西北地区第一个获得"国家森林城市"的称号。这当然与柯柯牙绿化工程有关。"牙",维吾尔语的意思是洪水冲蚀形成的洪沟和崖壁。柯柯牙遍地沟壑,浮土盈尺。又处于阿克苏的上风口,春天只要刮风,阿克苏就会风沙漫天,遮天蔽日。1985年,柯柯牙绿化工程启动。阿克苏全城出动,肩挑手扛,吹响了向沙漠进军的号角。二十多年过去了,柯柯牙生态绿化工程总长达80公里、面积达20多万亩,形成与红旗坡农场、实验林场、温宿县、阿克苏市、乌什县及兵团农一师生态经济林连接的长200公里、面积60万亩的"绿色屏障"。柯柯牙这个人工森林被联合国粮农组织授予"全球500佳景"称号。森林覆盖率达40.3%,城市建成区绿化覆盖率达39.5%,绿地率达37.6%,人均公共绿地面积9.2平方米。阿克苏整个被森林所环抱,市里林水相间、绿荫葱翠、鸟语花香、自然和谐。如今来到柯柯牙,宽阔的柏油马路在林区延伸,两边的杨树葱茏又挺拔,登上高高的望塔,满目是绿色的海洋。风吹过处,巨大的树冠组成的绿阴犹如卷起的惊天波涛,片片绿叶闪闪发亮。果园整齐划一,分布其中。房屋恬静地掩映在林木之中,炊烟缕缕,鸟鸣声声,别有一番趣味。

农家的房顶也是一景。你看每户房屋顶上都矗立着一座高约50厘米的小宝塔形建筑,这"屋上之屋"有圆有方,圆的如碉堡,方的似佛塔,上有许多孔洞。在其周围,一群麻雀叽叽喳喳嬉闹个不停,俨然把这里当成了它们栖息的乐园。这种"宝塔"是农民为麻雀建立的家,名字叫"配套空间养殖巢穴塔"。当我们正好奇时,一位银白胡子的老人向我们走来,老人叫买买提,他给我们解释:"这是我们给麻雀建的房子,睡好觉嘛好给我们捉虫子。"买买提老人的风趣让我们开怀大笑。"这个嘛是我们自己家的麻雀的房子,"买买提老人指了指远处的林带,"那里嘛,是公家麻雀的房子,大得很。"顺着老人指的方向望去,一座白色的高达数米的蘑菇形建筑矗立在农田边上的林带里,上面有密密麻麻的洞穴,麻雀就安家在那里。买买提老人说："麻雀的房子嘛，吐鲁吐鲁（维吾尔语：很多很多）的。"老人的话不假，阿克苏地区在果林集中的区域就修建了大中型雀塔23000多座，小型麻雀窝近30万个。老人悄悄告诉我，建一个麻雀房子，政府还给50元"建房费"呢。除了这些建筑，政府还在林地内挂鸟巢2500余个，设自动投喂点1000个。有吃有喝有工作，你说这麻雀还会不幸福吗？

　　说到今天阿克苏麻雀的幸福生活，还得从一个叫巴图尔·达尼提的林管站技术员说起。20世纪90年代中后期，阿克苏棉田虫灾泛滥，打农药也无法控制，于是动员全员捉虫子，任务是一人每天50只。巴图尔·达尼提每天一手拿着小铲子，一手拿着塑料瓶去地里捉虫子，累得腰酸背痛，有时也完不成任务。有一天，巴图尔·达尼提捉虫子喘气的空儿，在棉田飞来飞去的麻雀引起了他的注意，他发现，这些麻雀乐此不疲地在棉田飞，是在捉虫子吃。"何不让麻雀来治虫？"于是，巴图尔·达尼提开始研究起野生麻雀来，他发现，每年3月15日至10月30日，每对麻雀第一次繁育的幼鸟到秋天可繁育两次，第二次繁育的幼鸟到秋天可繁育1次，这样算下来，一对麻雀一年内可将其后代数量扩大到80至120只。他观察发现，哺喂期的母鸟主要以捕捉春尺蠖、棉铃虫等害虫喂养幼鸟，一只麻雀一天可以吃掉75只以上的虫子。700只麻雀就可以防治500亩虫害。这些发现让巴图尔·达尼提惊喜不已。但是随着农村防震房工程的启动，农民的土坯房都换成了砖房，麻雀的生存空间越来越小，冬季又缺少食物，有的麻雀在寒冷的冬季被冻死饿死。于是，巴图尔·达尼提开始尝试给麻雀建鸟巢。经过几年的试验，麻雀治虫效果显著，并在全区推广。巴图尔·达尼提的鸟巢取得了国家专利,也成为阿克苏一景。真是有心栽花花不开,无心插柳柳成荫。

在阿克苏,麻雀被当作治虫专家进了编,转了正,纳入"公务员"管理;住着"别墅",白天下地捉虫,晚上回家养息,有工作,有事业;还有人投放的食物,有"养老保障"。每天生活在绿树红花的环境之中,与人类和谐共处。你说,还有比阿克苏的麻雀更幸福的吗?

香飘千年的馕

在新疆，馕是第一小吃。维吾尔族名言："馕是信仰，无馕遭殃。"

在2016年国家生态环境治理以前，打馕是维吾尔族男人必须学会的本领。馕坑呈酒坛状，里面糊一层厚厚的土，馕坑底部烧木柴，待柴烧成木炭，四壁已经滚热，"叭"的一声把生馕贴上，这"打馕"二字确是实实在在。打馕师傅揪出一团面，抻开，捏住四周来团，做成四周厚中间薄的圆形，在生馕上用馕锥在案子上"咚咚"地扎出花纹，放上洋葱等佐料，把馕放在蘑菇状的馕托上，打馕师傅高吼一声"嗨……"就把馕贴上了。几分钟后，散发着烧烤香味的馕便从馕坑中勾出来了。

馕在不同时期用料也不同。生活困难时期打包谷馕，而现在的馕都往美食方向发展，乌鲁木齐有一家阿不拉的馕，都做成了品牌。在新疆的各大城市，到处都可看到烤馕摊。在农村，更是家家户户都有馕坑。你看一个村妇顶着一盆发面走出家门，后面跟着一群孩子，便是去打馕了，对孩子来说，那也是过节般的盛事。

在新疆饮食中，处处离不开馕。吃羊肉串，烤得流出油时把馕放上,烤好再用馕卷上。吃手抓羊肉,也是把馕泡进碗里。大盘鸡在出锅时把馕放入盘里,把菜盖在上面,别有一番风味。馕是人们随身携带的食品,出去旅行且不说,20世纪80年代,维吾尔族老乡到戈壁滩打柴,顺着水渠走,把馕扔进水里,顺水而下,一路歌声,想吃馕了就喝住毛驴,停下车把馕从水里捞出来。馕非常耐储存,干馕放上半年没有问题,在新疆博物馆里,还陈列着从吐鲁番阿斯塔那古墓群中出土的1200年前的馕。据说玄奘西天取经穿越沙漠,随身带的就是馕。

馕也是新疆民间走亲访友,互相馈赠的礼品。2008年汶川地震,代表着新疆人民一片爱心的馕,就被专门用火车运送到灾区。

吃在新疆：不差量

　　吃在新疆，处处可见其豪放。大块吃肉，大杯喝酒。这里的美食也以"大"和"全"著称：大盘鸡、大盘鱼、盘口盈尺，鸡鱼全须全尾，绝对不会偷工减料。烤全羊则更让人叹为观止，宰杀周岁以下羔羊，去蹄去内脏，把调料调成糊状，均匀抹在羊的全身，放在馕坑里，焖烤一小时左右，出炉，全体金黄，光泽油亮，香味扑鼻，让人垂涎欲滴。烤全羊是维吾尔族人招待贵宾的佳馔。

　　吃在新疆，有两种美食不得不吃。一种是拉条子，这是维吾尔族人的家常饭。用盐水和面，饧着，抹上油，用湿布盖上。炒菜用羊肉、皮牙子、西红柿、厚皮菜辣子，当然还有些时令菜配菜。就见大师傅把炒锅里的油烧热，抓一把切好的嫩羊肉放入炒勺，随着羊肉进锅，炒锅随即腾起一蹿火苗，大师傅把炒勺在炒锅上敲得当当响，皮牙子、西红柿、辣子在锅里翻飞。那边拉条子已从热气腾腾的大锅里捞出。大师傅手里干着，嘴里也不停着："过油肉拌面好了"。饭菜端上桌，把菜倒进面里，菜汤油黄，辣子翠绿，皮牙子莹白。边吃边就两头大蒜，吃出一头细汗来，爽口清神。对了，上的面可能不够吃，那你就剩下点菜，放开嗓门喊一声"加一个面",那边就会回应一声"加面一个",这个加面不收钱。在新疆吃拌面,保证吃饱。面不够,可别不好意思加面哦。

抓饭也是新疆的家常美食。在新疆,婚丧嫁娶等大型场合,都用抓饭招待客人。抓饭的肉选上好的羊羔肉,再配以胡萝卜、皮牙子等。有些还在抓饭里放上葡萄干、杏仁等。先在大锅里放上油烧热,把切好块的羊肉放进去炸,再把配菜放进去炒,放齐调料,加上水,把泡好的大米放入,焖四十分钟即成。抓饭色泽油亮,米粒饱满透亮。米粒松散,不黏不干。用锅铲把抓饭铲进盘里,再放上一块羊肉。餐桌上配有小菜,吃抓饭时就以小菜,清香爽口。抓饭也可以加饭。我们骑自行车户外旅游,一天骑一百八十多公里。中午在一家饭店吃抓饭,我们每人加了两次饭。高兴得维吾尔族老板直竖大拇指:"亚克西!朋友嘛,真正的男人!"能加饭说明他家的饭菜可口,老板是乐意干这样的事的。

呵呵,要流口水了。吃在新疆,不要羞于开口加饭。吃饱,吃好,大家都高兴。对了,悄悄告诉你一句:吃在新疆,不差量。

天山神木园

从阿克苏出发,过温宿,穿乡村,路边的绿树村庄逐渐消失,眼前是一望无际的戈壁和远山,寸草不生。再顺着乡间公路往前走,一片翠绿从天而降,盘桓在山腰。这就是天山神木园了。

你不得不惊叹"造化钟神秀"了。

在这海拔1700米的高山缓坡怀抱中,神木园像画在圈里一样,跟外面边界分明。园里郁郁葱葱,遮天盖日;园外则光秃秃一片,寸草不生。这个只有600多亩的园子,生长着杏、杨、柳、榆、桑、槐等20多种树木,320多种植物,有上百棵千年以上的古树。这里怪树林立,虬曲盘桓,你拉我的手,我攀你的肩,倒地而生,穿插而行,盘根错节,你中有我,我中有你。杂乱无章却虎虎有生气。被当地人称作"怪树园"。

园里的树挺拔的则直冲云天,虬曲的则卧地而生,形态各异。有两棵新疆箭杨,有千年以上的树龄,并肩而生,高耸而立,被称作夫妻树。10年前,在20公里以外就可以看到两棵树直刺云天,近年来,由于大风原因,粗大的树干顶部和侧枝被击毁,但两棵大树仍然顽强地生长着,发出的新枝如箭弩一般怒射蓝天。而一棵被称作"卧龙"的山柳,被雷电劈倒在地,却顽强地活了下来,树干倒地,却又发新枝,衍生出近3亩地的林子来,打破了"独木不成林"的神话。一棵倒卧地上30余年的千年古木,树木通体泛白,古朴苍劲,五处枝干上有自然天成的奇妙连接,这种自然奇观在树木生长的过程中独一无二,天山神木园也以此形神之意而取名。还有棵马头树,从树干根部生出,酷似马头,正挣扎着向外冲去。传说唐玄奘去西天取经路过流沙河,因前去收服沙和尚,把小白马暂时拴在这棵树上。不料,唐玄奘一去几天未回,小白马饥饿难忍,一时无法挣脱缰绳,气极之下,向树干撞去,结果身体被树干夹住,马头好不容易才挣了出来。千百年过后,长成了现在这个形状。

园内的山柳几乎呈蜿蜒倒伏状。据说有两个原因:一是十八世纪中叶这片区域发生了强烈地震,把许多古树和山柳震倒在地表面。二是由于这里水位高,树干枝条中水分大,这里常年有四级以上的风力,树枝不堪其重就造成了这种扭曲倒地而生的现象。走在园中,你不能不被眼前树木的顽强所折服。一棵山柳,树干已经干枯,却从中生出一枝,葱葱郁郁,让人大有"病树前头万木春"的感叹。一棵山柳,一根树枝被风劈开,仅与树干连着树皮,倒地的树枝却又发出新树,大有成林之势;一棵白杨倒地,工作人员砍根树枝支撑,而这根支撑的树枝又发出新枝,长成一棵新树。也许就是这种顽强,这种永不放弃的精神,成就了这千年神木的美誉。

神木园里绿草茵茵,水随山走。随处可见泉水淙淙,遍布园子的每个角落,而园外却没有点滴恩泽,这令人不能不感叹大自然的神奇。

离开神木园再次回头,神木园依偎在巍峨的雪峰和肃穆的蓝天之中,犹如海市蜃楼一般。这是苍天对这片神奇土地的眷顾,而这里生命的顽强、不屈与抗争,铸就了让人咋舌称奇的大漠之魂。

千古孤独张衡墓

访亲南阳，与主人谈南阳名胜。主人道："我们小石桥就是东汉张衡故里，至今存有张衡墓。"

出于对一代科学巨匠的仰慕，第二天，我便由主人的孙女、一个叫丹丹的十三岁女孩儿带领，骑车直奔张衡墓。

张衡，字平子，南阳西鄂人（今石桥镇小石桥村），世为著姓，祖父堪蜀郡太守。衡少，善属文，游于三辅，因入京师观太学，遂通五经，贯六艺。虽才高于世，而无骄尚之情，常从容淡静，不好结交俗人……

迈过山门，有一老者正孤独地慷慨陈词。在说张衡。想借步细听，管理员赶走了老者。老者阔步而去，颇有古人遗风。管理员歉意道："小石桥人，张衡后人，精神失常，长年如此。"

院内空寂，抛却了浮世的喧嚣，十分幽静。拜殿前的石像，把我带回了东汉。一个静静的夜晚，满天的星星像无数珍珠洒在碧玉盘里。一个孩子坐在院子里，靠着奶奶，仰起头，指着天空数星星。一颗、两颗，一直数到几百颗。奶奶笑着说："傻孩子，又在数星星了。那么多星星，一闪一闪地乱动，眼都看花了，你能数得清吗？"孩子说："奶奶，能看得见，就能数得清。天上的星星是在动,可不是在乱动。您看,这颗星和那颗星,中间总是隔那么远。"爷爷走过来,说:"孩子,你看得很仔细。天上的星星是在动,可是看起来它们之间的距离好像是不变的。我们的祖先把它们分成一组一组,还给它们起了名字。"爷爷停了停,指着北边的天空,说:"你看,那七颗星,连起来像一把勺子,叫北斗星;离我们不远的那颗星,叫北极星,北斗星总是绕着新星转。"

那是一个多梦的夜晚,孩子们在父母的怀里好梦连连。而这个孩子却一夜没睡好,几次起来看星星。寂寞的苍穹下,他孤独地寻觅着,他看清了,北斗星果然绕着北极星慢慢地转动。这晚,这个孩子也做了一个梦。为了这个梦,他追寻了一辈子。这孩子就是张衡。他观测了中原地区能看到的2500颗星,绘制了我国第一幅比较完备的星座图。

张衡多才,在天文、地震、文学、机械制造、历法、绘画、地图绘制、数学等领域都做出了杰出的贡献,被誉为"全面发展之人物"。曾任太使令、尚书等职。张衡发明了地动仪、浑天仪、计里鼓车、指南车等等。成就多多,他应该志得意满,为人景慕了吧。恰恰相反,他一生献身科学,不追求名利。有人讥笑他:"你能使机轮转动,木鸟自飞,自己为什么不能飞黄腾达当大官呢?"张衡说:"我决不会为了谋求高官厚禄,而去奉承权贵。'君子不患位之不尊,而患德之不崇;不耻禄之不厚,而耻智之不博'。"

正因如此,张衡走上了寂寞的人生路。东汉时期,经过"光武中兴",社会治安、经济状况明显好转。西汉都城长安和东汉都城洛阳,规模宏大,繁荣非常。"人不得固,车不得旋"(班固语)。繁荣兴旺的背后,却掩盖了豪强地主的骄奢淫逸,强征豪夺。张衡冷眼看世态,作《二京赋》,"精思殚虑,十年乃成"。铺写京都景象,规模宏大,讽谏当时王侯的奢侈。十年磨剑,只为正义一呼!这就是张衡!他有高尚的人格,和异乎常人的深度思考。

光武帝刘秀称帝初期,奉"谶纬"为国典。"谶"是一种预卜吉凶的隐语,既有文字,又有图,称为"图谶"。"纬",是对儒家经典的神学化的解释,是两汉时期流行的宗教迷信。光武帝宣布图谶于天下,使图谶之学大为兴盛。"光武中兴"后,"儒者争学图纬兼附以妖言"。其猖獗不但污染了儒家精典,更恶劣的是严重阻碍了科学的发展。张衡奋起展开了反对谶纬神学的斗争。汉顺帝阳嘉二年(133年)张衡上书《驳图谶疏》,直接要求汉顺帝用行政命令禁绝图谶。在当时,为了科学和真理,孤身奋争的张衡该需要多大的勇气啊!

走过耀眼夺目的浑天仪、地动仪模型,眼前的张衡墓可真形成了强烈的反差。除去中华人民共和国成立后多次的修建,墓园仅存一丘荒冢与几块古碑了,墓冢苍苍,松柏萋萋,残碑横立。肃穆中,凭吊的我形只影单。张衡,您寂寞吗?自汉以来,南阳已鲜有人才;而中国,已在清末被远远地抛在世界的后面。对于曾居于当时世界科学技术顶峰的您,对于作为"唐汉文明"创建者的您,失望了吗?不不不,您好像从来就没有真正得意过,所以也就无所谓失落。微风徐徐,我似乎听到您与谗臣面红耳赤的争论;荒草深处,我看到一双双慌乱的眼睛。汉顺帝曾在帷幕中让您讽谏"左右",宦官恐怕危及自己,都在给您使眼色。虽然您巧妙地回避了汉顺帝的垂问,却无意中树了敌。那些宦官一起参您,于是您的命运便在诋毁中衰败。虽然您的地动仪在公元138年准确无误地测出500公里以外的陇西的地震,但您还是为"光武中兴"后的衰落而郁郁寡欢。

公元137年,天下弊端渐起,政治上的不得志,张衡愤而作《四愁诗》:

我所思兮在太山,欲往从之梁父艰。侧身东望涕沾翰。美人赠我金错刀,何以报之英琼瑶。路远莫致倚逍遥,何为怀忧心烦劳?

我所思兮在桂林,欲往从之湘水深。侧身南望涕沾襟。美人赠我琴琅,何以报之双玉盘。路远莫致倚惆怅,何为怀忧心烦快?

……

公元138年,张衡作《归田赋》。

公元139年,巨星陨落。

61年中,张衡似乎都是在孤独中度过的。对于他的孤傲与优秀,当时官吏无不想置之死地而后快。所以留在后世的,也只是故乡的一丘孤坟。至唐代才有人建庙宇,又因兵燹而无存。但他却在劳动人民心中扎下了根。中华人民共和国成立以来,张衡墓经三次修建已初具规模。我国于1953年和1955年分别发行张衡头像邮票和地动仪邮票。1970年,国际天文学联合会小行星协会将月球一座环形山命名为张衡山。1977年,又把编号为1802号星以其名来命名。张衡被世人称为"科圣",

墓园也被科技界视为圣地。张衡终于穿越时空,为世人所瞩目和敬重。

走出墓冢,无意中发现有几个石臼、石磨、石碾散落在杂草丛中,这些已被遗忘的什物,却在漫长的人类历史中占有举足轻重的地位。面对尘世,名利与权势,在岁月长河里是这样的卑微与渺小;而一个人的人格,却升华得无比高大。于是,抚去浮华,我不由回头再看一眼张衡。

心在路上

999，与之有关和无关的那些事

我脚下这片叫作"新井子"（二团）的土地，张骞出使西域时走过，汉武帝为了汗血宝马征战大宛国的大军时走过，唐玄奘西天取经也走过，更多的骆驼商队伴随着驼铃声也从这里走过。但是这里却没有给他们留下一点印象，这里只是走也走不出去的沙漠的一部分，旷远，凄凉。他们的足迹也如白驹过隙，一闪而过。两千多年过去了，这里依然是荒凉的戈壁滩，漠风刮过红柳丛，惊走慌乱的野兔。

当岁月走到20世纪50年代时，历史在这里停下了脚步。先是三五九旅的干部战士，再是999个河南支边青年，接着是两千多名上海知青，五百多名退伍军人……这个历史上从来无人驻足的地方有了名字：新井子。这是在沙井子的基础上取的名字。时光如梭，当历史的车轮碾过21世纪时，这里已然良田阡陌，林带纵横，道路宽阔，楼房林立。一个充满活力的小城镇让历史上的荒凉消失得无影无踪。

这是我赖以生存的地方，当走出二团的同学朋友在微信上提起二团，我以坚守者自居。当他们为二团的变化交口称赞时，一种自豪感油然而生。是的，我太谙熟这片土地了，我不但走过了这里的每一寸土地,而且深入她的历史,触摸她的现在,讲述这里的"中国故事"。当有一天我要离开这片我生命中的热土时,那份感激,那份留恋,那份不舍一下子涌上心头。这时我才发现,二团已是我生命中不可割舍的一部分。

这是一个嵌着深深烙印的地方:999。这是个吉利的数字,也是一个遗憾的数字,对于二团人来说却有着极不平常的意义。它甚至已经融入二团人的血液,成为二团的"符号"。对于老军垦战士来说,它可能是一个缺憾;而对于二团人来说,这种缺憾却是一笔财富,成为世代相传的"传家宝"。

不适合人类生存的"米粮仓"

1956年7月,河南西平支边青年1000人支边到胜利三场(现二团),路上死亡一人,实有999人到达,成为二团第一批居民。他们发扬南泥湾精神,当年开荒7万亩,建房屋1万平方米,播种小麦2万多亩,产粮食311万公斤。

胜利三场的土地含盐碱量大,矿化度高,农作物的出苗率、成活率、产量都得不到保障。建场初期采取挖掉地表碱结皮的办法,初步收到成效,由于土地连年种植,加之没有排水系统,造成地下水位急剧上升,土壤次生碱化日趋严重,很多地方寸苗不长。1958年、1959年因地制宜种高粱,基本解决了吃饭问题。但到了1961年,种植的小麦,比1959年锐减26%,亩产只有几十公斤。当时来胜利三场指导工作的苏联专家断言:二团属重盐碱区,不适合建农场,必须立即搬迁,另谋生路。部分职工把盐碱看成不治之症,思想也极度悲观、消沉。胜利三场到了生死存亡的紧要关头。

1960年至1961年,时任农垦部长的王震两次来胜利三场调研,指出前进方向:大搞排渠工程,种植水稻大力发展生产,彻底改变农场面貌。

1964年,挖排渠治碱的战斗打响。兵团组织了专家、工程师、技术员来四场进行了排水工程的设计和规划,农一师抽调了塔里木农大水利中专班全体师生来场具体负责施工。王震部长还亲自指定了兵团水利局王文喜科长督战。寒冬腊月,地冻三尺,职工们手挖、肩挑破冻土,风餐露宿,在那哈气成霜、滴水成冰的严冬里,冻土层一天天加厚,坎土曼卷了,依然继续干。截至1966年底,在3年时间里,共挖土方101.2立方米,建成支、斗、农、排水利渠10条,总长63.6公里。

1995年4月,二团再次投资887万元进行第三次综合开发。4月5日开始测量,5月20日成立开荒指挥部,抽调17个连队的350人,拖拉机、链轨车、挖掘机102台。用120天时间,建成了田、林、路、渠一次成型,涵、闸全部配套的条田33个。

1997年至1999年,二团又投资3498万元,相继上阵机车462台,1366人次在六支渠开荒。亘古荒原上再现了兵团人开天辟地的恢宏场面,帐篷鳞次栉比,机车轰鸣奔驰,灰尘遮天蔽日,机车手光着膀子开车,一个班次下来,浑身上下满是灰土和汗水结成的泥沟。这次开荒2.6万亩,修建灌水渠道33.2公里,新挖排渠173公里。时任兵团司令员金云辉、政委王传友等兵团领导率兵团农业综合开发观摩团一行近百人对六支渠综合开发进行现场观摩,评价"二团是一个通过综合开发由小团变大团的典型。"

1964年二团开始大面积试种水稻成功,从此成为"塞外江南"的米粮仓。1989年二团被国家商业部授予"全国粮食生产、销售先进县"称号。1999年,二团水稻亩产569公斤,首创兵团大面积种植亩产千斤纪录,被国务院表彰为"全国粮食先进单位"。

二团水稻引天山雪水浇灌,生态环境独特,生长期长,成熟度高,二团生产的大米品质纯净,晶莹似玉,口感香醇,清香四溢,油润可口。2001年11月,二团注册了"天山雪"品牌。2002年2月,"天山雪"牌大米成为农一师五大行业、九大品牌之一。"天山雪"大米经过国家A级绿色食品标准认证,昂首挺进北京、上海、青岛等各大城市。

聂忠根的"兄弟情"

当我带着满腹的自豪从历史的尘埃中走出来时,一个个老人从眼前走过,他们都已古稀之年,沧桑刻在他们脸上,但他们都那么安然,走进他们过去的生活,成为我一个时期的梦想。聂忠根就是在这个时候走进我的视线的。

那是一个秋天,我就这样走进了聂忠根的小院。院子里有一棵核桃树,一棵葡萄,两棵枣树。阳光从树叶缝隙里撒落下来,斑驳陆离,小院里洋溢着一股清新与凉意。墙边有一平米见方的菜地,刚出苗的小白菜透着勃勃生机。院子上的天空很蓝,有时会有白云飘过,有时会有鸟儿飞过。

房间收拾得一尘不染。家具都是二十世纪八九十年代的老式家具,摆放得井井有条,沙发还是用沙枣木做的,现在已很少见。兵团领导与新中国屯垦戍边百名感动兵团人物大幅合影照片挂在客厅正中央,照片上的聂忠根身披绶带,显得很有精神。

静!静得可以听到岁月从耳边流过的声音。

"有时我就这样坐在沙发上呆坐着,眼前还总是他的身影。"聂忠根老人说。

聂忠根说的他,叫朱永康。3年了,朱永康都走了3年了,聂忠根还是忘不了他。

"坐上大卡车,戴上大红花,远方的年轻人,塔里木来安家……"这首《送你一支沙枣花》依然在聂忠根的耳边回响。这是当年新疆生产建设兵团老军垦欢迎上海知青一首老歌。1963年,16岁的聂忠根支边来到新疆生产建设兵团农一师二团。一路上浓郁的异域风情,诱人的边疆美景,让聂忠根兴奋不已。但一踏上二团,走上"三跳路"(车在路上跳,人在车上跳,心在肚里跳),车子一停下来,个个都被颠得无精打采,有不少女知青蹲在地上干呕。眼前看到的是平地上几堆隆起的土包,土包上伸出几个铁筒子。这是新疆特有的住房——地窝子。知青们一下子傻眼了。谁都不愿意进去。有人喊着要回上海去,有的女知青开始哭泣。不知谁唱了家乡小调:"盼星星,盼月亮,左盼右盼盼爹娘。"调子悲切凄凉,聂忠根忍不住失声痛哭。接待他的是他的老乡上海知青朱永康和辛根龙。朱永康拍着聂忠根的肩膀说:"我们都是从上海来的,以后无论怎么样,我们都要相互帮助!"从此,他们白天一起上班,晚上两人铺挨着铺,一起看沙漠风景,一起听家乡小调。两人无话不谈,很快成了最好的朋友。

"文化大革命"中,由于"两派"斗争,朱永康成了被批斗的对象。残酷的批斗使朱永康变得情绪低沉,少言寡语。朱永康成了人们躲闪的对象。那年冬天,天气特别冷,滴水成冰。聂忠根觉得似乎两天没有看到朱永康了,就偷偷去看他,推开朱永康的门,房子里没有生火,又阴又暗,一股臭味直冲鼻子。聂忠根掀开被子,朱永康屎尿都拉在床上,结成了冰,腿也冻得没了知觉。聂忠根马上把朱永康送到医院,经检查下肢已经发黑坏死,不得不做了截肢手术。醒来的朱永康接受不了失去双腿的现实,长期的压抑使内向的他一下子精神崩溃,他患上了精神分裂症。时而清醒,时而糊涂。犯病时朱永康很癫狂,根本不知道已经失去双腿,从床上往下跳,摔得双腿血肉模糊。有时又不言不语,三四天不吃一口饭。聂忠根看在眼里,痛在心上。

　　"我们都是从上海来的,以后无论怎么样,我们都要相互帮助!"

　　刚来二团时朱永康的话在聂忠根耳边回响。聂忠根向连队请缨照顾朱永康的日常生活。

　　那是1974年。聂忠根还是一个没有结婚的小伙子。

　　从此,抱朱永康起睡、翻身,为朱永康理发,洗脸,刷牙,把屎,倒尿,喂饭,洗衣服等,成了聂忠根每天的必修课。朱永康由于脑子受刺激,聂忠根刚开始照顾他时,喂他饭,他不吃,还骂聂忠根,赶他走。聂忠根流出了眼泪。"阿康,我是阿根啊;我们说好的,无论怎么样,我们要相互帮助的。"一次次的耐心劝导,消除了朱永康对聂忠根的敌意。但是他只让聂忠根一个人喂;别人喂,他死活不吃,说是在他的饭里下了毒,要害他。这使聂忠根有些无奈,又有些欣慰。

1977年,聂忠根与从小青梅竹马的上海知青结婚。新婚燕尔,聂忠根租了一间房子,让妻子住,自己和朱永康住在一起。然而这样的分居生活还是让他们的婚姻亮起了红灯。这时已是连队会计的上海知青辛根龙把朱永康接到了家。但聂忠根还是放心不下,每天都要往朱永康那里跑,给他洗衣,端饭。4年,天天如此,妻子看到聂忠根的心思都不在她和女儿的身上,就毅然和他离婚。分手的第三天,聂忠根就把朱永康接回到家里。

20世纪80年代,上海知青回城,聂忠根也动了心,但他回上海,朱永康怎么办?他办好了妻子和女儿的回城手续,自己又回到朱永康身边。

1995年,母亲去世,弟弟来电话,聂忠根要照顾朱永康,没能回去。

2000年,父亲去世,家人把尸体冻在殡仪馆里,给他买好往返的机票。聂忠根把朱永康托付给邻居,临走前,聂忠根买了一大堆吃的,送到朱永康床前。那两天正好朱永康生病,看到聂忠根,连声叫"老根,老根",鼻涕口水流了一身。聂忠根的泪一下子流了出来。他给家人回电话:"我走了,他怎么吃饭啊!"又没有回去。

为此,弟妹们跟聂忠根翻了脸,聂忠根在上海知青当中也落了个不忠不孝的骂名。

2008年,女儿回疆探亲,看到60多岁的父亲还在艰难地伺候着非亲非故的朱永康,就劝父亲跟她回上海去,自己也好尽尽孝心,让他过一个幸福的晚年。他耐心地对女儿说:"我这一走,谁来照顾他？再说,别人照顾他我也不放心啊。"女儿再次坚持:"你跟他非亲非故,已经照顾他那么多年,失去了那么多东西,现在还这样照顾他,你脑子坏了吧!"聂忠根一下子发火了:"他是你的叔叔,我们的亲人! 照顾他是我一生的责任。"女儿只好含泪离去。

2009年,朱永康生命走到了尽头。他连续4天不吃饭,已经处于昏迷状态。聂忠根把饭端到他床前,朱永康忽然慢慢地睁开了眼,说:"老根,你别给我做饭了。这辈子,我连累你了。你是我兄弟。"说完,含泪长逝。

聂忠根照顾朱永康35年,朱永康身上没有生过一次褥疮。

朱永康走了,聂忠根的心却一下子空落了。这30多年,他抛家别子,失去了回城的机会,背上了不忠不孝的骂名。从一个少不更事的少年到了白发苍苍的老者,这些年,他似乎就做了一件事,那就是照顾朱永康。"朱永康走了,我该怎么办?"他一次次问自己,"阿康,你怎么就这样丢下我就走了呢? 说好我们要做兄弟的啊。"

聂忠根老人望着窗外,一行大雁从天空飞过。又是一秋,人生也和季节一样快啊。聂忠根感叹道。

聂忠根的事迹被媒体披露后,在社会上引起极大反响。2009年他被评为第二届"感动兵团十大人物",2011年被评为"新中国屯垦戍边百名感动兵团人物"。

事情真相终于大白于天下,人们对聂忠根的误解也都消除,上海知青回兵团都会跟聂忠根联系,聂忠根成了上海知青兵团情结的精神寄托。

"其实我只是做了朋友应该做的事情,这些名誉都是因为朱永康,我要感激他!"聂忠根老人说。

我的目光再一次投向"上海人"三个字时,上学时的调侃儿歌又响在耳边:"大头大头,下雨不漏;人家有伞,阿拉有大头。"那时候,上海人在这片亘古荒原上无处不在,上海人老师,上海人理发员,上海木匠,上海人司务长,上海人饲养员……在与上海人的接触中,上海的文明润物无声地渗透进来,把这块土地浸染得温润如玉。据资料记载,1962年11月13日,国家农垦部长王震报请党中央、国务院,动员8.5万上海支边青年到农一师、二师参加以种桑养蚕为主的生产建设。1963年7月6日,首批上海支青806人到二团场,至1966年,共接收上海支青2185名。20世纪80年代,上海回城大潮涌起,90年代初,几乎是一夜之间,上海人在二团已经所剩无几。也正是在上海人走后,人们再一次领会上海人对兵团的文明所起到的巨大作用。

君子王玉宾

在我所接触的二团人中,有一些人让我不得不佩服得五体投地。比如王玉宾。对于王玉宾,大家都觉得他做事有股拧劲,看不惯但又不得不佩服他。

王玉宾是1993年进疆的河南务工人员,近20年的边疆生活,脸早已被塔里木盆地的太阳晒得焦黑,似乎与读《论语》的谦谦君子的形象扯不上边,但是自从2004年开始读《论语》以来,他几乎天天捧读。王玉宾读《论语》,不是为了读经典,而是讲究方法,甚至当成养生的书来读。他认为,改变行为习惯的学习才是真正有效的学习。

2011年11月27日，王玉宾到80公里开外的阿克苏火车站给拾花季节工买返程的车票。天气已经转冷，承包户太忙，抽不出时间去给季节工买票，王玉宾催了几次，最后干脆自己去给他们买。今年王玉宾的40多亩地改种水稻，但还是有三拨人来找王玉宾拾棉花。其中有前几年一直给他拾花的季节工，还有在别人的介绍下，专门来投奔王玉宾的，大家都觉得王玉宾待人好，讲诚信。2010年王玉宾在连队买了有厨卫设施的新房，但他一直没有搬过来住，投奔他来拾棉花的人来了，他就安排他们住在新房。他说，人都是平等的，都要得到尊重。人家背井离乡来打工，就要给人家一个家的温暖。这样一来，本来是承包户安排食宿的，大家却都到王玉宾的新房子来吃住。

　　火车站规定，火车票每次只能买两张，王玉宾要买五张，就得一天24小时排队。排队买票的人太多，有时队快排到了，却到了下班时间。初冬的天气，白天还可以，晚上就受不了。他搬了一个凳子，借了件棉大衣，白天黑夜排队，这样一排就是4天。排队的第二天，他看到售货亭有两块香烟广告牌，王玉宾立马拿出手机举报。《中华人民共和国广告法》第十八条明确规定，禁止在各类等候室、影剧院、会议厅堂、体育比赛场馆等公共场所设置烟草广告。他先给阿克苏地区工商局纪检监察科电话，不属他们管，就给了他一个电话，于是王玉宾又把电话打到阿克苏市商广科，商广科领导很重视，第二天广告牌就被摘掉了。这当然不是第一次举报社会不良现象。2007年，王玉宾的固定电话费多交了110元"代收语音费"，他找电信局讨说法，无果。他先后找了上一级电信局、物价局、工商局，最后又投诉到新疆电信管理局。历时一年多，车费、电话费花了好几百。

王玉宾说,公平正义是社会的基本准则,不正之风不去管,这个社会不就乱套了?就因为他的较真,阿克苏地区工商行政管理局还聘他为行风评议员、效能监督员。他是唯一的一个农民行风评议员。

排了4天队,王玉宾已经很疲乏,他忽然想到,他献血的时间到了。排队走不开,怎么办?他就找到一个人,给人家掏了50块钱,帮他排两个小时的队,他出来打个出租车到市里去献血。2011年南疆出现了脊髓灰质炎疫情,40岁以上的人必须服疫苗,不能献血,血库出现了血荒。这使他心里很是不安。说起来,他跟阿克苏中心血站还有渊源。有一次王玉宾在阿克苏街头采血车献血,看到一个工作人员在电脑上玩游戏,就提醒他应该用这工作时间向市民宣传义务献血知识,却被那位工作人员骂为"脑子有毛病"。王玉宾就把这件事举报给了血站,阿克苏中心血站为此给他颁发了行风评议员、效能监督员的聘书。事实上,王玉宾1990年开始献血,2001年以后有规律地每年献两次血。

这次帮人买票,王玉宾吃不好,睡不好不说,还倒贴了几百块钱。

王玉宾的热心在连队是有名的。每次捐款,他都带头捐,而且都是捐得最多的。他说:"我是性情中人,看到别人有困难,就想出手相助。我捐个百儿八十带个头,大伙儿也帮点忙。也许能帮人走出困境。"

2005年春节王玉宾回河南老家探亲,听说同村正在上大学的王玉昭和上高中的妹妹王秋瑜家境困难,面临辍学。王玉宾每年定期给王玉昭寄2000元,给王秋瑜寄600元。在王玉宾的帮助下,现在王玉昭已顺利地完成学业,王秋瑜也顺利地考上了大学。

2008年,河南民权县的周光秀给王玉宾拾了3个月的棉花。在后来一次通话中,王玉宾得知周光秀的丈夫在一次事故中摔坏了腿,家庭陷入困境,孩子上不起学。王玉宾决定资助周光秀家,第一年每月资助500元,第二年每月资助200元,直至他们走出困境。一开始周光秀的丈夫对王玉宾的帮助很不理解,媳妇只是给王玉宾拾了3个月的棉花,得到王玉宾如此的帮助,世上会有这样的好人? 他怀疑他们两人之间有说不清的事,打电话给连队商店,商店老板告诉他:"她跟别人我相信,跟王玉宾,根本不可能,那是个'傻子'!"后来他又向其他给他拾棉花的人打听,都说王玉宾是有情有义的正人君子,这才打消了周光秀丈夫的顾虑,对王玉宾感激涕零。

夏天的一个雨天,我又一次走到了王玉宾的新房。两年了,房子还是空荡荡的,别人都拉起了院墙,只有他家没钱还没盖。王玉宾还没有搬进来,他今年准备新房还留给季节工住。他给我又谈起了《论语》,他说他特别欣赏孔子的"有教无类",这句话有两层意思,一是任何人都有受教育的权利,另一个是通过教育会消灭人与人之间的差距。他看重的是后一层意思。

君子坦荡荡。外面的雨淅淅沥沥,屋内的昆曲《牡丹亭》清丽悠远,隔离了外界的浮躁与喧嚣。

在与二团这片土地的耳鬓厮磨中,我有时像收藏把玩件一样收藏着二团被遗忘的历史。在一次史志的档案查找时,我关注了二团历史上马的匹数。现摘抄一些:1957年,317匹;1958年,630匹……1962年,831匹……1984年,41匹,1985年,9匹;

1986年，2匹；1987年，1匹。以后再无记录。在这些数字中，我看到了开发当年开发二团时的浩浩荡荡，也看到二团在现代化进程中的铮铮脚步声。我还惊喜地看到，1978年，二团开始水稻飞机播种和化控。

我在历史与现实中穿插行走，有时真恍若一梦。我还是用我笨拙的笔来描写一下二团。

我们放眼看吧：宽阔的柏油路和飞机跑道一样平坦；精致华丽的路灯将团部装点得五光十色，灯火辉煌。广场上锻炼的人们，人们自发组织的广场舞蹈，使团部充满了蓬勃朝气；各种交通标志，十字路口的红绿灯，指挥交通的交警，洋溢着浓郁的城市信息。

我们到沿河景观带走一下吧：河水淙淙，波光粼粼，让人产生幻觉，这是不是江南水乡。威武的石狮挺立桥头，高大的龙柱屹立河边。廊桥回转，清风徐徐。你哪里还能寻觅到一丝大漠孤烟直的苍凉！

我们还是纵览一下吧：汽车在马路上不疾不徐地行驶，人们在人行横道上悠闲自在地漫步。车在城中走，人在画中行。公园包围小区，小河环绕小镇，林荫掩映小路。整个小镇就是一个大公园，机关、医院、学校、小区、商场都是公园的一部分。试想有哪一个城市，又有哪个小区能生活在公园里？

驻足——存在——辉煌。

这是二团的历史。999，这个凝聚了二团几代人血汗的符号，终于在这片荒凉的土地上成为永恒！

在团场，做一只幸福的狐狸

　　与一只狐狸相遇，是在我骑自行车的途中。那是一个早春的黄昏，我一个人骑着自行车往家赶。在一个果园旁边的路上，我看到一只狐狸蹲坐在路的中央。是一只红狐狸，远远看去就像一团燃烧的火。我加快骑车速度，想把它吓跑。但狐狸却很坚持，坐在地上，身体直立，两只前爪垂在胸前，胸前的白毛格外显眼。也就是在那一刹那间，我心虚了，胆怯了。我大喊一声，我想用吼声来掩盖我心中的胆怯。那狐狸受了惊，一团火焰向林带飘去。顺着火焰的方向，我看到一只狐狸妈妈和另外两只小狐狸，瞪着诧异的眼睛，看着眼前发生的一切。随着我惊天雷样的一嗓子，这些狐狸像一丛丛火焰一样瞬间消失在果园里。看着眼前灰蒙蒙的景色，我有些恍若梦境。那火焰一样的红狐狸，点亮了那个还没有绿意的灰蒙蒙的黄昏。

　　与人分享这段经历，大家好像都习以为常。姑姑给我讲了一个她与狐狸的故事。那还是二十世纪七八十年代，姑姑骑自行车到地里干农活时都要用行军壶带上一壶水，到了地里，就把水放在地垄里。棉花已没膝高，完全可以盖住水壶。姑姑正锄着草，觉得后面有动静，回头看，一只小狐狸正捧着行军壶喝水呢,只是壶盖打不开,喝不到嘴里。姑姑嘴里自言自语地说,你还怪聪明哩,看到我喝水,你也学着喝水。小狐狸看到偷水喝被发觉了,就抱起水壶往后跑,水壶带子被棉花挂住,不得不丢下水壶逃走。姑姑把水壶捡回来,顺便喝口水,又把水壶放回原位。等再回来喝水时,发现水壶不见了,往回找,看到那只小狐狸正抱着水壶玩呢。姑姑骂了一句:"你把我的水壶拿走,想渴死我啊。"小狐狸看着姑姑把水壶拿走,跟了几步,悻悻而去。姑姑干脆把水壶挂到自行车把上,"这回你可够不着了吧?"干了一会儿活,看到狐狸正抱着水壶荡秋千呢。

"你也不把它打走。"表弟说。

"打它干啥,它在这儿陪着我,一个上午不知不觉就过去了。也不觉得累。"姑姑的神情倒是很坦然。

我有一侄子,人长得粗拉,黑壮。一年到头都不在房子里呆,冬春捉野兔,夏秋逮鱼。他逮鱼,用网撒。骑着摩托车,到排碱渠,几网下来,就是一桶。除吃之外,一年能晒几袋子鱼干儿。有一年他逮到一只小狐狸,养在家里。这狐狸嘴刁,只吃鱼。侄子每天就打鱼给它吃,到了冬天,没处打鱼,连晒的鱼干都让它吃完了。就把它给放了,嘴里喃喃自语:"我喂不起你了,你自己找食吃吧!"狐狸眼巴巴看着他,他往回走,狐狸在后面跟着。他把狐狸抱起来,拍拍它的脑袋,说:"我也不想放你走,可是真的没东西给你吃了,你还是自己打食吧。"狐狸似乎听懂了他的话,走了。他返身骑上摩托车,在发动车子的那一瞬间,他听到狐狸的一声凄叫,像一把刀子划过天空,侄子骑上车,泪水在寒风中淌得满脸都是。那个冬天,他早上打开门,就会发现狐狸远远地蹲在地上,看到他后转身跑得无影无踪。他捉野兔,也总是有一只狐狸若隐若现,如影随形。他也总会把捉到的野兔扔一只在草丛里,给狐狸。

这个夏天,表弟让我到他地里带些瓜回来。我看到一个西瓜被吃掉了。表弟说是狐狸吃的。"这块地吃的还不多,那些早瓜都被狐狸吃掉一半了。"表弟说。

"那你也不想想办法?"

"想什么办法,我们吃也是吃,狐狸吃也是吃。反正又吃不完。"表弟说,神情很坦然。那种坦然竟然跟姑姑那么相似。

偷得浮生半日闲

不知道什么时候已然春意拂面了。可能是在深夜,连熬夜的年轻人也进入了梦乡,晨练的老人还没来得及起床,这时候,等候漫长一冬的春姑娘终于找准了机会,调皮地眨了一下眼睛,就溜进来了;也可能是我中午打盹那会儿,春日正好,天洗过一样洁净,忽然一缕微风,便把我的花园荡漾了。

我骑自行车顺着塔里木河岸行走,在速度里感受春风拂面的清凉快感。塔里木河里的冰雪已经融化成河,河水开始浩荡而恣意了。还是在几天前,与好友一起到塔里木河,那时河水还冰封在白茫茫的雪野里。那是傍晚前的时分,太阳有些昏黄无力,我们迎着太阳走在雪野里,吐纳一冬的浊气。我们拖着影子往前走,影子被越拉越长,回头看时,已经不堪重负。人到中年,总是有太多太多的事在生命中积淀,总是害怕有一天突然倒下,虽然倒下后身上的重担会像影子一样无影无踪,但还是宁愿迎着渐渐式微的阳光,拖着越来越长的影子,能走多远就走多远。那天,我们大声吼叫,把胸中的块垒不管不顾地全部交付给了塔里木河。塔里木河母亲一样默默地照单全收了。这不,塔里木河不就欢快地河水喧腾了吗?

生命中有塔里木河陪伴，真好！

生活在塔里木河的臂弯里的城市，真好！

我为阿拉尔这座城市而幸运。可以枕着塔里木河入睡，塔里木河的涛声是最好的催眠曲；可以躺在塔里木河的臂弯里小憩，塔里木河水散发出醉人的乳香；也可以跟随塔里木河汪洋恣肆的浪涛，去放飞天马行空的思绪。塔里木河，总会给人带来意想不到的惊喜。

将近晚上10点了，阿拉尔市图书馆的灯还亮着。我怯生生地问一句："还开馆吗？""开啊，到晚上11点闭馆。"走进图书馆，外面的喧嚣一下子被屏蔽了，甩起的鞭子声像一幅褪色的年画落寞在头顶，恍若隔世。这么不择时间到图书馆，我还是有些小心思的。我把我出版的拙作赠送给图书馆，有朋友说我的书在图书馆上架了。我知道我文字的粗糙，内心也打磨不够，在很多笔会场合，大家都在互送自己的著作，我却从来不敢带上一本，害怕入不了别人眼。也是一次偶然的机会，在网上无聊时百度了一下，竟然看到拙作在内地的一家图书馆上了推荐榜，这才斗胆给咱们的图书馆也捐赠几本，毕竟脚下是我赖以生存的热土，面对的是耳熟眼热的父老乡亲，更重要的，抬眼就是不弃涓涓细流的塔里木河，她能容纳我的稚嫩与无知。我大有丑媳妇不怕见公婆的不要脸样儿。

图书馆静谧。时间在不紧不慢地流淌。一尊"酒樽"鼎立在图书馆中央，像时间老人一样叙说阿拉尔的前世今生。阅读可以选择书桌，台灯静静地候着；也可以选择沙发，面对面，花间一壶酒，对影成三人；也可以选择"大排档"，木地板的台阶，宽敞，随意，可坐可卧，无拘形骸。这里是心灵对话的地方，可以面对一本书,可以面对一知己,也可以面对过往的自己,一盆盆花草随意地在时光里徜徉。

这是这个城市的第一座面向市民的图书馆,虽然有些迟,但还是迎头赶上了。开馆的那天,举行了一个诗歌朗诵会,名字叫《聆听春天的声音》,我应邀参加了。虽然有些仓促,但还是让我震撼。都是本地诗人的诗作,或豪放,或婉约,或柔情,或伤怀。我承认,它抵达了我的内心柔软处。

这都是被遗忘了多少年的内心的那份触动啊。

突然就有一个想法,何不与朋友搞一个读书会,固定一个时间,就来到图书馆,让纷扰的世事全部丢去,就这样静静地,静静地,让时光在心灵深处流淌。

偷得浮生半日闲。该多好!

放羊塔河边

　　我拨通了结亲对象一年级学生艾合旦木江·热合曼家长的电话,告诉他星期六我要去他家结亲戚。接电话的老汉操着不太流利的汉语说:"来嘛! 欢迎,欢迎!"我从电话里得知,老汉叫吐逊·达吾提,是艾合旦木江·热合曼外公。第二天,吐逊·达吾提又打来电话,确定我去他家的具体时间,我说:"我们约好的,明天一大早就到了。"他电话里说:"明天艾合旦木江·热合曼的母亲也回来,你一定来!"

　　新疆的冬天天亮得有些晚,我到托喀依乡一队的时候天才刚亮,我打电话给吐逊·达吾提,说我所在的位置,他说再往前走就是村委会,让我在村委会等他。我到村委会一说明情况,一个身穿治安服的小伙子就骑上摩托车给我带路,路上他停下来给迎面走来的一个老汉说话,原来这老汉就是吐逊·达吾提。

　　吐逊·达吾提一看就是一个老汉,戴着羊羔皮帽,穿一件黑色的半长大衣,脚上穿一双橡胶迷彩棉鞋。双手插在袖筒里,面目安详,行动迟缓。后来我们聊天,才知道我们竟然同岁。

　　顺着乡村柏油路可以直接到吐逊·达吾提的家门口。吐逊·达吾提的房前是整齐的葡萄架,进到屋里,炉火烧得正旺,一个叫阿肯达的两岁小姑娘过来抱着我的腿。我把她抱起来，习惯性地把她抛到空中，小姑娘略带惊惧地笑起来。艾合旦木江·热合曼趴在炕上看动画片。他因为感冒，请了两天假。我问他作业做完了吗？他说书包没有带回来。这时，站在炉子边上的年轻女子开腔了："他的书包都在我厂子的宿舍里呢。"她是艾合旦木江·热合曼的母亲阿娜尔古丽，今天她休息，就回到了母亲娘家。一说起厂子，阿娜尔古丽一脸的自豪，她说，她和老公一个月可以挣7000元。厂里还给他们分了夫妻房，有厨房有卫生间有暖气，可以做饭可以洗澡。吐逊·达吾提的妻子库力巴汗也来插话："她的妹妹也在那个厂里上班。"阿拉尔为了解决少数民族同胞打工的难题，出台政策鼓励阿拉尔的企业招收少数民族男女青年，工业园区有的厂百分之八九十都是少数民族职工。

在我们说话的空儿，吐逊·达吾提从里屋里走了出来，用红柳枝穿了两串羊肉放到炉子上烤，炉膛里的火映着他沧桑的脸，略驼的背成为剪影。我看到门上面的墙上挂着一个镜框，上面是共和国几代领导人的相片，上面一排分别是毛泽东、邓小平、江泽民、胡锦涛、习近平；下面一排分别是周恩来、李鹏、朱镕基、温家宝、李克强。下面背景是天安门，左上方毛主席像前是党徽。相框蓝底银边，非常显眼。这是这个屋子墙上唯一的一个装饰品。提到相框，库力巴汗说这是她在巴扎上买的，她在那个巴扎就只买这一样东西。"为什么？"这勾起了我一向的好奇心。"因为一买上国家领导人的像框，就觉得好得很，好得很，其他东西就不想买了，只想早点回家把它挂墙上去。"我沉默了，我在为这一家农民的忠诚质朴而感动。

库力巴汗告诉我,她的头老是眩晕,干不了重活,去年去乌鲁木齐治病,花了6000多元。"新农合报了一大部分医药费嘛,要不然我们看不起病嘛。"吐逊·达吾提插话说。库力巴汗有些激动:"现在嘛,共产党好得很,关心我们农民嘛好得很。"我分明看到她的眼角闪烁着泪光。这样的话我在跟吐逊·达吾提一起放羊时听到了同样的话。

吃完午饭,我跟着吐逊·达吾提一起去放羊。每天早上儿子把羊赶出去,下午吐逊·达吾提去把羊赶回来。路上,我了解了吐逊·达吾提家里情况。他家有15亩地,八亩枣树地包给了老板,每亩一年1500元。7亩棉花,今年收成不错,每亩400多公斤,价格也不错。"棉花今年收入3万元。"吐逊·达吾提这话说得很干脆,就像大热天咬一口嘎巴脆的冰块,我甚至可以看到他眼睛里闪出的亮光。加上放羊的钱,他一年的收入可以达到4万多。我说"不错不错",我跟他谈起了习近平总书记在十九大报告中"保持土地承包关系稳定并长久不变,第二轮土地承包到期后再延长30年"的政策。吐逊·达吾提说:"我也关心呢,这给我们吃下了定心丸。"却还有些惋惜地说:"赶上了好时代,自己却老了。像两个女儿,她们一个人打工比一家的收入都多。"

吐逊·达吾提家放羊的地方在塔里木河边,离家比较远,就这样走着聊着,吐逊·达吾提发自内心的笑声不时地感染着我。即使不时地有尘土扬起,也是觉得那么亲切。

到了放羊的地方,一个男人正在烤羊肝,一个年轻人骑着摩托车带着一个男孩儿,抱了一抱棉花秆,火又重新燃了起来。那个男人是吐逊·达吾提的妻弟木拉洪,骑摩托车的年轻人是吐逊·达吾提的儿子买买提，男孩儿是木拉洪的儿子阿不都艾力。吐逊·达吾提告诉我，儿子买买提小时候发高烧留下后遗症，致使智力跟不上，初中毕业后只好在家放羊。木拉洪把羊肝撕下来一块给我，没有烤熟，还有血色。吐逊·达吾提给我折一根红柳枝，我把羊肝穿起来烤，木拉洪说："今天没带盐巴。"虽然烤羊肝没有盐味，但吃起来却别有风味。木拉洪的儿子阿不都艾力和艾合旦木江·热合曼一样在阿拉尔市一所汉语学校读书，刚开始适应不过来，急得直哭，但半个学期一过，他的成绩直线上升，已经是全班上游水平了。木拉洪说："孩子长大一定让他考上内地的大学，让他见识见识外面的世界！"木拉洪大发感慨："现在国家好了，你也好了，我也好了，我们大家都好了。可惜小时候家里穷，只读了几年书，要不然也可以看看外面的世界。"

　　和吐逊·达吾提赶着羊子回到家时天已黄昏，库力巴汗出来帮着圈羊子，小阿肯达也光着脚跑了过来，我心痛地把孩子抱在了怀里。

　　库力巴汗告诉我，艾合旦木江·热合曼被他妈妈接走了，阿肯达哭着闹着也没带她走。艾合旦木江·热合曼和妈妈走后，阿肯达一看，我们也不在，就问："我的爷爷和艾合旦木江·热合曼的爷爷到哪儿去了？"那天我们聊了很久很久。说句实话，我虽然在新疆待了30年之久，也和维吾尔族同学同事朋友吃过不少饭，聊过不少天，但大多都是在饭店；也进过农家小院，但像这样和他们坐在炕头，吃住生活在一起，还是第一次。

　　乡下的夜是静谧的。我睡得很香，很甜，梦里听到了小阿肯达咯咯的笑声，好像还听到羊子冲出羊圈冲向塔河边草场的奔跑声。

第二天我告别吐逊·达吾提一家时,他有些遗憾地说:"现在冬天什么也没有,夏天来嘛桑子杏子葡萄,多多的嘛!"我说,"会的,我会的,结上亲戚,就是一家人,我会经常来,日出陪你把羊赶出圈,日落帮你把羊赶进圈,让情感在放羊的厮磨中,在岁月静好中拉近,拉近,再拉近。"

逆流而上

在电视上看到三亿条鲑鱼从太平洋回归出生地阿拉斯加河流的壮观且壮烈的场面。

鲑鱼在阿拉斯加河流淡水中出生,却在太平洋里生长,所以鲑鱼的繁衍就要回到它们的出生地,才能使它们的种群得以延续。回归出生地是一个逆流而上的历程,其间要面对食鱼鲨的追捕,面对灰熊和白头雕的堵截,面对大瀑布的飞跃……

鲑鱼群出发了,三亿条的鲑鱼群很壮观。这么大的鱼群使得鱼群中心缺氧,鱼群不得不轮换位置,才能使鱼群得到充分的氧气。食鱼鲨当然早就闻到了鱼群的气息,为赴这次盛宴,大群的食鱼鲨结队而来。我想组成这么庞大的回归队伍招摇过市,不是自取灭亡吗? 然而后面的事情却很快否定了我的想法。

逃过食鱼鲨这一劫的鲑鱼群损失惨重。它们从太平洋的深水区来到浅水区。它们已经停止进食,当体内的脂肪消耗完以后,它们开始消耗内脏和肌肉里的营养。然而阿拉斯加河入海口的激流使它们举步维艰,它们可能耗尽全力也仅仅原地不动,一个激流缓冲地带就会成为它们幸运的休整之地。然而,更大的困难却摆在面前,它们要从下游穿越瀑布,对于在激流中筋疲力尽的鲑鱼群来说,这几乎是不可能。它们聪明地选择了飞跃。

瀑布前集结了世界上最大的灰熊群。它们要从鲑鱼群里得到充足的食物,来堆集脂肪,然后猫在洞里休眠,度过漫长的冬季。为此,有的灰熊从一百多公里赶到阿拉斯加河口瀑布。灰熊站在瀑布入口,一字排开,等待着鲑鱼飞入它们的血盆大口。

鲑鱼一跃而起,像一簇银色的怒箭,掠过晶亮的瀑布,直往灰熊的血盆大口射来,从而结束了它们的回归之旅。单兵作战损失惨重。这时鲑鱼群的集中兵力优势得以发挥。在一些鲑鱼飞向熊口英勇赴义时,更多的鲑鱼飞越瀑布,来到瀑布的上游河口。

飞越瀑布耗尽了它们的体力,鲑鱼需要3个小时的休息。河口水很浅,鲑鱼不得不在狭缝中穿行。而白头雕正虎视眈眈地盯着这些远道而来又筋疲力尽的回归者,一个箭冲,白头雕便把一条鲑鱼抓在它锋利的爪下,然后找一块岩石用它钩子般的尖嘴刀子一样把鲑鱼划开,瞬间鲑鱼便成为它的腹中之物。

此时游过瀑布入口浅水区的幸运儿便可安全地向出生地游去。我愿用童话的语言来叙述这段历程。从故乡流来的河水清澈甘甜,秋天的天空深远湛蓝,白云梦一般镶在蓝天上。有风吹来,细细的,呓语一般。鲑鱼们陶醉地向故乡游去。游着游着,它们的身体变成了鲜艳夺目的红色和绿色。这是不是灰姑娘或者丑小鸭的童话。然而在自然中就实实在在发生了。

鲜艳的鲑鱼在出生地游弋。它们用世界上最美的一面装点着故乡。它们也在渴盼中寻找着生命的另一半。或者仅仅是一个浅浅的沙坑,就会成为它们的伊甸园。它们愉悦着,它们激情着。排出的精子和卵子在水中结合,然后被埋入沙中。鲑鱼鲜艳的色彩却渐渐褪去,褪去的还有它们的生命。

逆流而上,穿越重重困难,仅仅是为了在故乡的土地上繁衍,而后便猝然而逝。

我想说几句题外话。鲑鱼经过的阿拉斯加河流域土地肥沃,草木茂盛。灰熊家族人丁旺盛,白头雕家族也旺盛地繁衍生息。

还要说明的是,经过一冬的孕育,第二年小鲑鱼就要游到太平洋去生长。此去一路顺流而下。

湘江畔，追忆一位亡友

　　我终于有些明白，这位亡友把自己生命的最后时光交代在这里的良苦用心了。

　　那天我们毛泽东文学院几位新疆班的同学在一位湖南作家班同学的陪同下，来到湘江边。这里是湘江风光带。初到长沙，湖南班的同学就告诉我们，长沙是娱乐之都，他们用长沙话字正腔圆地说："北京是中国的首都，长沙要建起中国的脚都。"听似一句玩笑话，也从一个侧面来说明长沙人的追求。这从湖南电视台精彩的电视节目中可一孔窥豹。湘江边完全是娱乐的天堂，唱戏的咿咿呀呀，拉琴的如痴如醉。抽老牛的功夫鞭子甩得山响，陀螺转得呼呼风声，抽的人则是大汗淋漓。如果不想凑这个热闹，也可以依栏而立，看江面上江波粼粼，船来船往，虽没有渔歌唱晚，却也清风徐徐。抬眼是橘子洲、岳麓山，低头则是江边钓鱼、游泳的人群。亡友一个月前溺水湘江忽地占据了我的整个思维。一转身，我看到了那座叫作杜甫江阁阁楼。这让我有种正低头走路，不经意撞了个满怀，一抬头竟然是多年故知的恍惚感。

一

接到建华兄的电话,我有些难以接受这样的事实。但这样的感觉只是一闪而过。我知道,对于他来说,发生什么事都不算意外。建华兄只是在电话中说他在长沙非正常死亡。这有些让人啼笑皆非。什么叫"非正常死亡"?自杀?车祸?溺水?被人打死?在这个多元社会也不是什么稀奇的事儿啊。没必要这么遮遮掩掩啊。骨灰盒带回来了,三十厘米见方,用红布包着,轻飘得像一只蝴蝶。在断断续续的问话中,我了解了个事情的大概:在长沙,什么什么码头,他下水游泳,溺水而死。这一论断一经确立,便同一口径,盖棺定论。意外……意外……对于一个逝者,这也许是最好的解释,或者是对逝者最起码的尊重。

但一团迷雾却一直萦绕在心头。以他的个性,他不可能就这么窝窝囊囊地把自己交代了的。因为他做事从不按常理出牌,当然其结果也往往也让人大跌眼镜。

铁岭兄是他的至交,闲暇之余以看相为乐。过年时,他让铁岭兄给他算一卦。看在卦友的份上,铁岭兄打破不出正月十五不算卦的规矩。给了他一首诗:

衣禄憎道门中求,看破红尘最相宜。

姻缘好似花间露,三次婚娶两次离。

这相本是六宫和尚之命。他说,我都一个人生活了十来年,跟和尚有什么区别。于是便有了他一个人的独自远行,而这次远行,他再也没有回来。

那是二月,新疆还没有一点春的意思。他与所有的朋友断绝了关系。就一个人踏上了纵情祖国山水的行程。他到一个地方,就换一个电话卡,只充五十块钱话费,话费用完,就再换一张卡。其间,他只给铁岭兄打过两个电话,一个是在云南,一个是在承德。在避暑山庄,他一个人划船,下班时间就要到了,他依然向水的深处划去,工作人员以为他要自杀,赶紧把他追了回来。

"只要不喝酒,小牛哪点都好!"铁岭兄说。

二

当我在相机里看清杜甫江阁的题匾时,我有些疑惑,在我的知识储备中,杜甫与长沙还是个空白。杜甫与长沙也有渊源? 与湘江也有渊源? 因为时间已晚,阁楼没有开放,就这样错过了与杜甫的一次对话。一次唐浩明先生给我们上关于《湖湘文化与湖南文学》的课,给我不小的震撼。唐先生把杜甫作为湖湘流域文化的重要人物作以介绍。我不得不关注起杜甫在湖南的经历。这一关注,还真让我眼界大开。杜甫生命的最后两年,就是在长沙度过的!

那是一个晚秋,枫叶正红。杜甫还是打起精神,匆忙中选择了一个好日子,辞别成都的草堂,兴冲冲地从四川出发,到湖南投奔旧日好友、正待调任潭州刺史的韦之晋。但是赶到长沙时,韦之晋已不幸暴卒,此时的杜甫,贫病交加,只得寓居长沙。刚开始寄居在一只小船上,晚风浪急,居无定所,更增添了杜甫的凄苦。杜甫甚至还梦到了成都的草堂,虽然破败不堪,但还能遮风挡雨,有个固定的落脚地,但在这里,他只能任小舟漂流。杜甫常把小舟停泊在南湖港,而附近的长沙驿楼成了杜甫送别友人的地方。"杜陵老翁秋系船,扶病相识长沙驿。""江畔长沙驿,相逢缆客船。"

此后不久杜甫在江边租了一间简陋的楼房。杜甫取名为"江阁",面江而居,抬眼就是橘子洲、岳麓山。"山雨不作泥,江云薄为雾。晴飞半岭鹤,风乱平沙树。明灭洲景微,隐见岩姿露。"虽然简陋,总算是安居下来,杜甫的心情开朗起来。最主要的是有一席之地可以结识朋友了。苏涣即是一位。苏涣其人,以盗始,以盗终。少时为盗,善使白弩,巴蜀商人惧怕他,时人称为"白跖"。后来浪子回头,一心只读圣贤书,却也取得功名,官至侍御使。苏涣为人侠肝义胆,在官场上独来独往。在杜甫最为潦倒的时候,他把杜甫作为唯一的知音,苏涣的轿子时常落在杜甫的江阁前,杜甫也在卖完药后,来到苏府,靠着桌子与苏涣交谈一会儿。苏涣无疑是杜甫这个时期最重要的朋友。杜甫对苏涣人品大加赞赏,"苏大侍御涣,静者也,旅于江侧,不交州府之客,人事都绝久矣"(《苏大侍御访江浦赋八韵记异》)。并对苏涣寄予厚望:"致君尧舜付公等,早据要路思捐躯。"(《呈苏涣》)。苏涣后因谋反叛乱而被诛,但杜甫却是大加赞赏,这与杜甫期间的凄凉境遇不无关系。

更难得的是,杜甫在这蛮荒之地,竟然遇到了旧友大音乐家李龟年。杜甫少年时寓居洛阳姑母家时,多次在歧王李范宅里听过李龟年的歌唱,没想到在长沙又能相见。不过时过境迁,那时的束发少年,现在已是白首老人。欣喜感慨中,杜甫写下了《江南逢李龟年》:

岐王宅里寻常见，崔九堂前几度闻。

正是江南好风景，落花时节又逢君。

曾经歧王家里的座上宾，现在已沦落至此，梦一样的回忆，却不得不面对眼前的现实。"落花时节"，既是即景书事，又是别有寓托，寄兴在有意无意之间。这不能不让人联想到世运的衰颓、社会的动乱和杜甫的衰病漂泊。

杜甫死于北上岳阳的湘水。湘水，东边是湘妃泣泪成竹的洞庭湖；西边，正是屈原投江自尽的汨罗江。而直到杜甫死后的43个年头，他的子孙经过四处筹款，将他的灵柩迁回老家……

三

与亡友的交往，始于文字。记得当时我的一个什么征文获了一个奖，他给我送奖金和证书。学校和团机关后面一大片的住房，我在学校这头一排，他在机关那头一排，离得不近也不远。刚好一个电话就可以到的距离。那时他离婚三四年，自己又不会做饭，总是饥一顿饱一顿的。聚在一块就是喝酒，菜极简单，有时就是一个炒鸡蛋（这是他唯一的拿手菜）。好些的是在外面带些牛肉之类。所以一般来说，只要接到他的电话，我是必须在家吃点饭垫垫才去的。酒倒是管饱。就谈文学。我写的那些小篇什，发表了。他便加以评说。好则说好，不好则直接批之，从不留情，说到酣畅处，把茶几拍得山响。我说轻点轻点，隔壁人家在睡觉呢。这一提醒不打紧，看看时间已是凌晨三四点钟。冬天，天空孤寒，走出房门，看寂寥的夜空，想到在这塔克拉玛干沙漠边缘的团场,自古兔子不拉屎的地方谈文学,多少有些滑稽。但万事都有个缘字,这缘分是可遇而不可求的。这让我想到了挤暖,就是儿时寒冷的冬天下课后,小伙伴们靠着墙,挤在一块儿的情形。从他家出来,肯定会有狗叫,会有风声,会有树叶的沙沙声。我却走得很静,像一颗悄然划过的流星。

不得不说,在这臭皮匠般的交流中,我的写作进入一个全新的天地。

除了交流文学,谈论的另一个话题,就是孝。为人不孝,何以为人!他母早丧,留一老父,住在侄女家。他每星期必买鱼买肉去看望,陪老父谈心。有空还把老父亲接回家,一个男人,一个不会做饭的男人,开始学着做饭。他向我借来擀面杖,说要给老父亲做一顿面条。我不知道这顿面条做得如何,但老人肯定吃得心里暖暖的。

他是有一个幸福的家的,温柔体贴的妻子,聪明可爱的儿子。并且在团场来说都有一份很好的工作,他在机关搞宣传,妻子在连队当会计。他们的收入可观,一直过着别人羡慕的生活。但是,他们离婚了。在别人的不可思议中离婚了。此后他们都没有再婚,而且都依然单身。我和妻子曾经把他们两人请到家里说和,最后却不了了之。个中原因,我们且不去猜。一次他妻子送儿子到乌鲁木齐上大学,返回的路上在百里风区,火车被风吹翻,妻子惊魂未定地哭泣着打电话给他,他买好衣服鞋袜租车千公里送去,到后看到乌鲁木齐的朋友(男性朋友,那里离出事地只有不到一百公里!)送过去的衣服,他把衣服一放,扭头走人了。

离婚之后,他由小康走向了衰落。开始时,单位动员他买楼房,那时也就是再掏几万块钱,他不愿意,但后来房价越来越高,别人都想方设法买上了房,很多人还都在城里买上了房。但时机已错过,以他个人的工资收入,他再也买不起房了。

四

我忽然觉得,这一切都是一个阴谋,是他下的一盘大棋,所有的一切都在他的预谋中有条不紊地进行着。他就像一个蜘蛛,布下了天罗地网,后来的一切事情,都在他的运筹帷幄之中。

他退休了。还不到五十岁,这样的年纪,对于他来说,应该是一个新起点。他确实在兴奋中规划着他的未来。他把书分门别类地送给了人,我收到的书包括印度奥修的哲学书籍《生命的真谛》,邹韬奋的《中国的西北角》等等。他在城里租了一套楼房,把老父亲接过去住。他说,退休闲下来了,他要好好孝敬老人。这是一幢五层的楼房,对于行动不便的老人来说,下楼都是困难的事,他就每天时刻不离地围在老人身边,吃喝,交谈。有一次我问他,在干吗呢? 他说,陪老爷子啊! 一个老年男人,一个壮年男人,四目相对,从日出到日落。我说你再找份工作,干一份事业啊! 他说,老爷子怎么办?

我无语。

有一次我说,你买一个单反相机啊,你以前搞宣传,有很好的摄影基础,现在又不需要胶卷什么的,可以就在阿克苏附近拍照,也可散散心啊! 他说,哪有钱买相机啊。

我无语。

一切都成为不可能。他逐渐把自己逼进了死胡同。

过年的时候,我带着妻子孩子去看他,在他那儿坐了一个多小时。晚上两点多,我接到他打来的电话,电话那头混沌、迷茫而又坚定:"现锁,你干什么坏事了?"

"干坏事?我干什么坏事你还不知道?"我们经常会开玩笑的。

"你不承认是吧?你不承认我就要报警了。"声音含混,却又那么执着。

"你报吧!"我笑着说。

"叭",电话挂了。我分明看到了他失措而散乱的眼神。

早上起来,越来越觉得事情不对。打电话过去,关机。到底出什么事了?我打电话给建华兄,建华兄说他正在赶过去的路上。我拜托他问清到底发生了什么事。几个小时后,建华兄回电话说,他产生幻觉,半夜里听到有人的声音,到处找却也找不到。他给好朋友都打了电话。那天后,给他租房的朋友也翻了脸,他搬了出来,老父亲送到他哥哥家居住。我们曾劝他就在团场买一套楼房,团里有优惠政策,他的平房拆迁又要补偿一笔款子,他基本掏不了多少钱的。

他说:"算了!"

他让铁岭兄打破禁忌还没过正月十五给他算了一卦,然后在二月,开始了他一个人的旅行。

他是有选择的,他先到南方,然后从南到北走了个遍,然后又折回长沙,最后魂归湘江。

五

我不得不把目光聚焦"死亡""水"这些关键词上。果然有所发现,这一发现让我大吃一惊。在我有限的视野中,中国最伟大的诗人的死都与水有关。

屈原投江的故事影响太大,人人耳熟能详,这里就不再赘述。那就说说杜甫。

杜甫从长沙到岳阳,坐的还是从四川来的那条船,途中因涨水阻断去路,困居耒阳十日之久,杜甫贫困交加,数日无饭可吃。耒阳县令听说后,派人给杜甫送去了白酒和牛肉。杜甫多日无食,又有杯中之物,大吃大喝。结果给胀死了。这种死法当然让人们感情上无法接受,但社会就是一个物质社会。对于颠沛流离一生,穷困潦倒一生,时常与饥饿为伴的杜甫来说,做一个饱死鬼也不能不算一个不错的选择。

那么再说说李白。李白是谁啊,"李白斗酒诗百篇,长安市上酒家眠。天子呼来不上船,自称臣是酒中仙。"曾经在皇帝面前让高力士为其脱靴,当然这也成为历史上的一段佳话。后人对这个故事的熟知程度不亚于李白的诗。但就是这样一个放荡不羁、天王老子都不怕的李大诗人,晚年的境遇却极悲惨。安史之乱后,穷困潦倒的李白投奔族叔、时为当涂县令的李阳冰。李光弼东镇临淮时,李白不顾61岁的高龄,闻讯前往请缨杀敌,希望在垂暮之年,为挽救国家危亡尽力,因病中途返回。这不能不让人发出"廉颇老矣,尚能饭否"的感慨。穷途末路的李白却也不时地聊发少年狂,在一个月夜,李白乘一扁舟,再次举杯邀月，那是一个怎样的情景呢？恕我贫乏的想象力和干枯的笔力，就摘抄一位学者的描述："夜，已深了；人，已醉了；歌，已终了；泪，已尽了；李白的生命也到了最后一刻了。此时，夜月中天，水波不兴，月亮映在江中，好像一轮白玉盘，一阵微风过处，又散作万点银光。多么美丽！多么光明！多么诱人！……醉倚在船舷上的李白，伸出了他的双手，向着一片银色的光辉扑去……船夫恍惚看见，刚才还邀他喝过三杯的李先生，跨在一条鲸鱼背上随波逐流去了，去远了，永远地去了。"

……

这些，饱读诗书的他不可能不了解，遍游全国后他又加以深化，于是，就有了他溺水湘江的一笔。

而我终于明白，这是他蓄谋已久的。他自退休那天起，把所有的书籍都送了人，这对于一个酷爱读书的人来说，那是比割肉还难过的事情。他一次次地错过买房的机会，是不想在世上留下拖累。他把老父亲接到城里他租来住的房子，是来弥补对父亲的孝心，在走之前再尽一次孝心……

这是一个阴谋，他骗过了所有的人。他在谋划一场旅行，一场跨越生死的心灵旅行。

我再一次来到杜甫江阁，这个四层的楼阁气势恢宏，杜甫曾经的江阁自然无法与之相比。抬阶而上，眼前的湘江、远处的岳麓山尽收眼底。但湘江太小，岳麓山太低。即使人文底蕴再深厚，相对于生命，也都显得渺小。我的目光看到了新疆，看到了曾经是碧波无边的海洋的塔克拉玛干沙漠，看到了那个无月的夜的促膝谈心，看到了一个灵魂的远行。

"钏百，是你吗？"

父亲的1960

太阳炙烤着茫茫戈壁。父亲被老吉斯车扔下后,就再没有见到一个人,层层热浪氤氲而上,无边无际。父亲觉得自己就像一只在烧红的锅里干炒的蚂蚱,怎么蹦也蹦不出苦难的命运。

那是1960年的下午。

那是饥饿的年代,父亲是被自然灾害逼出来的,父亲说。事实上,还不如说是被情逼上梁山的。父亲爱上一个姑娘,姑娘的两尾大辫子乌油油地披在身后,让人想到瀑布,有一种掬之入口的欲望。让父亲最受不了的是姑娘的那双眼,秋波一闪,便生万分娇羞,有如一泓溪流,柔柔滑过;父亲则如溪边小草,依依而随。可是,姑娘说父亲没有个性。

父亲干渴得喉咙都要冒出烟了。可是,眼前除了茫茫戈壁,就是戈壁茫茫。姑娘的一汪秋水,只能是内心深处望梅止渴的慰藉。置身沙漠之中,连天上的小鸟都难得见上一只,求生的欲望从心底腾起。没有退路,只能往前冲。父亲忽然有一种悲壮感。

姑娘对父亲说:她不会把自己的一生托付给没有血性的男

人。

于是,父亲选择了沙漠。但是沙漠给父亲的见面礼却是如此残酷。

父亲当然有知难而退的念头,但是姑娘那双柔情似水的目光却如根根钢针刺得父亲身上火辣辣的。父亲下定决心,即使葬身沙海,也决不能回头。

但路又在何方呢?自己要找的军垦农场又在哪里?当夕阳的最后一抹余晖也逃之夭夭时,父亲甚至听到远处狼号的声音。白天奇热的沙漠冷却下来,父亲真想躺下美美地睡一觉,那意味着他可能永远起不来。夜越来越深,沙漠的深夜寒冷无比,难以忍受,父亲几乎丧失求生的信心。就像几乎对姑娘丧失信心一样。一束灯光突然刺痛了父亲麻木的眼睛。是幻觉?还是海市蜃楼?父亲狠狠地在脸上打了一巴掌,刺辣辣地痛。

"即使是魔窟,我也要闯一闯。"父亲后来说。

父亲走近灯光时,地窝子的门开了。一个大胡子迎上来:"我想肯定有人来,要不然马灯怎会自己就亮了呢?"

大胡子拿出水和饭菜招待父亲,甚至还有小半瓶子酒。父亲说,那是他一生中吃到的最香甜的一顿饭。父亲说,从那以后,就再没有吃不了的苦。

半年后,已是兵团军垦战士的父亲把积攒的钱买了牛肉和散酒,来到那个地窝子。当两个汉子围着火炉大块啃着牛肉,大碗喝着散酒,醉倒在茫茫深夜时,外面的马灯忽然亮了。

进来的是个女人,披着两尾乌油油的大辫子。她说:俺找金生,俺是他媳妇。

旁边早瞪大了一双醉眼。金生就是我父亲。第二年,我呱呱落地。

那是诚信的年代。团部供销合作社的同志多次上门给大胡子更换马灯，都被拒绝了。他说，屯垦戍边，这是我们军垦人冥冥之中的缘分，上天都在暗中成全我们，我们又何必败兴呢？

"孙山"及第

1989年,对我来说是铭记一生的一年。那一年,我当兵失利;那一年,我高考及第。

那一年,我度过了一个黑色二月,度过了一个黑色七月。

1989年,部队破例进行了一次春季征兵,那时正在高三读书的我苦读正酣,但也觉得前途渺茫,那时候的高考实行预选,高中生大约40%可以参加高考,而我们每次模考完,都要按成绩排名,然后按名次排座位。看着一次次座位往后移,根据上一年高考情况,我的位置就没戏了,不禁自我解嘲:"解元尽处是孙山,'不才'更在孙山外。"在挚友的撺掇下,我们一起偷偷地报名参军。

体检是在过年前进行的,挚友在第一关就被刷下来了,乖乖地回到高三的课堂。而我却一路过关斩将,胜利通过最后一关,就等部队来接兵了。团广播站进行了广播公示,我再也隐瞒不住了,就跟老师做了告别,还和同学们照了合影照。事到如此,老师也没做太多挽留,毕竟当兵也是一条出路,条条大路通罗马。就这样,我提前背着书包离开狼烟四起的高三战场,等待进入另一所大学。

在乍暖还寒的二月里,我收到复检的通知,复检的结果是,我因视力问题而被淘汰。后来得知那年是因为城市兵挤压农村兵名额。而此时,我离开学校已经一个月了。听到被刷下来的消息,我躺在床上一夜没睡,眼睛一直盯着窗外,漆黑的夜,没有一点亮光,泪水止不住地往下流,我在黑夜里度过了一生中最落败的夜晚。

天亮后,我背着书包又回到学校,班主任二话不说,就让我回到教室上课。那时不知道是同学们善良还是都在埋头读书没有时间调侃我,反正那段时间谁也没跟我提当兵的事。班主任告诉我,再有一个月就是预选。

那段时间,我是在没日没夜中度过的。都在复习,各科老师每天都要发一张刻印的试卷,还把我验兵耽误的那些天的试卷一股脑发给我。那是没有硝烟的战场,每次战斗的胜负都在座位上体现。望其项背的同学又多一个,说明我打了一场败仗;望其项背的同学少一个,说明我打了一场胜仗。毕竟荒废了一个月,我是败多胜少。哎,做人事,由天命吧。预选下来,我竟然做了一次历史上赫赫有名的"孙山",这时同学们好像才想起来我曾经浪费了一个月时间,竟然还预选上了,纷纷向我表示祝贺。在他们看来,就像我捡到了一个金元宝。

预选过后,六十多人的教室只剩下三十来个学生,教室里一下子空空荡荡,同学们带着喜悦、庆幸、不舍……的心情又重回教室。通过预选这座独木桥,同学们从竞争对手一下子变成了合作伙伴,硝烟味小了不少,这是"八仙过海,各显神通"的时候,天气越来越热,时间在几乎静止中一天天过去。那个夏天好像没有风,沉闷是每天的主色调。深夜惊醒,教室的灯还亮着,就忙不迭地穿衣向教室跑,教室就这样被我们没日没夜地接力陪伴着。有时深夜老师也会出现在教室,这是老师规劝我们回去睡觉。

终于到高考的时间了。高考前有两天的休整时间,同学们这才抬起头看看天,发现天是蓝的,水是清的,风是清爽的,鸟是鸣叫的。这是充满张力的两天,有压力、有渴盼、有希望、有梦想……

那年的考场记忆不太多了,只记得原本亲密无间的同学们,进到考场就一下子变成了陌生人,就像打进敌人内部的地下党。

高考过后,那些教室里让我望其项背的同学都一个个领走录取通知,实在等不及,我就进了补习班。数学老师是陕西师大毕业的老头,个子不高,他的教学很特别,一节课只讲一道例题,这与高考前的题海形成鲜明的对比,结果第一次考试让我考了满分。这让数学是最短板的我增添了很大的信心。没几天,我的通知书来了,是中专录取通知书。那个年代,被高校录取而不报到,是要被取消高考资格的。再者回想高考前的日子,还是有些后怕,于是高高兴兴地报到去了,还有点"解无尽处是孙山,贤郎更在孙山外"的小得意。

1989年,似乎是高考不寻常的一年,那一年是高校招生中包含本科、专科和中专的"一条龙"高考,那一年高校减少招生10万,那一年全面推行标准化考试,是高校收费元年、军训元年,毕业时又是双向选择元年。

那一年,我"孙山"及第。

午后,一只猫孤独地从塔河走过

金秋十月,我们慕名到沙雅看胡杨。据说,这里有世界上面积最大,保存最完好的200万亩原始胡杨林。

经过秋风的熏染,塔里木的胡杨一地金黄。据说世界上90%的胡杨在中国,中国90%的胡杨在新疆,新疆90%的胡杨在塔里木。虽然长期生活在塔里木盆地,对胡杨并不陌生,但对到沙雅观赏胡杨却有太多的期待。我对沙雅并不陌生,我曾在库车工作过几年,对阿克苏地区的东四县耳熟能详。库车曾是古代西域三十六国的古龟兹国,新和、沙雅则是龟兹国的属地,而这里的居民对库车也有很大的认同感。记得有一次因工作关系问及一位新和县的维吾尔族老人是哪里人,老人说:"曼(我)库车新和人。"边说还边拍着胸膛竖着大拇指,当时把我听得一愣。维吾尔族朋友解释说,这都是他们的习惯了,他们只认库车,对作为古龟兹国的子民相当自豪。

说了这么多,还是把话题扯回到沙雅上面来。沙雅又叫"沙雅尔",意为"皇家后花园",那这个"皇家",我自然而然地理解为古龟兹国的皇室,被誉为"皇家后花园",沙雅必有过人之处。

为了更好地欣赏沙雅的胡杨,我们提前半天出发,跑了两百多公里,晚上住在了十五团。十五团团部有两棵胡杨王,真是有幸,晚上做的都是有关胡杨的梦。

第二天我们从十五团出发,紧赶慢赶,到沙雅已12多,提前吃好午饭,在"向导"李向文的带领下,我们朝太阳岛出发。出了沙雅县城,走上了一段土路,两边棉花开得正好,农民正忙着采摘棉花。再往前走,路高地不平,遍地芦苇,在秋风中摇曳。幸亏有李向文做向导,要不然还真找不到路。向文也很自豪,作为知名的摄影家,他对塔里木的胡杨情有独钟,哪会放过沙雅这个经过世界吉尼斯认证的胡杨林呢?穿过芦苇荡,眼前就是胡杨林了。车子在胡杨林里穿行,让我们不敢相信的是,这里竟然有一片湖水,像镜子一样袒露在胡杨林里。这有点超出我们的想象。向文这时又开始给我们解惑了。他说塔里木河在沙雅县境内流经220公里,这里水源丰富,要不然怎么会成为"皇家后花园"?向文这一说,倒让我们想起途经的塔里木河大桥,那恢宏的大桥和澎湃的河水曾让我们目瞪口呆。在人们的普遍认知中,阿拉尔的塔里木河大桥曾作为一代人的骄傲载入史册,谁知道在沙雅还有一座更长更壮观的塔里木河大桥呢?因为是在塔里木河的中上游,塔里木河这匹脱缰的野马在沙雅任性驰骋,也留下了壮美的胡杨林。

秋天午后的阳光明亮而温暖。秋风把胡杨树叶吹得哗哗作响,阳光被胡杨树叶拍打得斑驳陆离。我们沿着湖边往前走,前面的林贤芬突然叫住我:"你看,这是什么?"前面是一棵枯死的红柳,在红柳枝间,有一团白色的东西。我想当然地说:"是蘑菇吧。"这不过脑子的话立刻遭到林贤芬的反对。我不得不认真审视眼前的这团白色的东西。"不会是一条鱼吧。"林贤芬的话提醒了我,——还真是一条鱼,一条被红柳枝所困的鱼,那团白是它的肚皮,竟然碰到一条鱼,今天真是有运气! 是一条鲶鱼,形状像极了蝌蚪,只是蝌蚪的放大版。我把手伸进红柳枝去捉鲶鱼,刚碰到它,鲶鱼可能发现了危险,竟然翻过身去,我也迅疾抓住了它,然后用力把它甩到岸上,由于红柳枝的阻挡,仅扔出去离水边一米多,那鲶鱼拼命地往水里蹦,林贤芬一看奋不顾身地扑了上去,把鲶鱼死死地压在身下。好大的一条鲶鱼,足有两三公斤重!

这份惊喜还没来得及消失,更大的惊喜在等着我们。往前走是一家胡杨人家。生活在胡杨林里的当地居民以胡杨人家自称,还真是名副其实。胡杨人家的房子盖在几棵胡杨树下,胡杨树成为这家人的一分子。再看看家里的日常用品,无不与胡杨有关,马车是胡杨木做的,梯子是胡杨木做的,门是胡杨木做的,羊圈是胡杨木搭的,就是洗衣服的盆子也是用整块的胡杨木雕刻的;那种叫作"卡盆"的独木舟,也是用一整棵胡杨做的。胡杨,已经融入胡杨人家生活的方方面面。在胡杨人家房子侧面,有一潭渠水,是从湖里引进来的。无意中,我们发现水里面黑压压的,竟然是巴掌长的鲫鱼。正应了一句话:"鱼头上有火",林贤芬挽起裤腿就跳进水去,我们迟疑了一下,也跟着下水,这些鱼一点也不怕人,看到我们,不逃跑,顾自游来游去。把手伸进水里,就是一大捧鱼,但捧出水面,却只剩下两三条,甚至只是一条。看着这一渠的笨鱼却捉不到几条,心里着实着急,情急之下,林贤芬从汽车里拿出水桶,一桶舀下去,倒去水,还有小半桶的鱼。桶一会儿就装满了,没有东西可装,只好作罢。

我们绕道在湖心沙滩上漫步,凉风袭来,赶紧裹紧衣服。胡杨林一眼看不到边,抬头看看天,太阳当空挂着,远处的鸥鸟成群结队地在湖对岸集结,兴奋地叫着闹着。湖中央的沙滩,视野宽阔,让人有一种大吼一声的冲动。事实上,我们就这样做了,但吼声很快就被胡杨林的吸纳。疯过以后,我们才发现,一只小猫一直远远跟着我们。

这是一只狸猫,普通得跟家里的小狸猫没有什么区别。但在太阳岛却让我们欣喜不已。这里虽然遍布着胡杨人家,但一家与另一家相隔一千米之远,这只猫到底是谁家的,已不得而知,问题是它怎么跟着我们来的?猫并不怕人,我们把它捉到手里,它就任我们来捉。这是一只瘦骨嶙峋的猫,抓在手里感觉到的除了长毛就是骨头。好像一个世纪没吃过东西似的。这湖里到处都是鱼,这猫难道不吃鱼?我们被这个假想兴奋着,世上还有不偷腥的猫!但很快证明了我们假想的错误,我们在水里捞出一条鱼,猫很快谦恭而坚定地吃了下去,然后跟我们更近了,直到最后缠着我们的裤腿。把这只猫甩开还真让我们费了一番功夫。

那天我们很晚才离开胡杨林,后来跟林贤芬打电话,问她鱼吃了没有,她说,晚上回去就吃了,那条鲶鱼炖了一锅,遗憾的是那鱼太肥,有点糊口。

后来总是回忆那次沙雅太阳岛的胡杨林之行,总是想起那只猫;总是想起,午后,一只猫孤独地从塔里木河走过。

我的老师

　　我上初中的时候,我们村校教学质量大幅度滑坡,老师往外调,学生往外转,学校惶惶不可终日。到初三那年,所有公办老师全部调走,全校初三只剩下一个班,而学生也只有十来个。

　　为了扭转局势,在乡亲们的强烈要求下,曾经创造过我校奇迹的田留柱老师被请了回来。他成为当时学校唯一的公办老师。田老师在乡中学读初三的儿子也转学到我们村校。他也是唯一从外面转来的学生。田老师破釜沉舟的举动,使人心惶惶的学校一下子平静了下来。那一年,我们初三班一共13个学生。

　　田老师调来后,本来是住在家里的,但一个星期后,看到我们的学习情况,他就把教室用高粱秆隔开,前面是教室,后面就是田老师的家。田老师家离学校一里半路,但他一个星期只回家两次,回家就是为了拿馍。家里蒸好一竹篮馍,够田老师父子吃两三天。

　　进前门是教室,进后门是办公室。就这样,一个老师和13个学生的命运捆绑在了一起。

　　由于我们基础太差,田老师的很多想法都无法实现,他只好放低要求。但即使这样,我们也很难达到。题不会做,但又不敢去问老师,于是田老师的儿子就成了我们的小老师。在请教小老师的过程中,我们惊异于他知识的渊博,原来我们有太多的知识都没有接触到。其实早就听说,田老师的儿子在乡中学成绩很好,是重点高中的培养对象。

田老师对我们要求很严。虽然降低了要求,但我们完成起来还是有一定难度,遇到困难,就习惯性地就选择了放弃。田老师跟我们较劲,书背不会不准回家,作业订正不完不能放学。这么死缠烂打,一个月下来,同学们渐渐形成了学习的习惯。

我喜欢作文,只是喜欢而已。有一天,我们班教室外的墙上出现了一个学习专栏,上面有我的作文。这在我们学校还是第一次出现。这个消息不胫而走,回到家,父亲郑重地找我谈话,说人生难得遇上一个良师。你能做田老师的学生,也是上辈子修来的福。得给老师争口气!也是从那时起,我看到我身上还是有闪光点,走路都精神起来了。

我偏执,经常把"所谓"挂在嘴边。我跟田老师的儿子一块玩,他说,他爸在家老表扬我呢,说要他向我学习。我的脸一下子红了,心里却甜滋滋的。这可能是老师对学生的最高褒赏。他话锋一转,说我像鲁迅。"为什么?""因为你经常说'所谓'。"他告诉我,他爸说,其实鲁迅只适合跟敌人斗争,小小年纪没必要什么事都看不惯。30多年过去了,因为我的偏执吃了不少苦头,回想到这段,我真正体会到了田老师的良苦用心。

中考结束了,我们没有一个人考上高中。包括田老师的儿子。13个同学当中,10个选择了务农,3个选择了复读。

田老师没有在我们身上再创他的辉煌。第二年,他被调到乡中学。听说是教育局的一位领导强行把他调走的。"扯淡！哪有自己跳火坑,还把自己的孩子也陪绑的？"

有必要再说说田老师的儿子。他第二年考了个技校,听说这还是照顾来的名额。——复读一年,他也没有像老师所期望的那样考上重点高中。

回忆田老师,总是有些悲壮。但正是回忆田老师,我才不会迷失,这才是真正的老师。

俯视一棵大树

习惯了仰视。对于参天大树,打心底里就有一种敬慕。

小时候村里有一棵核桃树,粗大茂盛,枝叶繁茂,华冠如盖。夏天来临,荫蔽上百平方米,这自然成了树里人乘凉消夏的好去处。老人说古,孩子嬉闹:其乐融融。看核桃叶在太阳下闪着亮光,看核桃在叶间欢快摇曳,心里就忍不住倾慕,自己是一片叶子多好。核桃性苦,除了蚂蚁,其他小虫不易接近,所以人们在核桃树下很放心,从来不用担心从树上掉下来一个色彩斑斓的毛毛虫之类,让人惊呼不已。

小时最喜欢做的事就是爬树。家里有五棵大梨树,大人也难合抱。树干沧桑,树皮皲裂,这倒给我们爬上去的机会,个个壁虎一般。爬树是一个体力活儿,这么粗的树爬上去都有点腿脚抽筋的感觉。有时爬不上去滑下来,肚皮就会被磨得血迹斑斑,火烧火燎。但我还是坚持不懈地爬,想弄明白"上面到底是不是住着神仙"。即使不是大树,爬树也是很辛苦的。槐花开了,帮大人到树上采槐花,槐树长刺,上去得小心翼翼,一不小心就会被刺扎。细枝上的槐花鲜嫩,含苞欲放,但够不到,只能用镰刀,随着枝断槐花落,心里的失望也就难以掩饰,再大的努力竟也征服不了一棵树。

弟搬新居,六楼。楼前有树,参天的梧桐。凭窗而望,梧桐尽收眼底。如此近距离俯视一棵参天大树,还是生平第一次。从小无数次纵观树之全貌的可望而不可及,以及在心底无数次滑过的对树的世界的倾慕,现在就这么一览无余地展现在眼前了。

我看到了大树的无奈。那是一个午后,太阳炽烈地照着。梧桐叶密密地遮掩着阳光,大树下浓荫蔽天,孩子们的嬉闹声不绝于耳。我看到了大树的抗争:在梧桐大的轮廓之外,伸出些细小的枝条,这是大树的新枝,它们在寻找着新的空间。但是在这骄阳之下,这些纤细的新枝焦灼了,枯萎或者干枯,静等太阳落山后的休整;存活的仅仅是一部分,而明天又会有新枝抽芽。

我不得不承认,我的发现给我带来了失望。但是,我们在树下乘凉的时候,会想到那大如蒲扇般的叶子背后有一批批细小新枝的前仆后继吗?

仰望一棵大树,我看到了它的伟大;俯视一棵大树,我看到了它的坚忍。

昆仑深处养路人

　　到昆仑山采风,在叶城相遇陈宁局长,他是同行的巴楚作家李成林的高足。一米八的个儿,长得白净帅气,充满阳光;笑声爽朗,富有穿透力。我问他年龄还不到三十岁吧,他很幽默地说,近似于。我又问他应该是最年轻的局长吧,他轻轻一笑说,基本上。他带我们参观叶城,在一个十字路口,陈宁指着一个标志碑说:"这个0公里标志碑,是我三年前做办公室主任时立的,本来要做一个很高的底座的,施工的时候正好出差,回来就做成这个样子……"陈宁一脸的遗憾。这个0公里标志碑在通往昆仑山的新藏公路高大的标志面前是有些寒酸。底座太低,而且碑也有些小。但陈宁又很自豪地说,叶城打造"天路0公里,昆仑第一城"的构想还是从他的0公里碑得到的启发。

　　我们坐公路养护车进入昆仑,已是第二天下午。上山之前,陈局长召开了一个安全会议,又把单位的琐碎的事安排妥当,再把上山要带的东西带上。这样一来二去,时间也就到中午了。陈宁请我们吃饭,他说:"多吃点,到山上可就没这么好的条件了。"

　　我们从0公里向昆仑山出发。目的地就是陈宁单位在昆仑山深处的养路段,叫叶城公路管理局库地分局。出城十多公里,路边有当地维吾尔族人卖杏子,陈宁让驾驶员停车,下去买了一桶杏子,装了两大塑料袋。陈宁一脸兴奋,让我们猜多少钱。这些杏子最少也十多公斤吧,怎么也得几十块钱。维吾尔族驾驶员偷偷笑了:"十块钱,一桶。"这里的维吾尔族人卖杏子,依然采用不用秤称,论桶卖的古老习俗。陈宁笑笑说,给我们的职工带去吃。这些东西在山里比金子都宝贵。

路边的景色渐趋单调,我不知不觉中"胡浪得到"(维吾尔语:睡觉)。睁开眼,一道绝壁横在面前,昆仑山险峻的面目呈现在眼前。公路像演员手中舞动的白练,蜿蜒缠绕在山谷、山腰、山峰。车子在山间穿行,我们的心也在随着揪紧。坐在车上尚且如此,养护这条公路其难度可想而知了。驾驶员技术很好,车子在我们的惊心动魄中安全行驶。我们称赞驾驶员的技术,陈宁说:"这已经算慢的了,这个速度到库地分局至少要用三小时,而前天晚上我和书记只用二小时十分钟。"

一百六十公里,两小时十分钟。在崇山峻岭的晚上,时速近八十公里,是什么事这么着急?

陈宁说,半年前,单位向社会招收临时工,陈宁坚持招收系统内职工子女,为职工家庭解决就业问题。上级领导提醒他,内部职工子女不好管理。但陈宁给领导拍胸脯,一定会带好这支队伍。但结果却使他很失望,这些临时工嫌工资低,闹事。陈宁局长听到消息后与书记一起连夜赶到现场,开导劝会,最后的结果不甚理想。十六个临时工只有六个留了下来。说起这批临时工,陈宁很感慨,因为家庭困难,当初他们都是求爷爷告奶奶来这里工作的。刚上山时,衣服鞋袜不够,单位就提前10天发给他们工资,让他们下山去采办。但第二个月,他们还要求单位提前发工资,这让陈宁哭笑不得。

后悔吗? 我不禁问。

后悔倒没什么后悔的。如果让我重新选择,我还是要这么做。单位有些家庭无业可就,生活确实困难,作为领导,我们不能不考虑。至于说承担的风险,这也是作为领导必须面对的。

这些职工是汉族还是维吾尔族? 我忽然想起了这样一个问题。

陈宁先是一愣:"我们单位71个职工,就我一个汉族。"

一个汉族? 那你怎么做工作? 我说。

陈宁似乎对我的话不知所云。语言不通,民族习惯的差异,在他这里已经都很自然,都不是问题,而我的担心倒像是少见多怪。

带着好奇心,我们走进了库地公路分局,养护国道路219线K133–K315段。

这是背山面水的一个小村子,却是遏昆仑山南北通道的关口。这里除当地牧民和做生意的外,还驻扎着部队和公路分局。

我们住进了库地公路分局招待所。房间很简陋:三张硬板床,一张桌子,一把椅子。桌子上摆放着一个毛巾,毛巾上面放着四个简易牙刷。招待员阿米娜·吾斯曼是个浓眉大眼、高鼻梁的高个子女人。她送来了四个果盘。她说她是站上唯一的一个女人。她是养路工,原来跟男职工一样在山里跑来跑去修路,陈局长来了以后,就安排她在后勤工作。"打扫卫生,接待……"阿米娜很不熟练的汉语听起来却别有一番风味。

"老公呢？也在这里上班吗?"我们问。

"在这里上班,小小的那一个。"阿米娜·吾斯曼说。

稍事休息,我们迫不及待地参观起这个昆仑深处的小村子。我们走进树林,凉风袭人,真是避暑的好地方。在来昆仑之前,陈宁提醒我们带上厚衣服,看来可以派上用场了。在这里什么衣服都可以穿,有穿短袖的,有穿外套的,有穿毛衣的,还有穿棉衣的。这里的树林倒地而生,向一个方向倾斜,看树干还看不出是什么树,看树叶方知是柳树。真让人大呼自然之奇。山上的流水轰然而下,冲击着石头颇为壮观。待了一会儿直觉寒气逼人,回到招待所就把棉衣拿出来穿上,竟然觉不出热来。

晚上吃饭时我们又谈到阿米娜·吾斯曼。陈宁说,她老公下午还在他办公室里哭呢。"一个大男人,抱头痛哭的样子真的让人很揪心。"

阿米娜·吾斯曼的老公买合木提是库地分局的核算员,家里弟妹多,还都没有工作,母亲又生病,生活的负担就全落到了买合木提一个人的肩上。每个月的工资总是入不敷出,工资卡上的钱总是早早就花个底朝天。买合木提就在家里喝闷酒。阿米娜把这事告诉陈宁,陈宁来到他家,把醉醺醺的买合木提叫到办公室,狠狠地批评了一通。买合木提借着酒劲,把心里的苦水统统倒给陈局长:自己的房贷已有3个月没有交,母亲的病还要治。陈宁一听急了,不交房贷,会影响到个人信誉,母亲治病也刻不容缓。陈宁决定单位先借给买合木提5000元,解决一下燃眉之急。

回来时迎面过来一个人往外走,正是买合木提。陈局长说,再不要喝酒了。买合木提说:"不喝不喝了,局长放心。"

把我们送回招待所,陈宁嘱咐我们早点睡,明天要一大早就跟着他们到工地去。

第二天天刚亮,就响起了电铃声,我们匆匆忙忙起床,吃过早饭,坐车跟着职工一起赶往工地。今天的任务是K299-K315的黑卡达坂16公里的道路修补工作。这里离库地150公里,海拔4900米。中间要翻越5200米的麻扎达坂。新藏线上流行着这么一个顺口溜:"行路新藏线,不亚蜀道难;库地达坂险,犹似鬼门关;麻扎达坂尖,陡升五千三;黑卡达坂旋,九十九道弯;界山达坂弯,伸手可摸天。"黑卡达坂海拔虽然没麻扎达坂高,但这里高原反应却还要厉害。

汽车在昆仑山深处行驶。新藏公路线全程90%都属于生命禁区,禁止七座以上的客车通行。路上除了部队上的汽车,拉矿石或生活物资的载重汽车,很少有汽车通行。一路上,我们看到不少骑自行车的人,他们到这里来挑战自己的生命极限。我们估摸了一下,路过的自行车比小轿车还要多。

窗外的昆仑山没有一棵草,更没有一棵树。怪石嶙峋,有的如怪兽吼天,有的如和尚坐禅,有的如卧佛,有的如飞天。天空湛蓝,蓝得让人心动。远处的雪山进入我们的视线,我们禁不住惊呼。驾驶员说,别叫了,我们一直在围着雪山转,一会儿我们还要翻越雪山。

这让我们越来越期待。太阳出来了,日光从石缝中喷薄而出,宛如利剑直插天空。我们被大自然的造化所折服。直叹不虚此行。

汽车在山中艰难前行。最后终于上到山顶——麻扎达坂,海拔5300米。麻扎是维吾尔语坟墓的意思。在新藏公路上,有很多这样的名字,比如死人沟、界山等。在这里,山洪、塌方、滑坡、雪崩,都在威胁着人们的生命,肺气肿、高原猝死也在考验着生活在这里的人们。雪峰就在眼前,蓝天就在眼前,触手可及。我们下车拍照,在"人为峰"前抒发自己的豪情。但没过多长时间,我们就觉得脚下发软,直喘粗气,有人还有头痛呕吐的症状。赶紧催驾驶员师傅下山。随着海拔的降低,我们感受着吃饱氧气的幸福。前面有几户人家,那就是麻扎村了。

陈宁问我们在达坂的情况。前面的情况还要艰苦,问我们还要不要前行。有人在麻扎达坂已有不适,就提议返回。

在返回的路上我们在想,在这么高海拔的地方,我们多走几步就会如此,那么他们在这里干体力活,该是多么不容易啊!一个个骑行的人在我们眼前骑过,他们是勇士,是英雄,却也只是在高海拔面前一闪而过,而这些修路工人却长年在这里坚守。

回到库地后我们睡了一觉,起来后已是晚饭时间。陈宁打电话回来,说今天可能回来的要晚些,就让阿米娜陪着我们在外面吃饭。

吃完饭,我们围着村子散步,之后回到招待所。陈宁又打回电话,让我们不要等他,先睡吧。

也不知过了多长时间,我们被食堂的锅碗瓢盆声惊醒。接着是汽车的声音,然后是叮叮哐哐的声音。我看看表,时间已经午夜一点半。陈宁穿一身橘黄色的公路制服,脸上、身上都溅上了沥青,回到办公室,他脱下衣服、鞋子,塞到垃圾袋里。这些衣服是洗不出来了。

第二天早上,库地公路分局格外宁静。小鸟在窗外鸣叫,也没能惊醒人们的梦。由于昨天干完了两三天的工作,今天休息一天。我们来到陈宁的办公室,一天下来,陈宁的小白脸已经变得焦黑。他说,这还好,脸上的沥青没洗干净更难看。办公室和宿舍为一室,用一个布帘隔开。床头的桌子上放着一个老式的"大屁股"电视机。我们说这么老的电视机单位还不淘汰掉。陈宁说,单位配的电视机给职工用了,这个电视机还是他刚参加工作时买的,跟着他到几个地方了。

我们聊分局的事。有一个职工叫艾力·热合曼,是个机车驾驶员,话特别多,是个刺头。他找局长,找书记,向他们反映情况。职工的想法啦,生活中的困难啦,工作分配不合理啦。原来领导对他都很反感,但陈宁却对他非常感兴趣。能站在职工的角度为大家说话,这本身就应该得到肯定。于是通过讨论,提拔他为机驾班班长。他就任班长后,工作积极性很高,工作安排合理,大大提高了工作效率。

原来的班长呢?他没意见吗?我们提出疑问。

陈宁说:"就是我的驾驶员兼的班长。我找他谈话,他也乐意。"

今天休息,陈宁还有工作要处理,就让驾驶员陪我们去钓鱼。驾驶员是个钓鱼好手,他能在湍急的山涧里找到面积不到一平方米的洄流地段,用面筋做钓饵钓鱼。我们跟着钓鱼,只见他钓钩刚放进水里,就拉出来一条筷子一样长的新疆鱼。让我们大开眼界。我们想问他对把他班长换下来的想法,只是害怕揭人家的伤疤而没有开口。他倒是自己说起来。他给领导开车,又兼机驾班班长,忙得不可开交。领导开会你不能不送吧。驻地离县城一百六十公里,还都是山路,一耽误就是两三天。顾着这头,就顾不着那头。职工也是意见。我又是一个贪玩的人。现在好了,专心给领导开车,有空还可以钓钓鱼。

"我的钓鱼技术在库地都很有名的咧！前几天还有几个汉族朋友来这里钓鱼,他们都是星期六、星期天开车从县城找我钓鱼。"他自豪地说。

经过几天的接触,我们和养路工人也已融为一体。下班回来,大家都换上西服皮鞋,享受休闲的快乐。晚上,我们坐在办公室前花池边上的水泥台上聊天,山风吹来,凉爽宜人。他们操着不太流利的汉语给我们讲山里的故事,简单的词汇给我们勾勒着昆仑山的神奇。陈宁从办公室里拿出一袋瓜子,职工一拥而上,你一把我一把,一会儿就下去一大半。这时一个年轻的巴郎把瓜子攥在手中,一个人一个人分发。我们问陈宁,他们平时也是这样吗?

平时? 平时更"土匪",放在办公室招待客人的干果都让他们吃光了。夜深了,年轻人都玩自己的了。我们跟陈宁面对面坐着聊天,这时过来一个中年人,穿着工作服。可能怕衣服脏,蹲在陈宁面前,孩子一样拉着陈宁的胳膊,听我们聊天。陈宁往边上挪了挪,空出个位子,让他坐下来。那个人犹豫地坐了下来。陈宁介绍说,这人叫拜地,单位劳模,老班长。我忽然有一种感动,像这种孩子般的依赖和信任,可能也只有在昆仑山才能看到。

在离开昆仑山前,我把我们照的山景给陈宁看,说这个像什么,那个像什么,都是那么惟妙惟肖。陈宁瞪大了眼睛:"这是我们这里吗? 我怎么没有发现!"

面对这样的美景,竟然视而不见。那你都在注意什么呢?

边沟、坑槽、过水路面、路面石头、标志、标牌、护桩、护墩、广交镜……陈宁给我们罗列着我们熟悉而又陌生的名词。

心怀大爱　笔写大美

　　许新杰和郭金顶到台州文联挂职学习一月余,其间佳作频发,就有了写一下他们的冲动,一则作为多年的朋友,了解深,写起来也方便,"人熟多吃二两热豆腐"。二则作为一师阿拉尔市文联作协成员,写他们也是本分。学习归来,我跟许新杰联系见面叙谈之事,她说:"我们都那么熟悉了,还有见面的必要吗? 不见! 我还要当孝女照顾老母亲呢。"我说不仅有必要,而且是必须。正好我看到一则名人轶事,就发给她:散文家卞毓方二十年如一日寻找大师。为了写国学泰斗饶宗颐,卞毓方购买并阅读了饶先生的大部分著作。读了著作,卞毓方更想一睹饶先生的风采。一天,他得到一个消息,饶宗颐将去敦煌过生日,卞毓方当机立断,买了机票,飞赴敦煌。后来,在给饶宗颐的祝寿现场,卞毓方如愿以偿地见到了饶先生。所谓"见到",也只是在人潮汹涌,众星捧月的情况下,向老寿星说了一句:"我是季羡林的学生,从北京来看您。"饶先生握了握卞毓方的手,吐出一个词:"哦——"后来有记者问卞毓方,你千里迢迢,来回机票加上住宿花费不下八千元,就得到一个"哦"字,这见面与不见面,又有什么区别呢? 卞毓方说:"见之前,饶先生离我很远很远,仿佛在另一个世界;见之后,饶先生变得近在咫尺,任何时间,任何地点,一念心驰,于抬头、转身之际,准能感受到他灼热的呼吸,看到他矜持的微笑。"

——见与不见,两个概念。

许新杰看完说:"你别拿大师来压我!"但还是同意见面一叙。

许新杰母亲卧病在床,癌细胞已经扩散,疼痛折磨着她,每天都要靠吗啡止痛。许新杰遗憾地说,到台州挂职学习之前还能下床,回来就不能下床了。事实上,学习之前她面临着学习还是陪护母亲的两难抉择,她一度放弃学习的机会来陪护母亲。她说,学习机会还会有,但陪伴母亲的日子却是越来越少了。

我和许新杰母亲作了短暂的交谈,老人家精神还好,但坚持不了多长时间,就昏睡过去了。许新杰对我说:"你看到了吧,我一步都不愿离开母亲,哪有心思去谈文学!"

这倒让我忽然想到了季羡林先生的"永久的悔":"我后悔,我真后悔,我千不该万不该离开了母亲。世界上无论什么名誉,什么地位,什么幸福,什么尊荣,都比不上待在母亲身边,即使他一个字也不识,即使整天吃'红的'。"天下孝心,竟如此相似,如出一辙。都那么撼人心魄!

许新杰是很具诗意的人。记得她的一个处理学生矛盾纠纷很经典的故事。她班里的一个学生头顶上长一片白发,同学们都嘲笑他,使得他不愿到学校上学。许新杰告诉同学们:每个孩子都曾经是上苍身边的天使,他们降临到这个世界上,都是带着一朵或者几朵花来的,这是上苍给孩子们戴在身上的。

有朝一日,孩子们回到上苍身边,上苍可以认出他们曾经是自己身边的那个天使,还会继续把他们留在身边。那些花,会变成印记留在每一个孩子的身上,比如,一颗痣;比如,一块胎记;比如,一个斑。而那位同学的花,就在他的头顶上。因为上苍太喜欢他,不舍得把他的花藏在隐秘的部位,就暴露了出来。

许新杰接着说:"而我们的小朋友,却因为不懂得珍惜上苍赐给他们的礼物……"

从此,再也没有孩子嘲笑那个同学了。甚至有的孩子羡慕地说:"上苍给你的花真大真漂亮啊。"

这种爱与诗意,就形成了许新杰文章的基色。

我有幸看到了许新杰的阿拉尔系列散文(其中包括《阿拉尔的春》《阿拉尔的夏》《阿拉尔的秋》《阿拉尔的冬》)。《阿拉尔的夏》是在台州写的,她笔下的阿拉尔的夏就有了南北方的比较。比较的结果,就是对阿拉尔的喜欢与留恋。你看阿拉尔的热,"感觉就像强烈的阳光从天空砸下来,干脆果断,砸得皮肤灼烧般火辣辣的,人与烤肉的距离仅差一把孜然。热汗也出,但很快就蒸发殆尽。还是让你干干净净清清爽爽,绝没有拖泥带水的黏滞感。"语言幽默诙谐,让人忍俊不禁。即使热,也热得淋漓尽致。再看阿拉尔的夏雨,"绝不缠绵悱恻遮遮掩掩欲走还留,来得热烈,去得更利索。很有点像北方人直率的性格。"喜爱之情在字里行间溢出。还有阿拉尔的风,"一年刮一次,一次刮一年。"就是沙尘暴,她也要强白一番,那"黏嘴黏牙"的不讲理劲,绝不会让你反感,因为她的底色是对这座城市由衷的爱。阿拉尔就像母亲,谁没有给母亲护短的经历?而这样的护短反而让人敬仰,因为是对母亲。

再来看看《阿拉尔的秋》。我认为这是阿拉尔系列最好的一篇。"东篱之下,那红的紫的白的菊开得正艳,还有大小的蜂嗡嗡着穿花而过,而道路两旁那高的树枝上,总会随风飘下几片黄叶,就有白的黑的小狗蹦跳追逐着去了。"好一幅恬静的图画!有动有静,动静相宜。午后"阳光隔着窗纱,斑驳地洒在房间里。绿萝瀑布似得垂挂,旁边辅以白的茉莉红的海棠黄的菊花,皆是普普通通的花儿,在丝丝缕缕的阳光下若有似无的香气中浮动,别有一番韵味。"这几近白描的描述,给人展现的当然不仅仅是景物,更多的是人的心情:安逸、闲适、温婉。由来景语皆情语,杜甫有"感时花溅泪,恨别鸟惊心"之说,许新杰的笔下的景,都是那么让人爱不释手,还是作者的景由心生的缘故。

许新杰的文章,就像吃炒黄豆,干脆、干净,绝不拖泥带水。意蕴又是那么悠长,所以许新杰的文字很耐读。可以从她的文字里看到她的心境,静若潭水。在这个很少有人能够坐下来的浮躁时代,很难得。

《上车,走吧》是许新杰描写台州黄包车的散文。看到这个题目,让我马上想到黄渤主演的电影《上车,走吧!》眼前总是浮现黄渤那坏坏的笑。其实二者都有相同相似之处,比方说都是写社会底层人群的生活状态,比如说都是写人们积极向上的心态。许新杰的散文却有更多的悲悯情怀,有了对社会底层更多的关注,对社会给社会底层的宽容的更多的期许。这也许是当今文字渐渐淡去而被许新杰信念般坚守的东西。

其实,许新杰的成就不在散文,她的小说空灵隽永,让人心旌神驰,她的剧本更是频频出现在电视屏幕上,让人不得不佩服她的天赋与灵气。

胡杨如花　静若心莲

　　初识康新莲,是在一次文联举办的新年茶话会上。记得当时在饭桌上,贸然向她求画,她不作可否。这时一位画界朋友笑着跟我说:"你求错人了,康新莲主攻工笔,一幅画作要画上一个月! 而且一有时间就得泡在画室。"这让我感觉自己的唐突。后来看到康新莲的莲花图,工笔勾绘,细致入微,莲花灿灿,荷叶田田。看她画作的一丝不苟,可以想见她作画时的屏息凝神。

　　康新莲本身就是一个静的人,她把喧嚣交给了尘世,只给自己留下一副禅心。我总觉得她有佛缘,你站到她跟前,再浮躁的心也会很快安静下来。她用她的静来专注日常生活的审美,用细腻的情感和丰富的文化内涵来表现作品的生命力。在康新莲看来,绘画是一种心境,是一种情绪的自然流动。而在这如水般自然流动的深处,却是创作激情和感触。康新莲有这样的气度,即使内心激情澎湃,她脸上也会静若止水,她让她的内心在尘世的烟火味、生命的韵味和灵魂的体悟中寻找到一个契合点,以诗意的灵动泼洒她的笔墨。

　　这让我想起一句关于"莲"的诗文:"只想为你纵情地绽放,

让那殷红的花瓣,涂满整个荷塘。只等你一个温柔的回眸,成就一生的灿烂。"在康新莲即将将荷花涂满荷塘,只等一个幸运的回眸的时候,她却来了个大转身,移情别恋于胡杨了。

这让熟悉她的人有点措手不及,就像一个心仪已久的女孩儿忽然投怀送抱于一个乡野莽夫。她以水一般的婉约投身到大漠的豪放中,与胡杨对话,聆听内心深处魂魄的律动,用母性特有的细腻、浸润他的铁骨柔情。她在粗粝的生活中寻求纤细的质感,探寻大漠深处的文化根脉,触摸性情人生的世相纹理。皲裂的胡杨不再丑陋,而成为从她心中开出的花,此中有岁月的气息,有灵魂的呼吸,也有惮意的灵性与张力。她携历史的风尘和时空的光泽,从岁月深处走来,带给我们的胡杨不再蓬头垢面,而是沧桑,沧桑中透着清亮。这使她笔下的胡杨有了温度,有了生命,有了灵动。

读康新莲的胡杨画,一种浓郁的现场感扑面而来,心灵的微妙颤动被轻轻触碰,满怀的温情如涟漪一般扩散。她的画作大多用暖色调,这是心脏的温度,这使深处大漠的胡杨不再孤独,而是充满了梦想与期望,岁月的积淀和创作时的激情此时撞了个满怀,画作也就有了灵性和温度。胡杨皲裂的树干在康新莲笔下化作一朵朵盛开的花儿,月光如水,小鸟依依,就是苍鹰也不再桀骜不驯,而是凝神静思,大自然的和谐之美尽收眼底。康新莲的胡杨画多用小鸟点缀,这使严肃的胡杨一下子灵动起来,这静中之动,沧桑与鲜活,完美地结合在一起。

康新莲自幼受家庭熏陶,酷爱绘画,主攻工笔,曾在清华美院、北大艺术学院、中国美院进修,得工笔大师蒋采苹和朱理存、唐秀玲等老师的点拨,又多年受尤山老师的指点,画艺大进，遂成自己的风格。康新莲祖籍四川，从小生活在大漠边，南方女子温文尔雅的基因与大漠胡杨的粗粝苍桑在她身上得到完美的结合。她从小对胡杨有着极深的感情，这使她以一个柔弱女子之身，深入大漠写生拍照，回来后关到画室，一关就是一天，肉身脱离尘俗，一心与胡杨对话交流，在表现胡杨的同时，心灵也得到洗礼升华。她敬畏自然，常怀感恩之心，心声与天籁融为一体，成为她绘画的生命体。这也成就了她坚韧与柔美的画作风格。

以教师和作家的名义

——2016年"全国十佳作家教师"获奖感言

从张家界领奖归来已有十天之余，两个多小时的时差导致的生物钟紊乱基本恢复。但在内心深处，张家界的雨还在淅淅沥沥地下，天门山依然云起云涌，刘海和狐仙的千古凄美爱情还在继续，"刘大哥……""胡大姐……"的呼唤还在耳边回响……

我接到黄老师让我写一篇获奖感言文章的电话。

写获奖感言，我心里有些忐忑。感谢组委会对我文学创作的肯定，给我"全国十佳作家教师"这个在我心目中至高无上的荣誉。教师和作家，一个是我安家立命之寄托，一个是我放飞梦想之翅膀。获得这样的荣誉，是我一生的荣幸。

我来自新疆。别人一听说我来自新疆，都会用好奇的眼光打量我。是啊，我所在的城市阿拉尔市，离张家界有万里之遥，坐火车要转车，坐飞机要转机。但我爱这个城市，这是一个离海洋最远、离沙漠最近的城市，被称为"沙漠之门"；这是一个军垦新城，三五九旅的传人在这里创造着一个又一个奇迹。也许因为爱，使我能够深入沙漠到千年胡杨谷体验"生而千年不死，死而千年不倒，倒而千年不朽"的胡杨精神，到"昆岗羌人古墓遗址"探秘"巨人部落"，去揭开古丝绸之路上的神秘面纱。我也会到维吾尔族人的村子，与刀郎人一起分享他们纯朴的民风民俗以及热情和活力。

很幸运，我能够用我的笔把他们记录下来，并且能够传播出去，让别人一起分享我的感悟和快乐。

说起写作，我真的要感激上苍，能给我这方面的天赋和爱好。虽然天赋不足，勤奋不够，成绩不大，但上苍给我的眷顾却一点也不少。我加入各级作协的顺序是倒着来的，2001年，我因参赛获奖加入了中国散文学会，之后加入新疆作家协会，而我所在的新疆兵团作家协会却是最近两年才加入的。我的散文《千古孤独张衡墓》是发表在"榕树下"网站被收入全国高中校本教材的。后来一位教高中的文友在练习册上看到这篇文章，只是少了我的"大名"，这一发现让我很吃惊，到书店去找，竟有近十种教案学案练习册采用了我的这篇文章，大部分都没署我的名。我开始有些气愤，但过后想开了，还有些感激这些书商，虽然他们见利忘义，唯利是图，但无意中却让我的文章最大程度的传播，作为一个以码字为乐的人，写作其实就是做"白日梦"，在文字中构筑自己的理想王国，至于名字，对于偏居于祖国大西北塔克拉玛干沙漠一隅的我来说，哪还有那么重要？"万里长城今犹在，不见当年秦始皇。"

写作是一项寂寞的事业，它需要心灵的叩问，也需要阅读的积累，这些都需要时间。在繁忙的教学之余，把业余的时间用在阅读写作上，就没有时间迎来送往，也没有时间打麻将斗地主。从这个角度上说，写作就是个人的事。但写作也担负着传播社会正能量的职能，就像格非在茅盾文学奖获奖感言上所说的"关乎良知,关乎是非,关乎世道人心"。有人有这样的形象比喻:"哲学家是牧羊人,作家就是牧羊犬。"牧羊犬的工作不是让羊子到哪里去吃草,而是让羊子不要跑出圈子。在我看来,生活中的得失恩怨,大可一笑了之,都不要带到文字当中,不能把文字当作泄私愤的工具。保持文字的纯洁,无欲则刚,文字才有着不可估量的力量源泉。

在新疆流传着这样一个笑话:一个哈萨克牧民的孩子考上北京的大学。放假回来,牧民们问他北京怎么样。他说,北京好是好,就是太偏远,要坐几天几夜的火车。

我不知道你怎么解读这些。但这些故事却深深地影响着我的文学创作。它让我静下来,再静下来;净起来,再净起来。

再次感激组委会给我"全国十佳作家教师"的荣誉。它给了我很好的定位,教师是身份,作家是特色。我将沿着"教师+作家"这条路坚实地走下去。

上　路

我们驱车上路了。

这是我们新接的车。别误会,车当然不是高档小轿车,连摩托车都不是。但我们真的很不情愿说是自行车,我们把它叫公路车,其实就是自行车。我们不愿叫它自行车的原因是一般的自行车不能完成的任务,它能。比如我们眼前的这八十多公里路。已经下午七点,我们要在一定的时间内把它走完,而又不能到家太晚。最主要的,是想借助它实现我们骑车沿公路环游塔克拉玛干的梦想。

平时坐在四轮车上一瞬即逝的公路现在要在我们的脚下一点点骑过来了,对脚下的公路也就有了不同的感受。车轮与路面摩擦的滋滋声成了我们一路上的主旋律。与路面的亲密接触也就更直接地传达给我们。公路在车轮的时速下礼花似地迎面开放,路边的白杨也在我们的眼前一闪而过。我们有些激动,因为只有机动车才能感受到的效果在我们的人力下实现了。抬头看,前面的路面如流水般滩在面前,清澈,明净。这让我产生了幻觉。该不是海市蜃楼被我有幸看到?其实这种幻觉也是一瞬即逝。因为如水的路面就在我们脚下,而前面更长的路面在如水般延伸。其实,海市蜃楼不海市蜃楼倒不重要,重要的是一种感觉。就像眼前这路,梦幻一样在我们的体力下向我们的目标进发。这里有不可名状的惬意。

喜欢玩,但又不会玩。曾在城市里生活数年,却没有适应灯红酒绿。但我常想,城市除了灯红酒绿,就没有别的了吗?刚毕业在库车工作时,我选择了读书,单位与县图书馆有三公里,我常常嘴里吃着东西骑车飞驰而去,然后匆匆取书而回。我直感叹,在全国图书馆都渐去渐远的今天,这个经济不很景气的县城竟坚守着图书馆这样一个阵地,这不能不使我对这个小城另眼相看。除了读书,我走遍了城市的角角落落,也试图走遍村村寨寨。直到有一天我一头钻进库车博物馆,在汉代的布衣碎片前流连忘返,直至夕阳西去,漫天余晖洒满孤独的古城墙,我觉得我了解了这个城市。于是在一个深秋季节,我离开了这个城市。当我对这个城市再回眸时,才知道我对它的了解仅仅是皮毛,甚至皮毛也不皮毛。一个深沉的城市不是我等凡夫俗子揣着一颗浮躁的心所能了解了的。

不会玩的还不止我一个。比方说还有路边的树。就说那棵胡杨吧。它孤零零地立在戈壁沙漠里,风来了它舞一阵,雨来了它唱一番。就这样成长着,没人说它是个材,但没人说它不是个生命。它用毅力扩展着它的年轮,行走在终将回归的生命原点。我不知道它能画多大的圆。但我知道它的存在是在残酷面前抗争的胜利。我知道它是脆弱的,甚至于经不起一把小小的斧头,或者一把铁锹。但是,在强大的自然面前,它却是伟大的。它用自己的人格赢得了大自然的敬重,赢得了生存的权利。当然,像胡杨的这类生物在戈壁荒滩还有很多,比如说芦苇,比如说梭梭草,比如说骆驼刺,比如说红柳。我发现它们都有一个共同的特点,那就是独立,不攀扶。即使被大自然抽打得无比丑陋,也努力挺直腰身,向上,再向上。

说到独立,我忽然想起一只鹤来。那年的冬天寒冷而漫长。长时间茫茫白雪覆盖,使鸟儿们断了觅食的路。我在家里扫干净的院子里撒上苞谷粒子,端出水。引来了麻雀一次次的光临。然而,在我的视野里,那只鹤却始终站在那个高高的土坡上,单腿挺立,始终不愿接受我的施舍。我想如果它能向下跨一步,不也能挡些风,御些寒了吗?可是它没有。是的,没有。它就这么孤独地立着,麻雀欢快的鸣叫吸引不了它。我曾走近它,它无力地飞开,已经瘦得不成样子。但它依旧按它的方法觅食,找水。当来年春天白鹤搏击长空时,我想,这该不会是对信念的回报吧!

一路走来,让我深深地感触到,我们正走在路上。而路,在我们的脚下正延伸得越来越长。

门前有树

有时候,普普通通的事物也会成为一种奢望。比如门前的树。

那年母亲从内地来新疆给我带孩子,看到我门前一片寸草不生的荒地,说:"把它开出来吧,还可以种些菜!"看着怯生生的荒地,我心里早已打了退堂鼓。但一辈子都未曾离开过土地的母亲却执意开起荒来。碱地硬,一铁锹或一坎土曼下去,只溅起一朵朵白白的"碱花儿",阳光下有时还真分不清是"碱花儿"还是母亲晶莹的汗水。在劝告无果的情况下,我终于拿出"撒手锏",对母亲大发雷霆:"你又不在这儿长住,你不来我就不吃菜了?"母亲一脸茫然,但还是顺从地收拾了工具。可等我下班回来,看到门前已开出一片荒地来。母亲见到我,急忙收拾工具,脸上带着一丝怯意,还有一份满足。"新疆的地就是怪。有个老婆婆给我说先洒点水,我洒了一点,真的就好挖了。"母亲说,"姐姐睡了,我没事干,都闲得心里要长草!"我不再说什么,默默地拿起工具,母亲宽慰地看了一眼熟睡的女儿,又跟着我干起来,随着处女地被一点点开垦,我的心也开始一点点平静下来。以至于后来这块地还真地改良了出来,种了菜,又种了树,我的门前立即成为一处抢眼的风景。我回头看母亲时,发现母亲头发上灰蒙蒙似溅有碱土,待我上前要弹下来时,却原来是母亲已藏了的灰白的发丝。而立之年,我在母亲的指导下亲历了土地从荒芜到稔熟的全过程,也似乎经历了一场心理的锤炼过程,并且在以后的日子里时时在经历锤炼。

认识孙汉林老师为时已久。其实只要是在这个团中学工作过的人没有不认识他的,哪怕仅仅在这里工作不到一个星期,那是缘于他的热情。但我在这个学校工作已好几年了,仍没能和他深交,直到此时此刻。那是因为我不能和他一样一顿能吃一个猪后蹄,更不能像他一样吹拉弹唱无所不通。而我只会在寂寞的深夜爬格子,但这并不能削减我对他的敬佩,这是一个潜移默化的过程。那年学校迎教师节排练节目,到团培训中心彩排。九月的秋老虎很是厉害,培训中心又通风不畅,我们站在舞台上悲壮地歌唱《教师之歌》。这样大展宏图的舞台留给我们的机会是不多的,它不属于我们,我们的舞台是三尺讲台,不论春秋冬夏。我们眼前的观众是空洞的,我们只限于磨合适应。但是我们分明看到我们的乐队指挥孙汉林老师在我们面前倒下了,就像平时他跟我们开玩笑一样。那年的教师节孙老师没能亲自指挥,他那时正躺在病床上。我去看他,他平淡地说:"还是心脏病,老毛病。都死过好几回了,什么事没有。"孙老师的病房是欢快的,看望他的人在这里看不到一丝不幸,大家都好像是多年的老朋友在聚会,在欢聚一堂。如果说这次属于偶然事件的话,那么另一件事却是深深地感动了我。那一次孙老师找到我,眼圈红红的,说有事要我帮忙。会有什么事呢? 孙老师说,我丢人了,我对不起人家。到底什么事呢?

孙老师说某艺校到我们学校招生,孙老师把自己的得意门生给送了上去。上个星期天到艺校去看他们,学校很乱,学生无奈地求孙老师带他们回来。——他们不敢给家长说,只好给老师诉苦了。孙老师说,我对不起他们的家长,更对不起学生啊!我能帮上什么忙呢?我问孙老师。"给他们校长写信。"孙老师激动得声音有些发颤。这也许是我最难写的一封信了。时光的流逝,信的内容我已记不清,但孙老师的一句话却时常在我脑海里萦绕:"我的眼前又浮现出我的学生祈求我把他带回去却不敢告诉家长的眼神,我的眼圈又红了……教育无小事,教育无小节啊!"

　　一直以为兵团的创业精神是可贵的,而兵团的文学是苍白的,但是一套农一师建师50周年文学作品选改变了我的看法。我不得不埋头苦读,以求能够赶上。当然,面前的不是大家之作,不然的话那将是一座座令人望而却步的高山。他们只是一棵棵再平常不过的树,但每一棵树都是一幅风景,每一处都可借以乘凉。

　　是的,我们的生活应该很充实。无论什么时候,推开门,令我们聊以慰藉的是,门外有树。

风雨兼程团场路

20世纪80年代我初到新疆生产建设兵团。最让我羡慕的有两样：一样是打农药的飞机，它让我第一次与飞机有了近距离甚至零距离接触，这是我以前做梦也想不到的。当飞机轰隆隆地从头顶上飞过，虽然声音震耳欲聋，却有一种莫名的兴奋与自豪。另一样就是拖拉机手了。你看，一辆"二八"或"五五"从公路上开过来，浩浩荡荡地扬起一路尘土，似有千军万马。拖拉机手脖子上系一大毛巾，双手紧紧地抓着方向盘，半弓着身子，拖拉机像一匹桀骜不驯的烈马，恨不得一炉蹶子把背上骑手狠狠地甩在脚下。虽然一天下来，拖拉机手浑身累得像散了架，但开车的感觉着实是酷，让人禁不住想到那首"骏马驰骋在辽阔的草原上……"的歌曲。

那时团场的路被称作"搓板路"。每年冬春之交公路翻浆，只得一车一车往路上垫沙子。但越垫路越不平，不要说拖拉机手开起车来"威风凛凛"，就是骑个自行车也是上下颠簸，抖得让人发晕。那时学校组织到连队去拾棉花，十公里的路要走一个来小时，起床时天还灰蒙蒙的，等骑到棉花地，太阳已一丈多高。

20世纪90年代团场的路铺了柏油，但没过两年柏油路就变得坑坑洼洼,也难怪,薄薄的一层沥青怎能担当起来来往往的大批量运输重任。那时开车就要有一定的水平,比如说要会找路。为了找到平坦一点的路,驾驶员就要不停地转动着方向盘,像蛇一样在公路上蜿蜒前行。当然在找路的过程中也就顾及不到交通规则了。反正哪边的路好走就走哪边。那几年团场的驾驶员养成了一种不管不顾的拼命三郎的风气,一上国道,驾驶员看到这么好的路便像拾到金元宝似地兴奋得横冲直撞,吓得跑长途的汽车驾驶员赶紧减速让行。记得一位老拖拉机手介绍经验时这样子说:要想走得好,不颠,要靠路边,只要不下排渠,越靠边越稳。如果现在把这个经验介绍出去,驾驶员肯定会把他骂得狗血喷头:那是想找死!是啊,你看现在的车子有哪一个不是尽量往路中间开?靠路边走,车速那么快,一不留神下了路基,还想不想要自己的小命了?

　　进入新世纪,得从买公路自行车说起。有两位内退的同志买了公路车,并且骑车穿越沙漠公路,创下了和田到阿拉尔沙漠公路自行车第一骑。随后公路车便在团场的公路上驰骋开来。下午下班后,骑车的人便奔驰在团场的公路上。穿越团场的公路有县乡级公路,也有省级公路,不管是哪个等级的公路,都平坦如砥。不要说公路车,就是公路赛,公路条件也完全达标。一个小时,就可骑行二十四五公里,跑遍大半个团场,团场的一草一木,每一个细微的变化都尽收眼底。

　　我每天都骑行在团场公路上,见证着团场翻天覆地的变化,公路在脚下逐渐稔熟,越走越踏实。当然,直到现在我还对当年拖拉机手的雄姿心存怀念,它记录了一代团场人艰苦创业的豪迈,也记录了兵团人风雨兼程的历程。

"高低柜"

"高低柜"是学校的一幢旧教学楼,两层半。三楼只有两间教室,两间办公室。我一直都没搞明白,当时为什么会盖成"高低柜",要么盖三层,没钱也可以只盖两层的。

现在,"高低柜"完成了它的历史使命,要寿终正寝了。消息来得突然:危楼,强制拆除。于是在两天时间内,正在上课的学生全部搬了出来,正在热热闹闹满负荷运转的"高低柜"一下子静寂下来,就像一个踌躇满志的老师突然被宣布退休时间到了,落寞而又不舍。"高低柜"的墙上写满了黑色的"拆"字,远远看去就像一条长长的铁链,把"高低柜"牢牢地锁住。每个"拆"字工整严肃,像一张判决书。

"高低柜"在警戒线里一点点被拆除。拆去钢窗的楼房空洞得让人不落忍。警戒线上的彩旗猎猎飘扬,外面活力四射,里面沉默不语。

"高低柜"是农一师团场学校的第一幢教学楼。

那是20世纪80年代初,团场还处于把地窝子基本清除完毕,土块房正挑重担,砖房还凤毛麟角的时期,"高低柜"的出现自然让人眼前一亮。楼房由工程连设计承建,那时的工程连资质肯定不达标,因为教室里的水泥地面是凹凸不平的,天花板凸出二三十厘米的承重墙,连黑板也抹得坑坑洼洼,在上面写出来的字粗壮古拙,像刚发掘出土的锈迹斑斑的青铜器。即使如此,人们的惊喜还是不言而喻的,因为教学楼是全师的团场学校绝无仅有的,而且教室是亮堂的,窗明几净。踏进教室的感觉就不一样。那几年,学校处于历史上的鼎盛时期,一个父母大字都不识一箩筐的学生从"高低柜"走进了清华大学,那年学校被农业部命名为"全国农垦教育先进集体"。

"高低柜"二楼的楼顶平坦,四周有铁栏杆。到楼顶散步是一件惬意的事。攀天井扶手只需三四阶,上来便是另一番景象:夕阳落山,紫霞万道,凉风习习。远处山峦苍茫,近处条田碧秀,井然成行。林带掩映下的连队,炊烟袅袅。此时是大可挥斥方遒一番的。即便不语,心中也荡起无穷豪情。一条从学校通往二支渠的田间小路成为学子们实现理想的通道。小路有两公里半,路边有林带,有水渠。吃罢晚饭,学生夹上书本就走上了二支渠的路。路上人来人往,川流不息。有时拿一本书,有时拿两本书。一路走来,该背的该记的都背了记住了,心中的愉悦不言而喻。有时也会低头凝思,思绪像脱缰的野马一样肆意驰骋,有怅惘,有憧憬,有甜蜜,有温馨……抬起头,"高低柜"已灯光初上,赶紧收回思绪往回赶。

往事如昨,"高低柜"就这样画上了一个句号。人们忽然发现,"高低柜"已经显得是那样的落伍与沧桑,与学校的其他设施格格不入。带塑胶跑道的运动场已经立项,马上就要兴土动工了,这几乎与"高低柜"的拆除是在同一个时间,这历史的擦肩而过颇耐人寻味。

　　不过这带塑胶跑道的运动场是不是全师团场学校的第一个,已经不再是人们谈论的话题了。

李庆太桂冠的含金量

在2011年河南电视台举办的第六届梨园春"擂响中国"擂台赛总决赛中,86岁戏迷的李庆太老人众望所归,勇夺桂冠。奖品是一顶纯金打造的状元帽。比赛一结束,人们便纷纷猜测这顶桂冠的含金量。其实解决状元帽的含金量不是问题,重要的是李庆太老人身上所表现出来的人生态度,令人刮目相看。

86岁,这是安度晚年的岁数,但李庆太老人却依然是家里的主要劳力,安顿一家人的一日三餐和主要家务,还要抽时间料理他家的地。用李庆太老人自己的话说,这日子用针缝都缝不住。他家有一个精神病的女儿和残疾的女婿,都要靠他去照顾,他说:"我不能死,我死了,怕孩子们过不去……"面对艰苦的生活,李庆太老人不是哭,而是唱。他唱京剧,从小就唱,直到86岁,虽然牙齿全无,他依然能够底气十足,嗓音清亮,字正腔圆。他用京剧支撑着他的贫苦生活,用坚强乐观点亮他的人生。

在梨园春595期现场,李庆太老人的上衣是村干部送的,裤子是压箱底4年的"纪念品",最后演唱赢得第一名,获电动自行车一辆,当主持人问他"86岁了,还会骑吗?"时,他信心十足地说:"会!"让人不得不佩服他的勇气。他对采访的记者说:"活着就是一口'气'。"为了这口气,他参加了在新乡举办的梨园春戏迷擂台赛,并一举夺魁;为了这口气,他在第六届梨园春"擂响中国"擂台赛中夺冠;为了这口气,他梦想走上中央电视台的星光大道。

看李庆太老人唱戏,浮躁的心很快就会平静下来,他的眼睛清澈如水,纯洁天真。笑容一直挂在脸上。用著名戏剧电视节目主持人白燕升的话说,李庆太老人不知道奖是什么,获得金奖对他来说已不重要。他把唱戏当作生命中的一部分。只要能唱,就是最大的收获。在大赛进入最后阶段,86岁的李庆太与20岁的晋红娟冲击金奖桂冠,在这剑拔弩张的时刻,这一老一少却紧紧相拥。面对评委的打分,两人的手不自觉地拉在了一起。李庆太老人始终面带笑容,评委把分加给晋红娟,他怜爱地抚摸她的后背,表示祝贺;评委把分加给自己,他就抱拳答谢。在李庆太老人这里,结果已不重要,萦绕在人们心头的是人间的真情,是阅尽世间苦难的豁达与淡定。

其实面对贫瘠的生活,李庆太老人对金钱的渴望是可想而知的。在参加完595期梨园春节目以后,栏目组给他捐助了1万元钱,使李庆太老人的生活得到很大的改观。面对年终大奖,李庆太老人说:"我想得金奖,我这个金奖,不管奖我多少钱,还有比我穷的人,我把这钱捐给他们。"感恩与回报,在这位八旬老人身上得到完美的体现,这位农村老人的朴实也把很多人感动得泪流满面。

河南电视台这样评价李庆太老人:"面对苦难没有抱怨,得到帮扶懂得感恩。收获财富乐于奉献。"正是这种真实质朴的情愫,使李庆太老人走上了他人生的巅峰;也正是这位贫苦老人的乐观坚强,大大提高了他金奖桂冠的含金量。

送　行

　　我们骑上单车，在晨曦中为他们送行。

　　他们——老张、老马和老陈，今天开始踏上骑自行车环塔克拉玛干沙漠公路游的征程。送他们一程，在很大程度上是在为一种精神送行。

　　天晴。东方的天空湛蓝。太阳没有一点儿要出来的迹象。夏天天亮得早，在清晨的第一缕风吹来之际，我们会合了，合了个影，然后就出发。

　　清晨的风很清新，丝丝缕缕地在我们脸上划过，然后就浸入皮肤，浸入心扉。我想这份清新在任何时候都不会少一分的，只不过此时人们都还在梦中，分享的人少了，所占的份额就自然多了。我们就是这样的幸运儿。你没见晨练的人们的笑脸，每天都像得了金元宝似的。

　　我凝视着他们自行车上的行囊。两个包骑挂在车座两边，一个包捆绑在车座上。这就是他们今后一个月的家当了。喀什，和田，且末，若羌，库尔勒，和静，吐鲁番，伊犁。哦，还有，还有——楼兰，罗布泊……他们行走的也许是前人用脚丈量无数遍的土地，但这对于从未没有融及的任何一个人来说，只要去用心走都会是弥走弥新的。我知道,这行囊里装的不仅是他们必备的生活用品,还有家人的思念与祝福。当然,里面一定少不了装进丝绸之路的又一部千古传奇。

我们就这样为他们送行:一道同行,然后停下来,道声一路顺风,目送他们一个个从眼前骑车而去。算作告别,也算作祝福,然后调头骑车而返。

再没有比这更轻松的送行了。也再没有比这更纯洁的送行了。一起同行,然后戛然而止。看出行者英姿勃发地驱驰而去。心里只有坦然,轻松,愉悦。无欲者无畏。

以前对这些刚"一刀切"下来的五十来岁的老同志只是谋面而无深交,有的甚至未曾谋过面。也就是骑车的机缘,大家彼此就这么拉近了。老马说,明天送我们一程。呵,世上很多事原来就是这么简单的;很多事儿就是被人为地复杂化了,世界才变得混浊起来的。

我们每天下午下班后骑车行走在乡间的公路上。两边是新植的林带。树林密得能装走整个夏天的烈日。走在路上,一股清凉沁入心脾。更有迎面的微风轻轻地梳理着思绪,回家后洗个澡,打开电脑,轻快地敲打出率性的文字。哦,当然不能忘了林带中的鸟鸣。还有,悠远而深沉的布谷鸟的叫声,那叫声温馨而落寞,随着单车的飞驰,一个女孩的影子总是在我脑海里浮现。在近四十岁时还说她是女孩,是因为她是我所记得的同学和朋友中的最后一个女孩,而不是女人。

女孩叫霞。我曾不止一次地在心灵深处呼唤:霞,我们永远的最后的情人。但我知道,我这是在对一个时代的呼唤。而霞,就担负了这个历史的重任。

那年探亲,带着小外甥到大队的商店里买点东西。一到商店,我几乎是冲口而出:霞,而后就觉得失态,同学几年从来没这样叫过她的啊。

霞笑着说:"你什么时候回来的?"

她的坦然除却了我的尴尬,也使我更加认识了她的处事不惊。

我们都知道霞苦。

在上初三那年,霞的母亲去世。留下一个妹妹和一双孪生弟弟。有人给她父亲说媒,都被霞堵了回去。之后霞就辍学随父亲经商,养活着一家老小。直到妹妹出嫁,弟弟娶妻;霞也从光鲜的小姑娘变成了三十岁的老姑娘。

霞爱着一个男孩。男孩说:"我等你,把你家的事忙完了,我就接你进门。"

但是等到霞家的事忙得差不多时,男孩却锒铛入狱了。

霞说:"我等你。不管多少年。"

于是霞的一句话把她自己停留在了另一个时代。我们在心里喊:霞,你是我们永远的情人。

但是霞并没有理会我们。我们只得往后不时地看她一眼,但却是越走越远。

我探望朋友路过霞家门口。霞正站在一棵粗大的老榆树下。黛黑的老榆树有些苍茫。

霞说:"走亲戚去?"

我说:"是。"

霞说:"到家坐会儿?"

我说:"不了。时间赶得紧哩。"

我看到霞孤独地走回家去。三十多岁的女人,别人都在谈论着孩子,而她,却只能远远地瞭望,孤独地坚守。坚守她的信念,坚守她的爱情。

我在心里喊:霞,我最后的情人。

一个消息说:霞成家了。消息来自男孩的父亲。他说,不能让她再等哩;我们不能愧对她这么个好姑娘。

听到这个消息,我心里不知是高兴还是失落。毕竟是终结了一个时代,有点适应不过来。但有一点是可以肯定的,那就是松快,放下千斤巨石的那种感觉。一个时代的遗留不应该让一个人去背。我想,霞该不会是听到我们"霞,我最后的情人"的呼唤中赶上来的吧。

我停顿了一下脚步,看着霞从我眼前轻快地走过。这是我对她的送行。

磨刀老人

磨刀老人的声音洪钟一般在夏天的午后响起："锵剪子，磨菜刀……"声音悠扬，像深山老林深处的布谷声。随后就听到一个尖锐的女声："喊什么喊，还让不让人午睡了？"

老人的声音很快低下来："锵剪子，磨菜刀"，仓促而尴尬，像做错事被罚站的孩子。

我问老人："磨一把刀多少钱？"

"三块。"老人说。语气里有些如释重担。

我找出丢在墙脚的菜刀。这是我几年前没离过手的刀，但一次剁骨头时把刃败了，又买了把新刀，这把刀就做起了杂务，剁鸡食，劈柴火，甚至垒墙，楔钉，成了万能工具。

"好刀！"老人接过刀看了看，又用手指弹了弹说，"您这把刀磨出来要五块。"

"五块？你不是说好一把三块吗？"我觉得这老头有意思。

"但您这把磨出来要五块。"老人很固执，像是烟熏火燎过的古铜色脸上露出不可更改的坚持。

五块就五块吧，反正再放着就废了。

老人拿出磨石，再拿出锵刀，先把锵刀磨好。然后用他那粗大关节的手把我的那把刀固定好,开始用锉刀锉起来,刀面整整锉去一层。又接着锉刀面的两端。老人说,刀要磨成弧形,切起菜来才好使。等整好刀形,老人已大汗淋漓。我给老人端来水,老人一饮而尽,气吁微喘,说,干了一半了。

接下来老人把刀放在一块平坦的石头上磨。这是山里普通的石头,但老人说,这可是宝贝,是他用了三年才遇到的。老人说,我一般是不拿出来用的,磨你这把刀算是破例了。

为什么呢?

值啊。你没听说过关公的大刀,吕布的赤兔马吗?只有他们才配啊。

这一磨又是半小时。在石头上磨完,老人小心地收好磨石。又拿出一块细磨石来,老人细细地磨着,豆大的汗珠滴下来。女儿端来了切好的西瓜。老人说,哪有工夫吃这个啊!

磨完。老人长出一口气。拿起刀着迷地欣赏起来,刀刃在阳光下闪过一线笔直的寒光。

"姑娘,借你头发一用。"老人对女儿说。

老人把头发捏在手,张口迎着刀刃对着头发吹去,头发一截两断。老人又拿过一张纸,纸在轻碰之下直直地成为两张。

知道为什么要你五块吗?老人边吃西瓜边说。

为啥?

因为是好刀。要么就体体面面地把它的价值体现出来,要么遇不到爱惜它的人干脆就这么废下去。

老人的话让我心中一颤。

那些曾经的房子

　　这里所说的房子，不包括家乡的老宅，那是我生命的脐带。虽然已经荒芜，藤蔓遍野，砖缝瓦砾间布满青苔，但那里流淌着爷爷的血脉，流淌着父亲的血脉，流淌着我的血脉。每一个角落都已经被浸润得通透莹亮。这些老宅不是曾经，而是永远。

一

　　这是我人生中属于自己的第一处房子。在20世纪90年代初，我工作的第二年。那时正跟妻谈恋爱。我工作在阿克苏，妻在团场，八十多公里的路程，让我们尽情体验牛郎织女生活的甜蜜。那时的日子并没有什么规划，崇高的理想和卑微的现实矛盾重重而又和谐相处。曾经同宿舍的哥们儿悄悄告诉我，他要换房，这样单位就空出一套房子，让我赶紧领结婚证，因为只有结婚单位才可以分房。这是我始料不及而又兴奋莫名的。我赶紧把这个消息告诉妻子，却遭到岳父的阻拦。当时妻子正在晋升中级职称，在她这个年龄，晋升中级职称算作破格了。有多少工作了半辈子却还拿着初级职称的教师在眼睁睁地看着呢,他们几乎都可以当我们的父辈。这关系到一个人一辈子的利益。我不知道其中的利害,只考虑在单位分一套房子有多么难,机会又多么难得。最后妻子还是悄悄拿出户口簿,我们登记成为法律意义上的合法夫妻;我也如愿以偿地拿到那处房子。

土块房,两间半,进门一间只有四五个平方米,可以架个炉子,可以放个橱柜,可以放个面板。往左拐是一个大间,做客厅,直着进去那间是卧室。院子里有一间伙房,一棵杏树。我们拿到钥匙的那天,打开院门,眼睛马上迷离了。我们相拥相吻。虽然房子经过几家人的手,但现在这房子属于我们了,这里就是我们的家了。生活打开一扇窗,心情便一下子豁亮。那时我们领结婚证,只是为拿到这套房子,并没有往深处想。但事情的严重性马上就暴露出来了,岳母下达死命令,在年前,就是用牛车,也要把妻接走。

我们在这间房子里以泪洗面。

那是冬天,外面很冷,而房子里却很暖和。我们熄灭了灯,炉膛里的火呼呼地燃烧,火光透过炉盖闪出来,飘飘忽忽,照着我们莹莹的泪痕。我们坐到很晚,往炉子里添了几大簸箕煤。外面的风声很大,雪花飘飘洒洒,我们手握着手,妻说:"我们结婚吧。"

我在这处房子里迎娶了我的新娘,我的妻。当然我不是用牛车接的新娘。我们单位是运输公司,企业虽然在走下坡路,但在那个年代还是很大气的。我租了一辆出租车,单位派出两辆大客车,单位员工不是太紧要非处理不可的工作,全部坐车去接亲。

我们热热闹闹地把这个房子又做了一次新房,又冷冷清清的让给了下一对新人。我在这套房子里住了一年多,因工作调动到另一个城市,我像火炬手一样传递给下一棒。原先我接收这房子时,给上家掏了800元钱的装修费,而我的下家却只给了我500元,说剩下300元以后给。以后就再没了下文。

妻说:"算了,都是一帮穷小子。"

二

也可能我与库车这座古城有缘,我参加工作分配到这个城市,然后逃离一般离开,两年后又神奇而心向往之地回来,而且从此就有了割舍不去的联系。我在重新回到库车的第二年,才分到我的房子。相比第一套土块房,这是一套砖房,也是两间半,跟先前的第一处房格局相似。一进门是一个小间,可以生炉子,右进是客厅,直进是卧室,左进是厨房。但院子里的杂物间低矮,进门要低头弯腰。平时放些肉菜、杂物。这是一处冷清的房子,平时就吃饭睡觉回来,来的最多的也就是于老师了。我觉得与于老师的缘分和与库车的缘分一样,都是生命中注定的。其实连于老师自己也不清楚,他的姓到底是"于"还是"虞",因为这个姓本身就不是他的本姓,他小时送养给别人,中专毕业后听说自己姓yú,就改了过来。本想正本清源却陷入尴尬,有时候心情好了就认真地写"虞",心情不好时就随手写"于"。与于老师同事时,于老师是从校长的岗位上退休返聘回来当老师的。其实我叫他"老师"更多的时候是尊重,而远非一般意义上的老师,就像我在一些场合称"冰心先生"。于老师人生坎坷,当干部,做领导,开车……在公司什么工作都做过,为人正直,做事也极讲规矩。于老师后院种菜,拔草,必一只手护着菜苗,一只手才开始拔,从来不会拔草连苗一起拔起。于老师妻子是盛世才时期财政厅厅长的女儿,规矩极严,清高而世俗,高高在上,对人有些冷漠。这与于老师的热情好客形成极大的反差。不过不是一家人不进一家门,这对门第、性格悬殊的恩怨鸳鸯也平平安安地携手过了一生。于老师是故事篓子,在他嘴里,我知道了身边的河就是《西游记》中唐僧师徒喝大肚子的子母河,也知道了曾经盛事空前的苏巴什故城。我们家属院的东侧,是一望无际的戈壁滩,平平展展,望到头是远处的却勒塔克山。学校就在那里训练。夏天,一大早十几辆"解放"车就迎着日出浩浩荡荡地出发,在戈壁滩上飞驰,彼此两车相遇,学生们便大声欢呼。车一停下,于老师便叫,停车放水,男左女右。男人在车左边,排成一排,声势浩大地小便,女生低头羞红了脸。男人方便完,背对着车厢坐成一排,女生便悄无声息地走到车右边解决去了,时间差不多,男人一齐喊,好了吗?女生半羞半嗔:急什么,等着投胎啊,或者:早好了。于是于老师便倒开了他的故事篓子。戈壁滩干热,但有车厢遮阴倒也凉爽。太阳挂在当空,热气氤氲而上。于老师就像评书"且听下回分解"一样,他大吼一声,收车,打道回府。大家这才醒过神,从他故事里走出来。后来调出几年后,回去看望于老师,他听说我在写文章,就留我住下,要跟我彻夜长谈,准备用半个月的时间把他的故事都倒给我。可惜有急事,我和妻就匆忙而返。这次相见,竟从此阴阳两隔,扼腕长叹。

虞老师,讳介仁。

随着女儿出生,我的房子也开始热闹起来。妻子回家来生孩子,母亲从河南老家来带孩子,我的房子一下子成了我们三世同堂的大家庭。上班有空就往家里跑。家,不仅仅是房子,更是亲情。有了亲人才是家。女儿很给我面子,我上班时间,她呼呼大睡,只要听到我下班的脚步声,她准时醒来。女儿睡觉,趴在床上,双手捂着脸,屁股翘老高。此后经年,我忽然连续做起了有关库车的梦,梦境逼真而清晰,触手可及。梦境之物,竟没有超越我库车的老房子。

我不知道是不是应该检讨我贫乏的想象力。

三

这也是一套两间半的房子。当我有这个发现时,已过知命之年。《论语》中说:"君子有三畏,畏天命,畏大人,畏圣人之言。"知天命即畏天命也。看来天命难违,此生只与两间半结缘。进门是一小间,直进也是一小间,左拐是一大间,做卧室,也做客厅。都有些奇怪了,为什么会少盖半间,那半间空出来做什么? 这原来是一家上海知青的房子,那几年上海知青返城热,我这才有幸要到房。两面临水,虽是排渠,但水清澈,长年不断,也算风水宝地,这也为后来我新盖卫生间的排水提供了很大的方便。就是在这年,我回到了妻子工作的学校,从中专教师转做小学教师。那几年人们的生活水平提高了,都发疯似地做隔断,我很快将没盖的半间房的那块地被我做成了不大不小的客厅,厨房、卫生间也做在隔断里。贴了瓷砖,有下水道,可淋浴,冬天做饭、上卫生间也不用往外面跑了。这让我们很是满足,老房主把电话机留给了我们,虽然花了我们小半年的工资,但那时装个电话是很难的。那是我想会在这里住一辈子。隔断吸热,冬天阳光隔着玻璃照进来,隔断的客厅里暖洋洋的,那真是人间难得的享受。后来我住进了楼房,各种条件都有了本质性的提高,但却找不回住平房的那种幸福感。一个星期天我和妻早上起来,看到女儿还在熟睡,就没关房门,只把院子门关了,一起去买菜,路上跟同事多聊了几句,当我们回来时,老远听到女儿的哭声,我们小跑往家赶,女儿的头卡在院门的狗洞里,冬天大冷的天只穿着背心短裤,前排的邻居大姐正奋力地掏砖施救,妻子急忙掏钥匙打开院门,把女儿拉了出来。女儿说,她醒过来叫我们,没有回应,就赤脚到各个房间看了个遍,都没看到人,拔腿就往外面跑,看到院门锁着,就饥不择食地从狗洞里往外钻。"我以为你们不要我了呢!"女儿的话让我们笑了,笑着笑着眼泪便流了下来。

过了2年,手里有了余钱,就在院子厨房的基础上又盖了一间,作为我的书房。书房盖得很高,没有其他原因,仅仅是为装下2个窗子:一个有两平方米,另一个也有两平方米。阳光响亮地从窗子里涌进来,点点光斑活跃地跳动着。敞开窗子,风儿徐徐吹进来,惊得风铃叮当欢唱,小鸟儿们好奇地倒立在纱窗上,向里面窥探,然后惊喜的一声鸣叫,欢快地飞向蓝天。

我的业余时间大多在这里度过的:读书,思考,写作。地处偏僻,夜深时,我的书房便融进一幅风景,虫鸣和蛙叫悄然传入,平添几分幽静。

5岁的女儿也经常赖到我的书房来,让我给她出题,每次十道,然后看着我给她批改,是100分,就心满意足地找妻讨口赏;

不是100分,便逼着我再出题。最后女儿总会带着喜悦走出书房。有时女儿也能静下来,平心静气地看着我读书,写作。然后趁我不备,爬上椅子,骑到我的脖子上,欢笑着:"噢,我胜利了。"此时我就佯装一惊,分享女儿的快乐。

我是从来不把学生的功课带到我的书房的,否则我会听到孩子们沉重的喘息声。孩子的童年是天真无邪与幸福的,我不能把童年的幸福与快乐装进沉重的功课里,来满足我自私的虚荣心,或者借以实现我的某些愿望。不过,我是要带一些东西回来的,那是孩子们的天真、稚趣、自信和笑脸。我也把书房中读到的睿智和我的感悟,讲给孩子们听,孩子的笑脸灿烂成一朵花,一如风儿穿窗而过;孩子们的笑声不绝于耳,一如我的风铃叮当。春潮涌动的时候,我的窗便装帧成一幅幅画:翠绿与鹅黄相间翻滚的柳浪,精心剪裁春天的家燕。激情似火的夏日,一掠而过的秋雁,潇潇洒洒的冬雪,也是窗的常客。只有大自然给过窗的装帧才更美丽,我的窗也只因有了风儿的浸润才更有灵气。风儿正穿窗而过,掠去心中的浮躁,留下静谧,清洁如碧。

院子有葡萄树,原来房主留下来的,已有胳膊粗了,夏天的时候,阳光艰难地找个缝洒下来,影影绰绰。秋天的时候,葡萄一串串吊下来,很是喜人。

喂鸡。当然只是为了吃鸡肉。在院里搭鸡圈,不忍心在水泥地上掏洞,就墙固定,母亲看不下去了,说这是"扎秸秆"。但我的鸡圈却坚固无比,从来没倒塌过。20多只鸡,春天从小鸡养起,当有一公斤左右的时候就开始杀着吃,一直可以吃到过年。当辣子小鸡的香味弥漫在家属院上空时,就会有人流着口水说,谁谁谁家要过年了……前院大姐却不这样说,她总是说:"就你紧嘴……"

捉鱼。自然是可遇不可求的。深秋时间,水稻黄了,鱼也肥了。稻田放水,鱼就顺水流到排渠。正好我家后面的排渠的拐弯处有个落差,有一年遇上鱼群,一网接了一条盆鱼。

养鸭。养鸭只是个人爱好,门前有水,不利用起来可惜了。就2只鸭,早上我们上班时"嘎嘎嘎"地出门,晚上等我们下班时"嘎嘎嘎"地回来,跟鸡抢吃的。直到有一天,是个秋天,鱼正多的时候,鸭不回来了,白天在水里游,晚上就宿在水边的芦苇里。我看过几回,觉着挺好;待到想让它们回家里,已经叫不回来了。每天能看到它们在水里高兴地游来游去,心情跟着大好。但有一天,是在初冬,觉得没见到鸭了,找了半夜,也没找到。鸭就这样消失了,梦一样消失了。

岁月也随着鸭子的失去而一去不复返了。

梦的翅膀

从小就做着一个梦，至今不醒。

记得上一年级，总觉得就像在做梦，半夜三更还在背 a o e i u ü，而进到教室却又云里雾里。然而正是这梦一样的生活，给我插上了一双飞翔的翅膀。

初中二年级，我的一篇作文被老师当作范文在课堂上宣读。听着自己作文的佳构，自己都在为自己的真情所感动，为自己作文创意而得意。

高中毕业之时，我收到一家报社文学作品征文的一纸奖状。当我把中专录取通知书和这一纸奖状一起放到一位我敬重的长者手中时，他对我说，现在你已经拥有了一双翅膀，一个立身，一个立命。刹那间，我感觉到了那两张纸的沉重。

工作分配到库车，一个古代被称作龟兹的县城。这里结识了虞介仁老师——我的同事兼师长。虞老师的博学，智慧，幽默，大爱，让我大开眼界。工作之余，一个个故事在办公室流淌。徜徉在这梦般的历史故事中，行走在这梦般的城镇，我只觉得心中有一种冲动。那时我拼命地读书，到库车县图书馆去借。图书馆离单位有3公里，看完一本后就骑着我的那辆二手自行车去换,单位与图书馆,两点一线,几乎填满了我业余生活的全部。调离库车后我故土重游,看望虞老师,虞老师听说我在写作,激动不已,要留我假期长住,要把他的故事全部掏给我。他说,其实他自己本身就是一部小说——这我知道。只是妻子事急不得不回,只得跟虞老师告别,这个甚至是童话里才有的故事情节只能留在梦里。一次一位朋友到访,问及虞老师,听说已经去世,惊愕之余,潸然泪下。朋友说,虞老师去世通知我,却找不到我的电话。唏嘘长叹,逝者已去,带走了一段历史、一部小说。

我知道我的浅薄,直到现在,人至不惑,我依然那么青涩。我一直生活在梦中,一双梦的翅膀引领我飞翔。于是,在新疆这片梦般的土地上,我选择了行走。骑上公路车,用最原始的助力方式,用胸膛里如火般的痴情,化作与沙漠、戈壁、高山的亲密接触。苍茫,荒凉,却成了我的至情至爱,走过山山水水,看过草草木木,我在苍茫与荒凉中感受到了自然界的博怀。放眼高山,放眼荒漠,沟沟壑壑都在流淌着自己的血液。这竟然就是我梦的归宿。

大梦不醒。这是不是冥冥之中的宿命?无论如何,有了这双梦的翅膀,天空会更辽阔,大地会更广博。

在清风中读书

一只不知名小鸟儿用尖细的爪子抓住纱窗,脑袋倒挂,瞪着好奇的眼睛看着教室里的孩子们。教室里的安静让小鸟儿都觉得奇怪,它惊叫一声,慌乱地飞走了。清风顽皮地穿过教室,轻轻地拂过孩子们痴醉的脸。

我喜欢孩子们用"阅读老师好"跟我打招呼。这问候中充满了敬意与快乐。有时候,我把阅读书籍带到教室上课,孩子们会围着我问:"老师,今天给我们带来了什么书?"我说:"今天我给你们带来《儿童时代》,大家喜欢吗?"孩子们就会高兴地说"喜欢",然后四散而去。

很喜欢给孩子们上阅读课,在课堂上跟孩子们一起阅读,真的是一种享受。有一天孩子们看书,我在教室里走动,检查学生的读书情况,忽然觉得我的脚步是一种污染,它侵犯了孩子们的阅读领地。于是我也回到我的阅读。一个孩子的一声窃笑打破了平静,学生们惊恐地看着我,我看到窃笑的孩子罔若无知、一脸的陶醉,心里忽生一丝感动、一份慰藉。孩子的世界是纯洁的,加入阅读的心灵,就像温润的草原上飘过一阵细雨,倍加清新。

我也喜欢孩子们清晨的朗读,整齐而热情。这时候,我会走进我的阅读,与孩子们的阅读互不干涉。清风吹拂,摇曳着校园的柳枝,一只小鸟在枝叶间跳动,不时地鸣叫一声,宛转、悠扬,朝阳东升,阳光柔和温情。树影扶疏,飘逸而浪漫。而文字也在轻扣我的心弦,回忆或畅想。感叹人生竟有如此相似相近之处,推杯换盏的交心,茗茶细品的会意,无不让人忘我,如入无人之境。

读罢也动笔,皆心情随笔,有感而发,随心而为,只当作生活的佐料,工作的延伸。能够发表出来与如我一般痴心文学的读者神交,心意足矣。

也读学生的文章。我让孩子们写作,随意而为。我读他们的文章,就像聆听高山清泉的流水叮咚,为他们的天然纯真而拍案叫绝。有时候我会抑制不住内心的激动,数语点评,才能安心。好的文章,我帮他们投寄,然后静等花开。我有一种聆听拔节声的快感。

我不认为读书多高尚,也不认为读书多神圣。所以读书我不沐浴焚香,也不顶礼膜拜。读书只是进入一个精神王国,在这个国度里,一匹叫"梦想"的骏马在信马由缰,任意驰骋。但愿意进入,能够进入这个国度的又有几人?

我感谢有孩子做伴的读书,也感谢清风轻拂的读书。

小矮人艺术团到小镇来过

　　小矮人艺术团高音喇叭的喧闹打破了小镇的沉默。一个小姑娘瞪着一双清澈的大眼睛问："是《白雪公主》里的小矮人吗？"

　　"是啊！是啊！"爸爸异常兴奋。在这个沙漠边上求生存，以战天斗地、艰苦创业著称的团场小镇，缺少的就是童话般的浪漫。森林深处能产生白雪公主与小矮人的童话，沙漠边缘为什么不能呢？

　　这是一个晴朗的早春。人们过早地脱去了冬装。小镇一位主管文体的领导这天处理完手头上的公务，轻轻地啜了一口茶，抬头看了看窗外的煦日，一缕春风吹了进来。他惬意地闭目养了一会儿神。

　　"我是团长。"一个声音似乎是从地下传出。

　　"团长"是这个边陲小镇的父母官。

　　然而主管领导并没有见到身材高大的"父母官"。

　　"我是团长……"声音是从并不高的办公桌边传出来的，办公桌挡住了通往小矮人的视线。

　　小镇最不缺少的就是怜悯和同情心。这对生存环境恶劣的沙漠边缘的人们来说,可谓是心有灵犀,就像长期在沙漠里生活的人在吃完西瓜后随手把瓜皮倒扣在地上的好习惯一样。

但是人们错了。

小矮人并没有拿自己的身体缺陷来取宠观众。相反,观众却被小矮人一次次震撼。

一首首高亢的红色歌曲联唱如一股股清泉在心间潺潺流过,涤荡早已麻木的神经。小矮人以高不盈米的身躯,向世人昭示天下兴亡的匹夫之责。他们没有这个责任,观众的期望值也仅限于能够看到"掌上飞燕"的奇观,找一下:"水色帘前流玉霜,赵家飞燕侍昭阳,掌中舞罢箫声绝,三十六宫秋夜长。"(《汉宫曲》)的感觉。但是,正是这些小矮人,把渐已逝去的挽了回来,也许只是拉了把记忆的影子,也许只能唤回一瞬的激情,但小矮人做到了,在这个有着革命光荣传统的三五九旅后裔的团场小镇。

把手举起来,掌声响起来,口哨声、呐喊声、尖叫声一起来。观众迟疑地伸出羞怯的双手,跟着喊,跟着叫,跟着鼓掌,跟着忘情,跟着小矮人一起心潮澎湃。荧光棒在挥动,星星点点,进而灿若星海。在一个椅子前,小矮人尝试了三次才跳到上面——已是汗流满面。一位老人满盈热泪,在布满沟壑的脸上,是不是在用时光的犁铧翻犁出曾经激情燃烧的岁月?

哇,小矮人下来了,从高高的舞台上跳下来了,带着满面的汗水,带着满怀的激情,如熊熊的烈火,在观众中燃烧。他昂着自信的头,长发飘飘。他的歌声像天边的彩霞渲染着整个天空一般,人们纷纷伸出热情的手跟他相握。一位女孩被他感动,要与他深入交谈,然而第二天约定的时间到了,却没有女孩的影子,是退却,还是重回尘世的清醒?难道白雪公主与小矮人的故事只能存在于森林深处的童话中?

小男孩儿是幸运的。他撇开大人的眼光,勇敢地走上了舞台,与小矮人来了个零距离。在比自己还矮一头多的小矮人面前,他纵情地表演,不需要任何掩饰,当然更不需要去想老师布置的作业和家长的责问。在《打靶归来》的歌声中,"叭",小男孩儿在小矮人的"枪声"中应声而倒,又是"叭"的一声,小男孩儿躺在地上蹬腿挣扎。这是一个游戏,一个每个人都经历过的游戏,一个小孩子在大人面前不敢纵情去做的游戏。在小矮人这个大人面前,尽情地去做了,没有一点胆怯,当然就不会有一丝瑕疵。若干年后,小男孩儿会不会成为中国的安徒生?

小矮人艺术团是缺憾的团体。当一位小朋友给唱歌的演员献花时,才知她少了一只右手。这是一个意外,也似乎在情理之中。小矮人艺术团并不都是小矮人,名称也不叫小矮人艺术团,但也正是这种缺憾,成就了这个"跑江湖"的草班子。

天气依然晴朗。在这个明媚的春天里,小镇的人学会了鼓掌,学会了尖叫,学会了忘情,也学会了献鲜花和赞美。时光荏苒,小镇人是否还能把小矮人艺术团定格在记忆中?

无论如何,就像云儿从天边飘过,风儿从田野吹过,雁儿从天上飞过,小矮人艺术团到小镇来过。

因为爱，人长久

一

2014年4月20日，我从一师二团到阿克苏听"作家大讲堂"讲座，因为要赶80多公里的路，就早早开车上路。我喜欢开车听收音机。一路春风，满眼春色，再有收音机里传来的消息，真是一种享受。途中，我听到了四川雅安地震的消息——7.0级。我的脑子里急速回忆着几个大地震的等级：唐山地震，7.8级；汶川地震，8.0级。当把这些数字转换为可能带来的灾害时，我头皮一麻。我知道，地震的魔掌伸向了一个叫雅安的地方。那里将是灾难的现场。

在接下来的时间里，插播的雅安地震的消息越来越多，以至于后来雅安地震成了专场，其他消息只是偶尔插播进来。汇聚人们祝愿的心声通过电波潮水般涌来，我知道全国人民的心在迅速拉近，在向这个叫雅安的地方聚集。在4年前的汶川大地震中，我们重新熟悉了"多难兴邦"这个词语，而现在，这句话又一次重现。血浓于水，不仅是我们的社会传承，也是我们民族繁衍生息的凝聚力。

祈祷,地震的魔掌不会下手太狠。

祈祷,震区的人民幸免于难。

我甚至在还没有伤亡报告的播报中存在一丝幻想。

也是在这一天,我在电视上结识了一位穿着婚纱报告灾情的雅安电视台《快乐集结号》主持人陈莹。4月20日是她新婚大喜的日子,她化妆时发生地震,她从化妆间出来,第一时间就拿着话筒,身着婚纱,播报地震灾情。播报完后,又继续进行自己的婚礼。

有网友留言:新娘子,你今天结婚结来地动山摇,证明你们的爱情无坚不摧!

二

如果说接下来播报地震灾区伤亡的数字让人窒息,却也伴随着一阵阵清凉的春风,就像沉闷的夜空里的一颗难以寻觅的星星,给黑色的底色上一点亮光。

她说:"我没事,我不哭。"她的头上裹着纱布,胳膊打着绷带,粉红色的外套沾满了血污,脸上满是青紫的伤痕,但她的笑容是迷人的,期待的目光,整齐的牙齿,让救助她的交警为之动容。有网友称:"你的微笑,美了整个人间。"这是一个四五岁的女孩,我不知道她坚强的来源,但我知道,在大难面前,信念,已成为精神的支撑。

信念是灯塔,照耀前进的道路;信念是旗帜,标出生命的新高。

她叫杨玉蓉,瘦弱的她平时重活干得不多。发生地震后,她发现儿子不见了。儿媳说儿子去厕所了。她围着厕所看了一圈,看到了一块两米多长的预制板有10余厘米的缝隙,透过缝隙,她看到了儿子的身体。

"儿子,等着啊,妈妈来救你了!"杨玉蓉给儿子打着气。此时,儿子正身陷厕所不能动弹。他哭着求妈妈:"还有余震,你不要管我。"儿子的哭求,却动摇不了一个母亲救儿子的信念。那么重的预制板,怎么办?情急之下,瘦弱的杨玉蓉使出平生最大的力气,去弄开那块压着儿子的预制板。"也不知道怎么回事,我居然花了几分钟就挪开了40多厘米宽的缝隙。"杨玉蓉说,通过这个缝隙,她将儿子救了出来。在医院的帐篷里,杨玉蓉都还不太相信眼前发生的事情是真实的。

是母爱,创造了奇迹。

三

在大灾面前,我甚至无法去定义一个乞讨者。

4月22日,乌鲁木齐慈善总会刚支好帐篷,正要摆桌子,一名长头发、衣衫破旧的残疾乞丐走过来捐款。他从布袋子里掏出一角、五角、一元的零钱,这是他2个月的乞讨所得,一共1003元钱。他说:"以前都是别人帮我,这次我也帮一下别人,为家乡人做点事。"

乞讨与施舍,在大爱面前,形成了完美的统一。

4月21日,中国好人、慈善双雄之一的"磨刀老人"吴锦泉得知地震消息后,来到江苏省南通市红十字会捐款。老人将2年来磨刀积攒的一元硬币1714枚,五角硬币503枚,一角硬币7

枚,共计1966.2元钱全部捐给灾区。

我真的说不出自己此时为什么如此感动。他们都是生活在社会底层的群体,在大灾面前,抱团取暖。人性之美,就这么在不经意间显现出来。

地震后,我利用上课时间,让学生写一段祈福雅安的话。我们班的维吾尔族小姑娘古丽是这么写的:"雅安的小朋友们,我是新疆的维吾尔族小朋友,我们虽然相隔千山万水,但我们的心是相通的,情感是一样的。祝你们早日重建家园,人民的生活亚克西。"

四

如果说汶川地震是一个记忆的符号,那么雅安地震是我们爱心的传承和发扬。汶川大地震后,我们的祖国首次为国难中遇难的同胞下半旗举国致哀,这是对生命的敬重,是人性的关爱。雅安地震,让我们看到了更多的人性之美,更多的感动。灾难面前,我们是长歌当哭,还是坦然面对,似乎都有了答案。

一个民族的成熟,只有在大灾大难的考验面前,才能真正体现出来。而一个强大的中国梦,也只有在大爱当中,才能梦想成真。

因为爱,人长久。